T0204294

Las vírgenes suicidas

Jeffrey Eugenides

Las vírgenes suicidas

Traducción de Roser Berdagué

EDITORIAL ANAGRAMA
BARCELONA

Título de la edición original:
The Virgin Suicides
Farrar, Straus, Giroux
Nueva York, 1993

Ilustración: Carmen Segovia

Primera edición en «Compactos»: abril 2001
Decimoséptima edición en «Compactos»: febrero 2023

Diseño de la colección: Julio Vivas y Estudio A

© De la traducción, Roser Berdagué, 1994

© Jeffrey Eugenides, 1993

© EDITORIAL ANAGRAMA, S. A., 1993
    Pau Claris, 172
    08037 Barcelona

ISBN: 978-84-339-6682-7
Depósito Legal: B. 8823-2010

Printed in Spain

Liberdúplex, S. L. U., ctra. BV 2249, km 7,4 - Polígono Torrentfondo
08791 Sant Llorenç d'Hortons

Para Gus y Wanda

1

La mañana en que a la última hija de los Lisbon le tocó el turno de suicidarse –esta vez fue Mary y con somníferos, como Therese–, los dos sanitarios llegaron a su casa sabiendo exactamente dónde estaba el cajón de los cuchillos y el horno de gas y dónde la viga del sótano en la que podía atarse una cuerda. A nosotros nos pareció que, como siempre, salían demasiado lentamente de la ambulancia, mientras el gordo decía en voz baja:

–Que no es la tele, tíos, aquí no hay que correr.

Cargado con el pesado respirador y la unidad cardiaca, pasó entre los arbustos, que habían crecido monstruosamente, y cruzó el descuidado césped que trece meses atrás, cuando empezó todo, estaba pulcro e inmaculado.

Cecilia, la pequeña –no tenía más que trece años–, fue la primera en hacer el viaje: se cortó las venas, como los estoicos, mientras tomaba un baño, y cuando la encontraron flotando en el agua teñida de color de rosa, con los ojos amarillos de los posesos y aquel cuerpecito que exhalaba olor a mujer madura, los sanitarios se llevaron un susto tan grande al verla en aquel estado de sosiego, que se quedaron clavados en el sitio, como mesmerizados. Pero de pronto irrumpió la señora Lisbon dando gritos y la realidad de la habitación se hizo patente: sangre en la estera del baño, la navaja de afeitar del señor Lisbon en el lavabo, jaspeando el agua. Los sanitarios sacaron el cuerpo de Cecilia del agua caliente, que acelera la hemorragia, y le aplicaron un torniquete en los brazos. El cabello mojado le colgaba por la espalda y ya tenía las extremidades azules. No dijo ni una palabra pero, cuando le separaron las manos, encontraron una estampa plastificada de la Virgen María apretada contra los pimpollos de sus pechos.

Esto ocurría en junio, en la época de la mosca del pescado, cuando, como todos los años, la ciudad se cubre de tan efímeros insectos. Se levantan entonces nubes de moscas de las algas que cubren el lago contaminado, y oscurecen las ventanas, cubren los coches y las farolas, cubren las dársenas municipales y cuelgan como guirnaldas de las jarcias de los veleros, siempre con la misma parda ubicuidad de la escoria voladora. La señora Scheer, que vive calle abajo, nos dijo que había visto a Cecilia el día anterior al intento de suicidio. Estaba junto al bordillo, con el antiguo traje de novia del que había cortado el dobladillo y que nunca se quitaba de encima, observando un Thunderbird envuelto en moscas del pescado.

–Sería mejor que cogieras la escoba, cariño –le aconsejó la señora Scheer.

Pero Cecilia le dirigió una mirada mística y dijo:

–Están muertas, solo viven veinticuatro horas. Salen del huevo, se reproducen y la palman. Ni siquiera comen. –Y tras estas palabras metió la mano en la espumosa capa de bichos y trazó sus iniciales: C. L.

Queríamos disponer las fotos cronológicamente, pero habían pasado tantos años que resultaba difícil. Algunas están borrosas, y aun así son reveladoras. El documento número uno muestra la casa de los Lisbon poco antes del intento de suicidio de Cecilia.

La hizo una agente inmobiliaria, Carmina D'Angelo, a la que el señor Lisbon había acudido para que se encargara de vender aquella casa que se había quedado pequeña para su numerosa familia. Tal como dejaba ver la instantánea, el tejado de pizarra todavía no había empezado a dejar la ripia al descubierto, el porche era aún visible por encima de los arbustos y las ventanas todavía no estaban sujetas con tiras de cinta adhesiva. Era una confortable casa suburbana. En la ventana superior derecha del segundo piso se ve un contorno borroso que la señora Lisbon identificó como Mary Lisbon.

–Solía cepillarse mucho el pelo porque creía que lo tenía débil –diría años más tarde, recordando cómo había sido su hija durante su breve estancia en la tierra.

En la fotografía Mary aparece sorprendida en el momento de secarse el cabello con el secador y parece que le salgan llamas de la cabeza, aunque se trata solamente de un efecto de luz. Era el 13 de junio, veintiocho grados en la calle y sol en el cielo.

Cuando los sanitarios tuvieron la satisfacción de conseguir que la hemorragia se redujese a un goteo, pusieron a Cecilia en una camilla y la sacaron de la casa para meterla en la ambulancia que esperaba en la carretera. Parecía una Cleopatra pequeñita en una litera imperial. El primero en salir fue el sanitario delgaducho que lucía un bigote a lo Wyatt Earp –a quien llamamos el sheriff cuando ya lo conocimos mejor después de tantas tragedias domésticas–, y luego apareció el gordo, que sostenía la camilla por detrás y caminaba melindrosamente por el césped, mirándose los zapatos reglamentarios de policía como si tratara de no pisar mierda de perro, aunque con el tiempo, cuando estuvimos más familiarizados con los aparatos, supimos que vigilaba la presión sanguínea. Sudorosos y moviéndose torpemente, los hombres se dirigieron a la ambulancia, que continuaba estremeciéndose y emitiendo destellos de luz. El gordo tropezó con un aro de croquet y, como venganza, le pegó un puntapié. El aro se desprendió, levantó una nube de polvo y cayó con un sonido metálico sobre el sendero de entrada. Mientras tanto la señora Lisbon irrumpió en el porche llevando a rastras la bata de franela de Cecilia, y profirió un largo gemido con el que detuvo el tiempo. Bajo los árboles ondulantes y sobre la hierba restallante y agostada las cuatro figuras posaron como en un cuadro: dos esclavos ofrecían la víctima al altar (levantaban la camilla para meterla en la ambulancia), la sacerdotisa blandía la antorcha (agitaba la bata de franela) y la virgen, narcotizada, se incorporaba apoyándose en los codos con una sonrisa ultraterrena en los descoloridos labios.

La señora Lisbon viajó en la ambulancia, pero el señor Lisbon la siguió con la furgoneta, aunque respetando el límite de velocidad. Dos de las hermanas Lisbon no estaban en casa: Therese se encontraba en Pittsburgh, asistiendo a un congreso científico, y Bonnie en un campamento musical, intentando aprender a tocar la flauta después de haber abandonado el piano (tenía las manos demasiado pequeñas), el violín (le dolía la barbilla), la guitarra (le sangraban los dedos) y la trompeta (se le deformaba el labio inferior). Al oír la sirena, Mary y Lux habían salido corriendo de la clase de canto, que tomaban en casa del señor Jessup, al otro lado de la calle. Al entrar en el cuarto de baño atestado de gente y ver a Cecilia, con los antebrazos ensangrentados y aquella pagana desnudez, se llevaron un susto tan grande como el de sus padres. Ya fuera, se detuvieron sobre una pequeña extensión de césped que Butch, el chico musculoso que venía a cortarlo todos los sábados, se había olvidado de segar y se abrazaron muy fuerte. Al otro lado de la calle había un camión del Departamento de Parques con unos hombres que atendían algunos de nuestros olmos moribundos. La sirena lanzó un alarido y tanto el botánico como su equipo pararon las bombas de insecticida para observar la ambulancia, que se ponía en marcha. Perdida ya de vista, volvieron a su labor. Hace mucho tiempo que el majestuoso olmo que aparece en primer plano en el documento número uno sucumbió al hongo del escarabajo holandés y hubo que cortarlo.

Los sanitarios llevaron a Cecilia al hospital del Bon Secours, en Kercheval y Maumee. En la sala de urgencias Cecilia contemplaba, con un distanciamiento no exento de pavor, los intentos que hacían por salvarle la vida. Sus ojos amarillos no parpadearon ni tampoco se arredró cuando le clavaron la aguja en el brazo. El doctor Armonson le cosió los cortes de las muñecas y a los cinco minutos de la transfusión la declaró fuera de peligro. Tras acariciarle la barbilla, le dijo:

—¿Qué haces aquí, guapa? Si todavía no tienes edad para saber lo mala que es la vida...

Fue entonces cuando Cecilia dijo en voz alta lo que habría podido considerarse su nota póstuma, aunque en este caso totalmente inútil puesto que seguía con vida.

—Está muy claro, doctor, que usted nunca ha sido una niña de trece años —dijo.

Las hermanas Lisbon tenían trece años (Cecilia), catorce (Lux), quince (Bonnie), dieciséis (Mary) y diecisiete (Therese). Eran bajas, de nalgas rotundas bajo el tejido de algodón y con unas mejillas redondas que recordaban la morbidez dorsal anteriormente citada. A primera vista, sus rostros parecían impúdicos, como si quien las contemplaba tuviese la costumbre de ver mujeres cubiertas con velo. Nadie entendía que el señor y la señora Lisbon hubiesen engendrado unas hijas tan guapas. El señor Lisbon, que enseñaba matemáticas en el instituto, era delgado, de aspecto juvenil, y parecía sorprendido por su propio cabello gris. Su voz era atiplada, y cuando Joe Larson nos explicó que el señor Lisbon había llorado cuando trasladaron a Lux al hospital tras su intento de suicidio, no nos resultó difícil imaginar el tono de su llanto afeminado.

Cuando uno observaba a la señora Lisbon, en vano buscaba en ella algún signo de la belleza que pudo constituir uno de sus atributos. Sus brazos regordetes, su cabello semejante a alambre de acero mal cortado y sus gafas de bibliotecaria frustraban el menor intento. La veíamos raras veces, por las mañanas, vestida elegantemente antes de que saliera el sol, asomándose a la puerta para recoger los cartones de leche cubiertos de rocío, o los domingos, cuando toda la familia salía en la furgoneta camino de la iglesia católica de San Pablo, a orillas del lago. En esas ocasiones la señora Lisbon adoptaba una frialdad regia. Con el bolso fuertemente agarrado en la mano, comprobaba que ninguna de sus hijas llevara ni sombra de pintura en la cara antes de dejarlas subir al coche, y no era raro que ordenara a Lux que volviera a meterse dentro y se pusiera otra blusa menos llamativa. Como nosotros no íbamos a la iglesia, teníamos tiempo de sobra para observarlos: los padres lixiviados, como negativos fotográficos, y las cinco despampanantes hijas luciendo sus esplendorosas carnes, con aquellos vestidos de confección casera, cargados de puntillas y volantes.

Solo un chico había entrado en la casa: Peter Sissen, que había ayudado al señor Lisbon a instalar la maqueta del sistema solar en la clase, a cambio de lo cual una noche fue invitado a cenar. Peter contó que las muchachas le habían estado pegando continuamente puntapiés por debajo de la mesa y que, como estos le llegaban de todas direcciones, le habría sido imposible decir quién se los propinaba. Lo escrutaban con sus ojos azules y enfebrecidos y le sonreían con aquellos dientes suyos tan juntos, que constituían el único rasgo de las niñas Lisbon que no alcanzaba la perfección total. Bonnie fue la única que no dedicó a Peter Sissen miradas furtivas ni puntapiés. Se limitó a bendecir la mesa y a comer en silencio, sumida en el religioso fervor de los quince años. Al levantarse de la mesa, Peter Sissen pidió permiso para ir al cuarto de baño y como Therese y Mary estaban en el de la planta baja y de él salían risitas y comentarios en voz baja, tuvo que ir al de la planta superior. Después nos contaría que los dormitorios estaban llenos de bragas arrugadas, de animales de peluche apañuscados por los apasionados abrazos de las chicas; nos dijo también que había visto un crucifijo del que colgaba un sostén, habitaciones brumosas y camas con dosel, y que había percibido los efluvios de tantas chicas juntas en trance de convertirse en mujeres confinadas en un espacio exiguo. Ya en el cuarto de baño, mientras dejaba correr el agua del grifo para enmascarar los ruidos de su registro, Peter Sissen dio con el secreto escondrijo en el que Mary Lisbon guardaba sus cosméticos, metidos en un calcetín atado debajo del lavabo: barras de carmín y aquella segunda piel que constituían el colorete y los polvos, aparte de la cera para depilar, que sirvió para informarnos de que la chica tenía bozo aunque nunca se lo hubiéramos visto. En realidad, ignoramos a quién pertenecían los cosméticos que vio Peter Sissen hasta que dos semanas más tarde encontramos a Mary Lisbon en el malecón con los labios con una tonalidad carmesí que encajaba exactamente con la que nos había descrito Peter.

El muchacho hizo un inventario de desodorantes, perfumes y esponjas ásperas para eliminar pieles muertas, pero lo que más nos sorprendió fue que no descubriera ninguna ducha en toda la casa, porque nos figurábamos que las chicas se duchaban todas las noches, con la misma regularidad con que alguien se lava los dientes. Con todo, nos recuperamos enseguida de nuestra decepción cuando Sissen nos habló de un descubrimiento que había hecho y que superaba con creces nuestras más locas fantasías. En la papelera había encontrado un Tampax manchado con los jugos interiores todavía frescos de alguna de las hermanas Lisbon. Sissen añadió que casi había estado tentado de traérnoslo, que no era una cosa asquerosa sino bella, que había que verlo porque parecía una pintura moderna o algo así, e incluso dijo que había contado doce cajas de Tampax en el armario. Pero en aquel momento Lux llamó a la puerta y preguntó que si se había muerto o qué y entonces él había tenido que ir corriendo a abrirle. Los cabellos de Lux, que durante la cena llevaba recogidos con un pasador, le caían ahora sueltos sobre los hombros. Pero la chica no entró enseguida en el cuarto de baño, sino que miró a Peter a los ojos, después se echó a reír con su risa de hiena y pasó junto a él diciendo:

–¿Tienes acaparado el baño o qué? Necesito una cosa. –Fue directamente al armario, pero se paró enseguida y enlazó las manos a la espalda–. En privado, si no te importa –le dijo, mientras Peter Sissen bajaba a toda prisa los escalones, rojo como un pimiento y, después de dar las gracias al señor y a la señora Lisbon, se lanzaba corriendo a la calle para poder contarnos enseguida que a Lux Lisbon le estaba saliendo sangre de entre las piernas en aquel mismísimo momento. Era cuando las moscas del pescado cubrían el cielo y ya se estaban encendiendo las farolas.

Cuando Paul Baldino oyó lo que contó Peter Sissen, juró que se metería en casa de los Lisbon y vería cosas aún más impensables que las que había visto Sissen.

–Veré a las chicas duchándose –aseguró.

A los catorce años, Paul Baldino ya tenía las agallas de un gángster y la pinta de matón de su padre, Sammy el Tiburón Baldino, y de todos los que entraban y salían de la enorme casa de Baldino, con sus dos leones esculpidos en piedra a ambos lados de la escalera de entrada. Se movía con el contoneo indolente de los depredadores urbanos que huelen a colonia y se hacen la manicura. Le teníamos miedo, a él y a sus ricos e imponentes primos, Rico Manollo y Vince Fusilli, no solo porque su casa aparecía a menudo en los periódicos, o por las limusinas negras blindadas que se deslizaban por el camino circular de entrada bordeado de laureles importados de Italia, sino también por aquellos círculos oscuros que tenía debajo de los ojos, por sus flancos de mamut y por aquellos relucientes zapatos negros que no se quitaba ni siquiera para jugar a béisbol. Ya había metido la nariz en sitios prohibidos y, aunque no siempre era fiable lo que contaba después, no por ello dejaba de impresionarnos la osadía de sus exploraciones. En sexto, el día que llevaron a todas las niñas al auditorio para que vieran una película solo para chicas, Paul Baldino se coló en la sala y se escondió en la antigua cabina de las votaciones para poder contarnos de qué iba la cosa. Lo esperamos en el patio, jugando a pegar puntapiés a la grava para matar el tiempo hasta que apareció mascando un palillo y jugando con el anillo de oro que llevaba en el dedo. Estábamos sobre ascuas.

–He visto la peli –dijo– y sé de qué va la cosa. Escuchad, a eso de los doce años o así, a las chicas... –Se inclinó hacia nosotros– les sale sangre de las tetas.

Pese a que ya estábamos mejor informados, Paul Baldino seguía inspirándonos miedo y respeto. Se le habían puesto flancos de rinoceronte y aquellos círculos que tenía debajo de los ojos ahora tenían un color ceniciento que hacía pensar en la muerte. Fue en esa época cuando comenzaron a correr los rumores acerca del túnel. Una mañana, hacía ya algunos años, había aparecido un grupo de trabajadores en el jardín de su casa, detrás de la valla coronada de púas y guardada por dos perros pastores alemanes blancos idénticos. Para ocultar lo que se llevaban entre manos colgaron unas telas de hule de unas escaleras de mano y, tres días después, cuando las quitaron, en medio del césped había aparecido un tronco de árbol artificial. Era de cemento, con la corteza y los nudos del tronco pintados e incluso con dos ramas podadas que apuntaban al cielo con el fervor de muñones amputados. En medio del tronco una cuña abierta con una sierra de cadena contenía una parrilla metálica.

Paul Baldino dijo que era una barbacoa y nos lo creímos. Pero iba pasando el tiempo y vimos que no la utilizaba nadie. Según los periódicos, la barbacoa había costado cincuenta mil dólares, si bien en ella jamás se asó una hamburguesa, ni siquiera un perrito caliente. No tardó en circular el rumor de que el tronco era la entrada de un túnel para poder escapar y que conducía a un escondrijo junto al río donde Sammy el Tiburón tenía una lancha rápida, y que los trabajadores habían colgado hules para que nadie viese que estaban excavando. Pocos meses después de que empezaran a circular los rumores, Paul Baldino comenzó a aparecer en los sótanos de diferentes casas, a los que llegaba a través de las cloacas. Apareció un día en casa de Chase Buell, cubierto de un polvillo grisáceo que olía claramente a mierda; se metió como con calzador en la bodega de Danny Zinn, y esta vez se presentó con una linterna, un bate de béisbol y una bolsa con dos ratas muertas; finalmente asomó al otro lado de la caldera de Tom Faheem, a la que pegó tres golpes.

Siempre daba la misma explicación: que estaba explorando las cloacas debajo de su casa y que se había perdido. Pero empezamos a sospechar que lo que estaba explorando en realidad era el túnel que su padre había mandado construir. Cuando había fanfarroneado diciendo que veía a las chicas Lisbon mientras se duchaban todos creímos que iba a entrar en la casa de los Lisbon igual que había entrado en las otras. Nunca llegamos a saber exactamente qué había ocurrido, pero la policía lo estuvo interrogando más de una hora. Él les dijo que se había metido a gatas en el conducto de la cloaca de su casa y que después había seguido avanzando poco a poco; les describió las enormes dimensiones de los conductos, les dijo que había encontrado tazas de café y colillas dejadas por los trabajadores y dibujos al carbón de mujeres desnudas en las paredes, similares a pinturas rupestres. Dijo que se había metido en las cloacas al azar y que al pasar por debajo de las casas olía incluso lo que estaban cocinando en aquel momento. Por fin se había metido en el sótano de los Lisbon pasando a través de la reja de la cloaca. Después de sacudirse bien la ropa, había subido a la planta baja para ver si había alguien, pero la casa estaba vacía. Había dado voces y recorrido las habitaciones. Después había subido a la planta superior. En el rellano había oído correr agua y se había acercado a la puerta del cuarto de baño. Paul Baldino insistió en que había llamado con los nudillos a la puerta y que, al entrar, había encontrado a Cecilia desnuda, con las muñecas rezumando sangre y que lo primero que hizo tan pronto como se hubo recuperado del susto fue llamar a la policía, porque su padre le había enseñado que eso es lo que hay que hacer siempre.

Por supuesto, quienes primero vieron la estampa plastificada fueron los sanitarios, y el gordo, agobiado con las prisas, se la guardó en el bolsillo. Ya en el hospital se acordó de la estampa y de que quería dársela al señor y a la señora Lisbon. Cecilia ya estaba fuera de peligro y sus padres aguardaban sentados en la sala de espera, aliviados pero confusos. El señor Lisbon dio las gracias al sanitario por haber salvado la vida de su hija. Después dio vuelta a la estampa y leyó las palabras impresas en el dorso:

La Virgen María se ha aparecido en nuestra ciudad y ha traído su mensaje de paz a un mundo que se está desmoronando. Como en Lourdes y Fátima. Nuestra Señora ha premiado con su presencia a personas como tú. Para más información llamar al 555-MARY.

El señor Lisbon lo leyó tres veces y después, con voz de desaliento, dijo:

—La bautizamos, la confirmamos y ahora cree en esta mierda.

Fue su única blasfemia durante aquella dura prueba. La señora Lisbon reaccionó arrugando la estampa en el puño (pero sobrevivió, tenemos una fotocopia).

El periódico local no se dignó publicar ningún artículo sobre el intento de suicidio porque el editor, el señor Baubee, estimaba que una noticia tan deprimente como aquella no encajaría muy bien entre el artículo sobre la Exposición Floral de la Asociación Juvenil y las fotografías de novias sonrientes publicadas en la última página. El único artículo interesante de aquel día hacía referencia a la huelga de los empleados del cementerio (se acumulaban los cadáveres, no había acuerdo a la vista), pero estaba en la página cuatro, debajo de los resultados de las ligas menores de béisbol.

Al volver a casa, el señor y la señora Lisbon se encerraron con las niñas y no hablaron ni una sola palabra sobre lo ocurrido. Solo cuando la señora Scheer la presionó lo suficiente, la señora Lisbon hizo referencia al «accidente de Cecilia», y habló del asunto como si la niña se hubiera cortado al caer. Sin embargo, Paul Baldino, perturbado por la visión de la sangre, nos describió con precisión y objetividad lo que había visto y no dejó lugar a dudas sobre que Cecilia había perpetrado un acto de violencia contra sí misma.

La señora Buck encontraba extraño que la navaja hubiera ido a parar al lavabo.

–Si uno se corta las muñecas en la bañera, ¿no dejará la navaja junto a ella? –decía.

Esto llevó a preguntarse si Cecilia se habría hecho los cortes en la muñeca mientras estaba metida en la bañera o cuando estaba de pie en la alfombrilla, ya que en esta había manchas de sangre. Para Paul Baldino no había duda:

–Lo hizo en el lavabo y después se metió en la bañera –explicaba–. ¡Por eso lo dejó todo perdido!

Cecilia estuvo bajo observación una semana. La ficha del hospital indica que la arteria de la muñeca derecha estaba totalmente seccionada porque la niña era zurda, pero que la herida de la muñeca izquierda no había sido tan profunda y había dejado intacta la parte inferior de la arteria. Tuvieron que darle veinticuatro puntos en cada muñeca.

Cuando volvió, todavía llevaba puesto el traje de novia. La señora Patz, cuya hermana era enfermera del Bon Secours, dijo que Cecilia se había negado a ponerse la bata del hospital y que había pedido su vestido de novia. El doctor Hornicker, psiquiatra, estimó que lo mejor sería complacerla. El día que Cecilia volvió a casa se desencadenó una tormenta. Estábamos en casa de Joe Larson, que vivía al otro lado de la calle, cuando se oyó el primer trueno. La madre de Joe gritó desde abajo que cerrásemos todas las ventanas y después saliéramos corriendo hacia nuestra casa. En la calle, un profundo vacío había aquietado el aire. Una ráfaga de viento agitó una bolsa de papel, la levantó, la hizo girar unas cuantas veces, la llevó volando entre las ramas bajas de los árboles. Mientras aquel vacío del aire se disolvía de pronto en aguacero y el cielo se volvía negro, la furgoneta de los Lisbon trataba de abrirse camino en medio de la oscuridad.

Llamamos a la madre de Joe para que subiera a mirar y a los pocos segundos oímos que se acercaba rápidamente por la escalera alfombrada y se reunía con nosotros junto a la ventana. Era martes y la madre de Joe olía a pulimento para muebles. Vimos que la señora Lisbon abría la puerta del coche con el pie y salía trabajosamente cubriéndose la cabeza con el bolso para no mojarse. Encorvada y ceñuda, abrió la puerta de atrás. Llovía a cántaros y la señora Lisbon tenía el pelo empapado pegado a la cara. Por fin asomó la cabecita de Cecilia, borrosa a causa de la lluvia, moviéndose con extrañas sacudidas debido al doble cabestrillo que le sujetaba los brazos. Le costó trabajo coger impulso suficiente para tenerse en pie. Cuando por fin lo consiguió, levantó los dos cabestrillos como sendas alas de tela mientras la señora Lisbon la cogía por el codo izquierdo y la conducía a casa. Para entonces llovía a cántaros y no alcanzábamos a distinguir el otro lado de la calle.

Los días siguientes vimos a menudo a Cecilia. Se sentaba en los peldaños de entrada, cogía bayas rojas de los arbustos y se las comía o se ensuciaba con el jugo las palmas de las manos. Seguía vistiendo el traje de novia, iba descalza y llevaba sucios los pies. Por la tarde, cuando daba el sol en el jardincito del frente, observaba las hormigas apelotonándose en las grietas de la acera o se tumbaba boca arriba en la hierba abonada y contemplaba las nubes. Siempre estaba acompañada por alguna de sus hermanas. Therese se llevaba los libros científicos a los peldaños de la escalera, estudiaba las fotografías del espacio interplanetario y levantaba los ojos cada vez que Cecilia se alejaba hasta el extremo del jardín. Lux extendía toallas de playa en el suelo y se bronceaba al sol mientras Cecilia se arañaba la pierna con un palo trazando arabescos en ellas. Otras veces Cecilia se acercaba a su guardiana, le echaba los brazos al cuello y le murmuraba unas palabras al oído.

Todo el mundo tenía su teoría acerca de por qué había tratado de matarse. La señora Buell decía que la culpa era de los padres.

—La niña no quería morirse, lo que quería era irse de su casa —nos dijo.

22

—Quería cambiar de decorado —añadió la señora Scheer.

El día que Cecilia volvió del hospital, las dos mujeres le trajeron un pastel como muestra de cariño, pero la señora Lisbon se negó a reconocer que hubiera ocurrido ninguna calamidad. Encontramos mucho más vieja y enormemente gorda a la señora Buell, que aún dormía en una habitación separada de la de su marido, adepto a la Ciencia Cristiana. Se recostaba en la cama, llevaba gafas reflectantes nacaradas durante el día y agitaba ruidosamente cubitos de hielo en vasos altos que, según aseguraba, solo contenían agua, pero toda ella emanaba ahora un nuevo olor a indolencia vespertina, un perfume a telenovela.

—Tan pronto como Lily y yo le dimos el pastel, la mujer dijo a las niñas que fueran arriba. Todavía está caliente, le dijimos, podríamos comernos un trocito. Pero ella lo cogió y lo metió en la nevera. Delante de nuestras narices.

La señora Scheer lo contaba de otra manera.

—Lamento decirlo, pero Joan hace años que está mal de la cabeza. La verdad es que la señora Lisbon nos dio las gracias muy amablemente y allí todo parecía de lo más normal. Hasta empecé a preguntarme si no sería verdad que la niña se hizo los cortes al caer. La señora Lisbon nos invitó a entrar en el solárium y nos dio un trozo de pastel. Joan se marchó intempestivamente, quizá a su casa a tomarse otro latigazo. No me extrañaría nada.

Encontramos al señor Buell abajo, en el dormitorio que no compartía con su mujer y que había decorado con motivos deportivos. Tenía en un estante una fotografía de su primera esposa, a la que amaba desde que se habían divorciado, y cuando se levantó de su escritorio para saludarnos todavía iba encorvado a causa de aquella herida en el hombro que la fe no había conseguido curar del todo.

—Fue una consecuencia más de esta lamentable sociedad en la que vivimos —nos dijo—. No estaban en afinidad con Dios.

Cuando le recordamos lo de la estampa de la Virgen María, dijo:

—La única estampa que debería haber llevado era la de Jesús.

A través de las arrugas y de las indóciles cejas blancas todavía descubrimos el rostro afable del hombre que hacía muchos años nos había enseñado a pasar la pelota de fútbol. El señor Buell había sido piloto durante la Segunda Guerra Mundial y, tras ser derribado en Birmania, salvó a sus hombres recorriendo cien millas a través de la jungla. Después de aquello ya no volvió a tomar ningún medicamento, ni siquiera una aspirina. Un invierno se rompió el hombro esquiando y lo máximo que se consiguió de él fue que se dejara hacer una radiografía, nada más. Desde entonces daba un respingo cada vez que tratábamos de hacerle un placaje, rastrillaba las hojas secas con una sola mano y ya no preparaba las malditas tortitas los domingos por la mañana. Por lo demás, seguía perseverando y siempre nos corregía amablemente cuando tomábamos el nombre de Dios en vano. Metido allí en su dormitorio, aquel hombre se había transformado en una simpática joroba.

—¡Qué triste lo de esas chicas! —dijo—. ¡Qué desperdicio de vida!

La teoría más extendida era que la culpa de todo la tenía Dominic Palazzolo. Dominic era hijo de inmigrantes y vivía con unos parientes hasta que su familia se instaló en Nuevo México. Fue el primer chico del vecindario que llevó gafas de sol y, a la semana de llegar, ya se enamoró. El objeto de sus deseos no era Cecilia sino Diana Porter, una jovencita de cabellos castaños y cara caballuna, aunque guapa, que vivía en una casa con las paredes cubiertas de hiedra, junto al lago. Por desgracia, no advirtió a Dominic atisbando por la cerca mientras ella jugaba entusiasmada a tenis en la pista de cemento de su casa, ni tampoco cuando se echaba en la tumbona, sudando néctar, junto a la piscina. Para los del grupo, Dominic Palazzolo no contaba porque no se sumaba a nuestras conversaciones sobre béisbol o coches, ya que apenas sabía unas pocas palabras de inglés, lo que no impedía que de vez en cuando echara la cabeza hacia atrás y, con el cielo reflejado en las gafas de sol, dijese:

–La amo.

Y cada vez que lo decía parecía desprenderse de una cosa tan profunda que lo llenaba de estupor, como si acabara de soltar una perla. A principios de junio, cuando Diana Porter se marchó de vacaciones a Suiza, Dominic se sintió destrozado.

–Me cago en la Virgen María –dijo con furia–. Me cago en Dios.

Y como para demostrar su desesperación y la sinceridad de su amor, se subió al tejado de la casa de sus parientes y saltó.

Lo vimos. Vimos que Cecilia Lisbon lo vio desde el jardín de su casa. Dominic Palazzolo, con los pantalones ceñidos, las botas Dingo y el tupé, entró en la casa, lo vimos pasar junto a las ventanas panorámicas de la planta baja, apareció después en la ventana de la planta superior, el pañuelo de seda atado al cuello. Trepó por el saliente y se subió al tejado plano. Allá arriba parecía frágil, perturbado, temperamental, tal como nos imaginábamos a los europeos. Se colocó en el extremo del tejado como un nadador a punto de saltar de la palanca y dijo en un murmullo:

–La amo.

Después pasó por encima de las ventanas y de un salto bien calculado cayó en el jardín.

No se hizo nada. Se puso de pie después de demostrar su amor y algunos decían que en ese instante, calle abajo, Cecilia Lisbon se había enamorado de él. Amy Schraff, una amiga de Cecilia de la escuela, aseguraba que durante la última semana del curso esta no sabía hablar de otra cosa. En lugar de dedicarse a preparar los exámenes, empleaba las horas de estudio en buscar ITALIA en la enciclopedia, comenzó a decir *ciao* y a acudir a la iglesia católica de San Pablo, a orillas del lago, y a mojarse la frente con agua bendita. En la cafetería, incluso los días calurosos en que el lugar se llenaba con los vahos de la comida típica de la institución, Cecilia escogía siempre espaguetis y albóndigas, como si comiendo lo mismo que Dominic Palazzolo pudiera estar más cerca de él. Ya en el punto culminante de la pasión amorosa, compró el crucifijo que Peter Sissen había visto decorado con el sostén. Los que apoyaban esta teoría decían siempre lo mismo: la semana anterior a que Cecilia intentara suicidarse, la familia de Dominic Palazzolo lo llamó a Nuevo México. Se marchó cagándose más que nunca en Dios porque Nuevo México todavía estaba más lejos de Suiza, donde, en aquel mismo instante, Diana Porter se estaba paseando bajo los árboles del verano, apartándose inexorablemente del mundo que Dominic heredaría en calidad de propietario de una empresa dedicada a la limpieza de alfombras. Si Cecilia había derramado su sangre en la bañera era porque, según decía Amy Schraff, también lo hacían los romanos cuando la vida les resultaba insoportable, y porque pensaba que cuando Dominic se enterara, allí en la carretera, entre los cactos, comprendería que lo había hecho porque lo amaba.

El informe del psiquiatra recoge gran parte del expediente del hospital. Después de hablar con Cecilia, el doctor Hornicker diagnosticó que el suicidio había sido un acto de agresión inspirado por la regresión de impulsos de la libido propios de la adolescencia. Ante tres manchas de tinta absolutamente diferentes, la chica había respondido: «Un plátano.» También había visto «barrotes de una cárcel», «un pantano», «un africano» y «la tierra después de una bomba atómica». Al preguntarle por qué había intentado suicidarse solo respondió:

—Fue un error.

Se negó a añadir nada más a pesar de la insistencia del médico.

«Pese a la gravedad de las heridas», anotó el doctor Hornicker «no creo que la paciente quisiera realmente quitarse la vida. El acto era una demanda de ayuda.»

Al reunirse con el señor y la señora Lisbon les recomendó que suavizaran las normas. Opinaba que sería bueno para Cecilia el que tuviera alguna «válvula de escape de tipo social al margen de la codificación escolar, que le permita frecuentar la compañía de chicos de su edad. Debe permitirse que Cecilia, a sus trece años, se pinte de manera parecida a como lo hacen las chicas de su edad a fin de que pueda conectar con ellas. La imitación de hábitos comunes es un paso indispensable en el proceso de la individualización».

A partir de aquel momento, la casa de los Lisbon experimentó un cambio. Casi a diario, incluso cuando no tenía necesidad de echar una ojeada a Cecilia, Lux se tumbaba en la toalla y se bronceaba al sol en traje de baño, circunstancia que incitaba al afilador de cuchillos ambulante a hacer una demostración de quince minutos absolutamente innecesaria. La puerta principal de la casa permanecía siempre abierta, debido a que constantemente entraba o salía alguna de las niñas. Una vez que estábamos en el jardín de Jeff Maldrum jugando a pelota, vimos un grupo de niñas bailando rock and roll en la sala de estar. Parecían muy serias, concentradas en aprender los movimientos correctos, y nos sorprendió que estuvieran bailando juntas para divertirse mientras Jeff Maldrum daba unos golpecitos en la ventana y les dedicaba unos besos ruidosos, hasta que bajaron la persiana. Antes de que las chicas desaparecieran de la vista, todavía tuvimos tiempo de ver a Mary Lisbon al fondo, cerca de la librería, con pantalones vaqueros acampanados y un corazón bordado en las posaderas.

Hubo otros cambios milagrosos. Se permitió que Butch, quien cortaba la hierba de casa de los Lisbon, entrase en la casa a tomar un vaso de agua para que no se viese obligado a beber directamente del grifo de fuera. Sudado, con el tatuado torso desnudo, se metía directamente en la cocina donde las hermanas Lisbon vivían y respiraban, pero nunca le preguntamos qué había visto debido a que sus músculos y su pobreza nos imponían mucho respeto.

Dimos por sentado que el señor y la señora Lisbon estaban de acuerdo en actuar con indulgencia, pero cuando años más tarde hablamos con el señor Lisbon nos dijo que su mujer jamás había aceptado la recomendación del psiquiatra.

—Lo único que hizo fue ceder durante un tiempo —agregó.

Para entonces ya se había divorciado y vivía solo en un apartamento de una sola habitación cuyo suelo estaba cubierto de virutas debido a que ocupaba el tiempo tallando madera. Los estantes estaban repletos de esculturas de pájaros y ranas. Según palabras del señor Lisbon, siempre había albergado dudas con respecto a la severidad de su esposa, pues estaba convencido de que cuando se prohíbe bailar a las chicas lo único que se consigue es atraer maridos de mal color y pecho hundido. Además, el olor de todas aquellas chicas enjauladas había empezado a atacarle los nervios. A veces tenía la impresión de vivir en una pajarera del zoo. Encontraba en todas partes horquillas para el pelo y peines con pelos enredados en las púas y como era una casa en la que solo había hembras, llegaban a olvidarse de que él era macho y hablaban abiertamente de la menstruación como si él no estuviera delante. A Cecilia acababa de venirle el periodo, precisamente el mismo día en que lo estaban pasando las demás, todas sincronizadas en sus ritmos lunares. Aquellos cinco días de cada mes eran los peores del año para el señor Lisbon, que se veía obligado a distribuir aspirinas como quien da de comer a los patos, así como a apaciguar los accesos de llanto que se desataban por el simple hecho de que en la película de la tele habían matado a un perro. Según contó, cuando las chicas tenían «el mes» desplegaban su feminidad de manera dramática. Se ponían más lánguidas, bajaban las escaleras del modo en que lo hacen las actrices y hasta les daba por guiñar el ojo al decir cosas tan sencillas como: «La prima Herbie ha venido de visita.»

En alguna ocasión lo habían enviado de noche a comprar Tampax, pero no una caja sino cuatro o cinco, ante lo cual los jóvenes dependientes de la tienda, con su bigotito fino, esbozaban una sonrisa irónica. Quería a sus hijas, eran su tesoro, pero anhelaba la presencia de algunos chicos. Esta fue la razón de que, dos semanas después de que Cecilia volviera a casa, el señor Lisbon convenciese a su mujer de que dejara a las chicas celebrar la primera y única fiesta de sus cortas vidas. Todos recibimos las invitaciones, escritas a mano en papel de dibujo, con unos globos en los que aparecían escritos nuestros nombres con rotulador Magic Marker. La sorpresa que tuvimos al ser invitados a una casa que solo habíamos visitado en nuestras fantasías de cuarto de baño fue tan grande que tuvimos que comparar nuestras respectivas invitaciones antes de dar crédito a nuestros ojos. Era turbador pensar que las chicas Lisbon sabían nuestros nombres, que sus delicadas cuerdas vocales habían pronunciado las sílabas que los componían, que aquello había significado algo en sus vidas. Habían tenido que hacer el esfuerzo de escribirlos con la ortografía correcta, de comprobar nuestras direcciones en el listín telefónico o en los números metálicos clavados en los árboles.

A medida que se acercaba la noche de la fiesta, vigilábamos la casa tratando de descubrir señales de algún tipo de ajetreo u otros preparativos, pero no vimos nada. Los ladrillos amarillentos conservaban su aspecto de orfanato dirigido por religiosos y el silencio del jardín era absoluto. Las cortinas no se movían, tampoco vimos ninguna furgoneta descargando bocadillos gigantes ni bolsas de patatas fritas.

Por fin llegó la noche. Con chaqueta azul, pantalones caqui y corbatas sujetas con aguja, caminamos por la acera de la casa de los Lisbon como en tantas ocasiones, solo que esta vez giramos y recorrimos el sendero de entrada, subimos los peldaños de la escalera bordeada de macetas de geranios rojos y tocamos el timbre. Peter Sissen nos hacía de guía, pero parecía un poco inquieto y no dejaba de repetir:

—Esperad y veréis.

Se abrió la puerta. En la penumbra, sobre nosotros, cobró forma el rostro de la señora Lisbon. Nos dijo que entrásemos, al cruzar la puerta topamos unos con otros y, apenas pusimos los pies en la estera de pelo largo del zaguán, nos dimos cuenta de que las descripciones que Peter Sissen nos había hecho de la casa eran totalmente erróneas. En lugar del ambiente embriagador de caos femenino que esperábamos encontrar, la casa era un lugar ordenado, estricto, en el que flotaba un vago olor a palomitas de maíz rancias. Sobre el arco de entrada, un cuadro enmarcado ostentaba una leyenda bordada («Bendice esta casa») y a la derecha, en un estante sobre el radiador, había cinco pares de amarillentos zapatitos de bebé perpetuando para siempre el insulso estadio que había sido la primera infancia de las hermanas Lisbon. El comedor estaba amueblado con severos muebles coloniales. Colgado de una pared había un cuadro de los primeros colonizadores desplumando un pavo. La sala de estar reveló un alfombrado anaranjado y un sofá marrón de vinilo. La butaca del señor Lisbon estaba junto a una mesilla con una maqueta de un velero a medio terminar, sin las jarcias y con la pechugona sirena de la proa ya pintada.

Se nos indicó las escaleras que llevaban a la sala de juegos, situada en el sótano. Los peldaños tenían un reborde metálico y eran muy altos. A medida que descendíamos, la luz de abajo iba haciéndose más intensa, como si nos acercáramos al centro ígneo de la tierra. Al llegar al último peldaño quedamos cegados. En el

30

techo zumbaban los fluorescentes y en todas las superficies había lámparas de sobremesa encendidas. Debajo de nuestros zapatos con hebillas flameaba el linóleo a cuadros verdes y rojos. En una mesilla de juego bullía la lava en el cuenco del ponche. Resplandecían los paneles en las paredes y durante los primeros segundos las hermanas Lisbon no fueron sino una mancha fulgurante como una congregación de ángeles. Pero cuando nuestros ojos comenzaron a acostumbrarse a la luz, nos revelaron una cosa en la que nunca habíamos reparado: las niñas Lisbon eran personas distintas, no ya cinco réplicas con idéntico cabello rubio y mejillas mofletudas, sino cinco seres diferentes cuya personalidad comenzaba a transformar sus caras y a diferenciar sus expresiones. Nos dimos cuenta inmediatamente de que Bonnie, que se presentó como Bonaventure, tenía la piel cetrina y la nariz afilada de una monja. Tenía la mirada vidriosa y era un palmo y medio más alta que sus hermanas, sobre todo debido a la largura del cuello, que acabaría colgado un día del extremo de una cuerda. Therese Lisbon tenía una cara más seria, las mejillas y los ojos de una vaca, y se acercó a saludarnos tímidamente. Mary Lisbon tenía el cabello más oscuro y sobre el labio superior lucía una especie de pelusilla que parecía indicar que su madre había descubierto dónde escondía la cera de depilar. Lux Lisbon era la única que encajaba con la imagen que nos hacíamos de las hermanas Lisbon. Irradiaba salud y maldad. Llevaba un vestido muy ceñido y, cuando se adelantó a darnos la mano, nos hizo secretamente cosquillas con un dedo en la palma al tiempo que emitía una extraña risa ronca. Cecilia, como de costumbre, llevaba el vestido de novia con el dobladillo recortado. Era un vestido de los años veinte con lentejuelas en la parte del pecho, que ella no llenaba, y cuyo bajo alguien, Cecilia o el propietario de la tienda de ropa usada, había cortado en zigzag para que le llegara por encima de las excoriadas rodillas. Estaba sentada en un taburete, mirando fijamente el vaso de ponche, con el informe vestido sobre el cuerpo. Llevaba los labios pintados de rojo rabioso, lo que le daba aspecto de una puta desquiciada, pero se comportaba como si allí no hubiera nadie más que ella.

Sabíamos que debíamos mantenernos apartados de Cecilia. Aunque ya le habían retirado las vendas, varias pulseras le tapaban las cicatrices. Como ninguna de las otras chicas llevaba pulseras, supusimos que todas habían prestado las suyas a Cecilia. Las llevaba pegadas a la piel con cinta adhesiva para que no le resbalaran y en el vestido de novia había manchas de comida del hospital, de zanahorias y remolachas hervidas. Nos dieron el ponche y nos quedamos de pie a un lado de la sala mientras las hermanas Lisbon permanecían también de pie en el otro.

Nunca habíamos estado en una fiesta con custodia. Estábamos acostumbrados a las fiestas de nuestros hermanos mayores, que ahuyentaban a los padres fuera de la ciudad y en las que las habitaciones a oscuras vibraban con montones de cuerpos, vómitos musicales, barrilitos de cerveza metidos en hielo dentro de la bañera, tumultos en los pasillos y destrucción de la escultura del salón. Pero esta fiesta era totalmente diferente. La señora Lisbon iba llenando los vasos de ponche con un cazo y nosotros mirábamos a Therese y a Mary, que jugaban al dominó, mientras en el otro extremo de la habitación el señor Lisbon abría la caja donde guardaba las herramientas. Nos enseñó sus trinquetes, haciéndolos girar en la mano de modo que zumbaran, y un largo tubo cortante que según dijo era una fresadora y otro cubierto de masilla que, al decir de él, era un raspador y otro más con un extremo en punta que al parecer era un formón. Hablaba de aquellas herramientas en voz baja, con la mirada fija en ellas, sin alzarla ni por un instante hacia nosotros, recorriendo su superficie con los dedos o probando su agudeza en la tierna yema del pulgar. En la frente se le formaba un profundo pliegue vertical y los labios se le humedecían por momentos pese a que tenía la piel de la cara completamente seca.

Cecilia seguía sentada en el taburete.

Para nuestra alegría apareció Joe el Retrasado. Llegó cogido del brazo de su madre, con sus bermudas holgados y su gorrito azul de béisbol y, como de costumbre, con aquella sonrisita en la cara que es patrimonio de todos los mongoloides. Llevaba la invitación atada a la muñeca con una cinta roja, lo que significaba que las chicas Lisbon habían escrito su nombre con la misma corrección que el nuestro y cuando entró murmuró algunas palabras con aquella mandíbula prominente que tenía y los labios entreabiertos, aquellos minúsculos ojos japoneses y las mejillas recién afeitadas por sus hermanos. Nadie sabía cuántos años tenía exactamente Joe, pero lo recordábamos de siempre con patillas. Sus hermanos solían afeitarlo en el porche, donde sacaban un balde con agua y le gritaban que se estuviese quieto porque, como le rebanasen el pescuezo, la culpa no sería más que de él. Entonces Joe palidecía y se quedaba tan inmóvil como un lagarto. Sabíamos que los retrasados no viven mucho tiempo y que envejecen antes que las personas normales, lo que explicaba que por debajo de la gorrita de béisbol le asomasen unos cabellos grises. De niños creíamos que Joe el Retrasado ya habría muerto cuando fuéramos adolescentes, pero ya éramos adolescentes y Joe seguía siendo un niño.

Ahora que Joe el Retrasado había llegado tendríamos ocasión de demostrar a las hermanas Lisbon las cosas que sabía hacer, como por ejemplo mover rápidamente las orejas cuando le rascábamos la barbilla o decir siempre «cara» cuando echábamos una moneda al aire, nunca «cruz», porque la palabra era demasiado complicada para él, por mucho que le dijéramos:

—Joe, prueba a decir cruz.

Él se figuraba que siempre que decía «cara» ganaba, porque nosotros se lo habíamos hecho creer así.

Le hicimos cantar la canción que el señor Eugene le había enseñado, la que decía: «En Sambo Wango los monos no tienen rabo, en Sambo Wango los monos no tienen rabo, en Sambo Wango los monos no tienen rabo, las ballenas se lo han comido de un bocado.» Aplaudimos y las chicas Lisbon aplaudieron también, incluida Lux, que además se inclinó hacia Joe el Retrasado, pero él era demasiado estúpido para apreciar el detalle.

Cuando la fiesta comenzaba a ponerse divertida Cecilia se deslizó del taburete y se dirigió a su madre. Jugando con los brazaletes que llevaba en la muñeca izquierda, le preguntó si la autorizaba a marcharse. Era la primera vez que oíamos su voz y nos sorprendió la madurez del tono. Más que nada sonaba vieja y cansada. Siguió toqueteando los brazaletes hasta que la señora Lisbon le respondió:

—Si eso es lo que quieres, Cecilia, pero ten en cuenta que si nos hemos tomado tantas molestias ha sido para celebrar una fiesta especialmente para ti.

Cecilia continuó tirando de los brazaletes hasta que se despegó la cinta adhesiva. Se quedó quieta.

—De acuerdo —dijo la señora Lisbon—. Ve arriba, si quieres. Nos divertiremos sin ti.

Tan pronto como la madre le dio permiso, Cecilia se dirigió a las escaleras. Tenía la cabeza baja y se movía como olvidada de sí misma, sus ojos de girasol fijos en aquel problema de su vida que no llegaríamos a entender jamás. Subió los escalones que conducían a la cocina, cerró la puerta tras ella y continuó escaleras arriba desde el vestíbulo. Oímos sus pasos sobre nuestras cabezas. Hacia la mitad de la escalera que llevaba a la planta superior, los pasos dejaron de oírse, pero no habían transcurrido treinta segundos cuando llegó a nosotros el ruido húmedo de su cuerpo al desplomarse sobre la verja que bordeaba la casa. Lo primero que oímos fue el viento, una especie de ráfaga que, según decidimos más tarde debió de ser su vestido de novia al llenarse de aire. Fue un breve instante. Un cuerpo humano cae deprisa. El hecho era simplemente este: una persona sujeta totalmente a las propiedades físicas cae con la rapidez de una piedra. Poco importa si el cerebro siguió destellando durante su trayectoria descendente o si se arrepintió de lo hecho o si tuvo tiempo de fijarse en las puntas de la verja que se proyectaban hacia ella. Su cerebro había dejado de existir en lo que pueda importar. Primero se oyó el soplo del viento una vez, y a continuación un ruido sordo y húmedo semejante al de una sandía al partirse. Aunque nos asustó, permanecimos quietos y tranquilos, como quien escucha una orquesta, inclinando la cabeza para captar mejor el sonido, sin saber por el momento qué había ocurrido. Después la señora Lisbon, como si estuviera sola, exclamó:

–¡Oh, Dios mío!

El señor Lisbon subió las escaleras corriendo. La señora Lisbon llegó arriba y se quedó agarrada a la barandilla. Vimos su silueta en el hueco de la escalera, sus piernas gruesas, su espalda encorvada, la cabeza grande inmovilizada por el pánico, las gafas proyectadas hacia el espacio y llenas de luz. Había subido casi toda la escalera y dudamos en seguirla hasta que lo hicieron las hermanas Lisbon. Después nos apiñamos y fuimos juntos a la cocina. A través de una ventana lateral vimos al señor Lisbon entre los arbustos. Al salir por la puerta de la casa nos dimos cuenta de que tenía en brazos a Cecilia, una mano debajo del cuello y otra debajo de las rodillas. Trataba de arrancarla de la punta de hierro que le había atravesado el pecho derecho y se había abierto paso hasta dar con su incomprensible corazón, introduciéndose entre dos vértebras sin romper ninguna y asomando después por la espalda, desgarrándole el vestido y encontrando nuevamente el aire. La lanza había seguido su camino con tal rapidez que no se veía señal de sangre en ella. Estaba limpia por completo, y Cecilia sencillamente parecía una gimnasta en equilibrio sobre una pértiga. El aleteo del vestido de novia añadía a la escena un efecto casi circense. El señor Lisbon seguía tratando de levantar a su hija, ahora suavemente, pero aun en nuestra ignorancia supimos que era inútil y que a pesar de que Cecilia tenía los ojos abiertos y de que su boca seguía contrayéndose como la de un pez ensartado en el anzuelo, aquello solo obedecía a los nervios, y supimos también que, en su segundo intento, Cecilia había conseguido salir del mundo.

2

Si la primera vez no pudimos entender por qué Cecilia había querido quitarse la vida, todavía lo entendimos menos la segunda. Su diario, examinado por la policía como parte de las pesquisas rutinarias, no confirmó la suposición de un amor no correspondido. El pequeño diario de papel de arroz iluminado con rotuladores Magic Marker de todos los colores que le daban el aspecto de un Libro de Horas o de una Biblia medieval mencionaba una sola vez a Dominic Palazzolo. Las páginas estaban plagadas de miniaturas. Ángeles de color de rosa descendían de los márgenes superiores o abrían sus alas entre los apretados párrafos. Doncellas de dorados cabellos derramaban lágrimas azules como el mar en el margen interior del libro. Ballenas de color de uva se desangraban en torno a un recorte de periódico (pegado) con la lista de las especies en peligro de extinción. Seis pajarillos recién salidos del cascarón, roto a su lado, lloraban junto a una anotación que databa de Pascua. Cecilia había llenado las páginas con una profusión de colores y volutas, escaleras del País del Caramelo y tréboles listados, pero la anotación que hacía referencia a Dominic decía: «Palazzolo ha saltado hoy del tejado sobre esa puta esplendorosa, Porter. ¡Será estúpido!»

Volvieron los sanitarios; eran los mismos, pero nos llevó unos instantes reconocerlos. Un poco por miedo y un poco por educación, nos habíamos trasladado al otro lado de la calle y esperábamos apoyados en el capó del Oldsmobile del señor Larson. Nadie dijo una palabra al salir de la casa, salvo Valentine Stamarowski, quien desde el otro lado del césped gritó:

–Gracias por la fiesta, señor y señora Lisbon.

El señor Lisbon seguía entre los arbustos, que lo tapaban hasta la cintura, y su espalda se estremecía como si aún tratase de levantar a Cecilia o como si estuviera sollozando. La señora Lisbon, en el porche, obligó a las chicas a ponerse de cara a la pared de la casa. El riego de aspersión, programado para las ocho y cuarto de la tarde, cobró vida justo en el momento en que por el extremo de la calle aparecía la ambulancia a una velocidad de unos veinte kilómetros por hora, sin destellos de luces ni sirena, como si los sanitarios supieran ya que esta vez todo era inútil. El delgaducho de bigote fue el primero en bajar, seguido del gordo. En lugar de ir a comprobar de inmediato el estado de la víctima, lo que hicieron fue sacar la camilla, lo cual, según supimos más tarde por boca de profesionales médicos, violaba el procedimiento rutinario. No llegamos a saber quién había avisado a los sanitarios ni por qué sabían ya que solo encontrarían un cadáver. Tom Faheem dijo que Therese había entrado a llamar, pero todos recordábamos a las cuatro hermanas Lisbon inmóviles en el porche incluso después de que llegara la ambulancia. Ningún otro vecino de la calle se había enterado de lo ocurrido y no había nadie en los jardines idénticos al de los Lisbon. En alguna parte alguien asaba carne. Detrás de la casa de Joe Larsen se oía a los dos jugadores de bádminton más grandes del mundo dándole al volante de un lado a otro.

Los sanitarios apartaron al señor Lisbon para examinar a Cecilia. No tenía pulso, pese a lo cual siguieron el procedimiento habitual como si pretendiesen salvarla. El gordo cortó con una sierra el barrote de la verja mientras el delgaducho se disponía a cogerla en brazos, ya que era más peligroso arrancar a Cecilia de la púa que tenía clavada que dejársela introducida en el cuerpo. Al cortar la punta, el delgado se tambaleó hacia atrás debido al peso del cuerpo de Cecilia, pero recuperó el equilibrio, giró en redondo y la dejó en la camilla. Una vez retirada de su sitio, el barrote aserrado produjo el efecto de una tienda de campaña a causa de la sábana que le pusieron encima para cubrirla.

Para entonces ya eran casi las nueve de la noche. Desde el tejado de la casa de Chase Buell, donde nos reunimos todos después de quitarnos los trajes de vestir para observar qué ocurría después, se veía, por encima de las copas de los árboles proyectadas en el aire, el corte abrupto de la arboleda y la línea donde empezaba la ciudad. El sol se ponía en la bruma de fábricas distantes, y en los arrabales cercanos los vidrios diseminados recogían el fulgor desnudo de una puesta de sol vestida de niebla. Allá arriba podíamos percibir sonidos que habitualmente no oíamos y, agachados sobre las ripias alquitranadas, la barbilla apoyada en las manos, descubríamos como débil música de fondo la indescifrable cinta magnetofónica de la vida de la ciudad, llamadas y gritos, el ladrido de un perro atado a una cadena, los bocinazos de los coches, voces de muchachas gritando números en un juego oscuro y pertinaz. Eran los sonidos de la ciudad empobrecida que nunca habíamos visitado, todos mezclados y atenuados, carentes de sentido, traídos de lejos por el viento. Después, la oscuridad. A distancia se movían luces de coches. Cerca, las casas se iluminaban con luces amarillas revelando familias congregadas en torno al televisor. Uno tras otro, nos volvimos todos a nuestras casas.

Nunca había habido un funeral en el pueblo, por lo menos durante el periodo que abarcaba nuestra vida. La mayor parte de las defunciones habían ocurrido durante la Segunda Guerra Mundial, cuando nosotros todavía no existíamos y nuestros padres eran aquellos jóvenes increíblemente delgados que habíamos visto fotografiados en blanco y negro: padres en pistas de aterrizaje en plena selva, padres con granos en la cara y tatuajes, padres con chicas despampanantes, padres que escribían cartas de amor a chicas que se convertirían en nuestras madres, padres inspirados por alimentos concentrados, soledad y desenfreno glandular en ambiente de malaria transformados en poéticas ensoñaciones que cesaron completamente apenas regresaron a casa. Ahora nuestros padres eran hombres de mediana edad, con barriga y espinillas sin pelo debido a años de llevar pantalón largo, pero la muerte aún les quedaba muy lejos. Incluso sus padres, que hablaban lenguas extranjeras y vivían en buhardillas restauradas semejantes a guaridas de buitres, disponían de las mejores atenciones médicas y amenazaban con durar hasta el siglo siguiente. No se había muerto el abuelo de nadie, ni la abuela de nadie, ni los padres de nadie, solo algunos perros: el *beagle* de Tom Burke, Muffin, que se ahogó con un chicle Bazooka Joe. Pero aquel verano se había muerto una chica que, de haber calculado su edad de acuerdo con la que suelen alcanzar los perros, todavía era un cachorrillo: Cecilia Lisbon.

El día que ella murió la huelga de empleados del cementerio tocaba a su sexta semana. Nadie había hecho demasiado caso de la huelga, ni tampoco de las demandas de los empleados, ya que prácticamente ninguno de nosotros había puesto jamás un pie en un cementerio. De vez en cuando oíamos disparos que provenían del gueto, pero nuestros padres insistían en que eran los tubos de escape de los coches. Así pues, cuando los periódicos informaron de que los cementerios de la ciudad estaban totalmente paralizados, no creíamos que eso pudiera afectarnos en algo. Tampoco el señor y la señora Lisbon, que solo tenían cuarenta y tantos años y una recua de hijas jóvenes, habían hecho mucho caso de la huelga hasta que aquellas muchachas comenzaron a quitarse la vida.

Seguían celebrándose funerales, pero no se enterraba a los muertos. Los ataúdes se iban acumulando junto al trozo de tierra que había que excavar, los curas pronunciaban sus panegíricos, se vertían lágrimas, pero después los féretros eran trasladados al depósito a la espera de su definitivo destino. La incineración estaba experimentando un alza de popularidad. Sin embargo, la señora Lisbon ponía objeciones a la idea, la consideraba pagana e incluso echaba mano de un pasaje bíblico que venía a insinuar que los cadáveres se levantarían en el Segundo Advenimiento y que de cenizas nada.

En nuestra población no había más que un cementerio, un terreno muy poco atractivo que a lo largo de los años había sido propiedad de diferentes iglesias, desde los luteranos a los católicos pasando por los episcopalianos. Daba cobijo a tres tramperos francocanadienses comerciantes de pieles, a toda una estirpe de panaderos de apellido Kropp y a J. B. Milbank, inventor de un refresco local parecido a la cerveza sin alcohol. Con sus lápidas inclinadas, su camino de entrada en forma de herradura cubierto de grava roja y su profusión de árboles nutridos por pellejos bien alimentados, el cementerio se había ido llenando a lo largo del tiempo con los últimos cadáveres. Debido a esto, el director de pompas fúnebres, el señor Alton, se vio obligado a exponer al señor Lisbon una serie de alternativas posibles.

Se acordaba muy bien de aquel mal trago. Los días de la huelga del cementerio se olvidaron fácilmente, pero el señor Alton confesaba:

—Aquel era mi primer suicidio y, además, se trataba de una jovencita. No se podía recurrir al pésame habitual. Si he de decir la verdad, me costó lo mío.

En el West Side visitaron un cementerio tranquilo del sector palestino, pero al señor Lisbon le desagradó profundamente el sonido del almuecín llamando a oración a los fieles, aparte de que había oído decir que los vecinos continuaban matando cabras en la bañera como práctica ritual.

—No, aquí no —dijo—, aquí no.

Después se dieron una vuelta por un pequeño cementerio católico que al señor Lisbon le pareció perfecto hasta que llegó a la parte final, donde pudo contemplar tres kilómetros de terreno llano que le recordaron las fotografías de Hiroshima.

—Era el sector polaco —nos explicó el señor Alton—. La General Motors contrató a veinticinco mil polacos para construir una enorme fábrica automotriz. Demolieron veinticuatro manzanas de la ciudad, pero se les acabó el dinero y el terreno quedó convertido en cascajos y hierba. Un sitio desolado, por supuesto, pero solo si lo mirabas desde la cerca de atrás.

Por fin llegaron a un cementerio público no adscrito a ninguna religión en especial y situado entre dos autopistas. Fue precisamente en este lugar donde Cecilia Lisbon fue despedida de acuerdo con los ritos funerarios de la Iglesia católica, en todo salvo en el entierro. La defunción de Cecilia quedó oficialmente consignada en los registros eclesiásticos como un «accidente», al igual que ocurriría con las demás niñas un año después. Cuando preguntamos al padre Moody acerca del particular, respondió:

—No queríamos andarnos con sutilezas. ¿Y si resultaba que de veras había resbalado?

Cuando le presentamos las píldoras para dormir, el nudo corredizo y las demás cosas, entonces dijo:

—El suicidio, como todo pecado mortal, comporta una intención. Es muy difícil saber qué encerraba realmente el corazón de esas muchachas, qué pensaban hacer en realidad.

La mayoría de nuestros padres asistieron al sepelio, aunque a nosotros nos dejaron en casa para protegernos de la contaminación de la tragedia. Todos coincidieron en afirmar que aquel cementerio era el más soso que habían visto en su vida. No había lápidas ni monumentos, solo losas de granito hincadas en la tierra y, en las sepulturas de los Veteranos de Guerras Extranjeras, banderas americanas de plástico muy maltratadas por la lluvia, o guirnaldas de alambre de las que colgaban flores secas. Al coche fúnebre le costó trabajo pasar a través de la verja a causa de los piquetes, pero cuando los huelguistas se enteraron de la edad de la difunta, hubo disensiones y algunos incluso bajaron las furibundas pancartas. Dentro era evidente el abandono provocado por la huelga. Alrededor de algunas tumbas había montones de cascotes. Una excavadora había dejado en suspenso el movimiento de sus fauces justo cuando iba a morder el terrón, como si le hubiera llegado la orden del sindicato en el momento de enterrar a alguien. Los familiares, en su papel de sepultureros, habían hecho conmovedores intentos para que el lugar de descanso final de sus seres queridos quedase medianamente pulcro, pero en una tumba el abono excesivo había quemado la tierra hasta dejarla de un color amarillo brillante, en tanto que el riego excesivo había convertido otra en un pantano. Dado que había que trasegar el agua a mano (el sistema de riego automático había sido objeto de sabotaje), aquí y allá se veían profundas pisadas, como si por las noches los muertos se dedicaran a pasear entre las tumbas.

Hacía casi siete semanas que no se cortaba la hierba. Los que formaban la comitiva fúnebre estaban de pie con la hierba hasta el tobillo mientras esperaban a los que transportaban el féretro. Debido al bajo índice de mortalidad juvenil, los fabricantes de ataúdes hacían muy pocos de dimensiones medianas. Fabricaban un reducido número de féretros para recién nacidos, apenas más grandes que una caja de zapatos, y el tamaño siguiente ya era el máximo, muy superior al que Cecilia requería. Cuando en la funeraria abrieron el ataúd, todo lo que pudo ver la concurrencia fue un cojín de satén y el ondulante almohadillado de la tapa. La señora Turner comentó al respecto:

—Por un momento creí que estaba vacío.

Pero después, dejando apenas una leve marca en el fondo de la caja debido a sus treinta y nueve kilos, la desvaída piel y el cabello claro que se confundía con el blanco del satén, Cecilia fue emergiendo del féretro como la imagen de una ilusión óptica. Ya no llevaba el vestido de novia, que finalmente la señora Lisbon había tirado, sino uno de color crema con cuello de blonda, que su abuela le había regalado para unas Navidades pero que ella se había negado a llevar en vida. La parte abierta de la tapa no solo permitía ver la cara y los hombros, sino también las manos de uñas mordisqueadas, los codos ásperos, los huesos gemelos de las caderas e incluso las rodillas.

Los únicos que desfilaron delante del féretro fueron los miembros de la familia. Primero pasaron las chicas, aturdidas e inexpresivas, por lo que después la gente comentó que por sus caras ya se podía haber supuesto lo que vendría después.

—Fue como si le hicieran un guiño —dijo la señora Carruthers.

—¿Qué hicieron en vez de echarse a llorar? Pues se acercaron al ataúd, atisbaron el interior y se marcharon. ¿Por qué no nos dimos cuenta?

Curt Van Osdol, el único chico que estuvo en la funeraria, dijo que él habría hecho una última demostración de sus sentimientos, allí delante del cura y de los demás, si nosotros hubiésemos estado presentes para verlo. Después de las chicas pasó la señora Lisbon cogida del brazo de su marido, dio diez pasos tambaleantes hasta Cecilia e inclinó la cabeza sobre su rostro. Por primera y última vez en su vida, se puso roja como la grana.

–¡Fíjate en las uñas! –exclamó, según dijo el señor Burton–. ¿No podían hacer algo con esas uñas?

Pero el señor Lisbon replicó:

–Le crecerán. Las uñas continúan creciendo. Y ahora ella ya no se las puede morder, cariño.

Con la misma anormal persistencia, los conocimientos que teníamos de Cecilia también crecieron después de su muerte. Pese a que apenas hablaba y nunca había tenido amigos de verdad, todo el mundo conservaba recuerdos muy vivos de ella. Algunos la habían sostenido cinco minutos en brazos cuando era pequeña mientras la señora Lisbon volvía corriendo a su casa a recoger el bolso que se había olvidado. Otros habían jugado con ella en la arena o se habían peleado con ella por una pala o se habían exhibido ante ella detrás de la morera que crecía como carne informe entre la cerca de alambre. Y no faltaba quien había hecho cola con ella para vacunarse de la viruela, quien le había enseñado a saltar a la comba o a buscar culebras, quien había impedido alguna vez que se arrancara las costras y quien le había advertido que no tocara el caño de la fuente de Three Mile Park con la boca cuando bebiera agua. Finalmente, estaban aquellos que se habían enamorado de ella, aunque jamás se lo habían dicho a nadie porque todos sabíamos que era la hermana rara de la familia.

Esta faceta de la personalidad de Cecilia quedó confirmada cuando Lucy Brook nos describió su habitación. Además de un móvil del zodiaco, Lucy encontró una colección de amatistas, así como una baraja de Tarot debajo de la almohada, que aún olía a incienso y a los cabellos de Cecilia. Lucy quiso comprobar –porque le habíamos pedido que lo hiciera– si las sábanas estaban limpias, y nos dijo que no lo estaban. La habitación estaba intacta, como una exposición. La ventana a través de la cual había saltado

Cecilia seguía abierta. En el cajón superior del escritorio Lucy encontró siete bragas, todas teñidas de negro con Rit. También encontró en el armario dos sostenes inmaculados. Ninguna de esas cosas nos sorprendió. Hacía tiempo que sabíamos que Cecilia llevaba bragas negras porque cuando se ponía de pie en los pedales de la bicicleta para ir más rápida solíamos mirar por debajo de sus faldas. Y a menudo la habíamos visto en la escalera de atrás restregando el corselete con un cepillo de dientes que sumergía en una taza de Ivory Liquid.

El diario de Cecilia comienza un año y medio antes del suicidio. Muchos consideraban que las páginas ilustradas eran un jeroglífico que revelaba una indescifrable desesperación, aun cuando se trataba, en su mayor parte, de dibujos alegres. El diario tenía un candado, pero David Barker, que lo recibió de manos de Skip Ortega, el aprendiz del fontanero, nos dijo que Skip lo había encontrado junto al inodoro del cuarto de baño principal, pero con el candado ya forzado, como si el señor y la señora Lisbon lo hubieran estado leyendo. Tim Winer, el cerebro, insistió en examinarlo. Se lo llevamos al estudio que sus padres le habían construido para su uso exclusivo, con sus lámparas verdes de sobremesa, su globo terráqueo en relieve y sus enciclopedias de lomos dorados.

—Inestabilidad emocional —dijo, analizando la escritura—. Fijaos en los puntos de las íes. Todos muy altos. —Después, inclinándose hacia adelante y mostrando las venas azules debajo de su piel de muchacho enteco, añadió—: Aquí nos encontramos básicamente con una soñadora, una persona sin contacto con la realidad. Cuando saltó, probablemente se figuraba que volaría.

Ahora nos sabemos de memoria muchos de los fragmentos del diario. Nos lo llevamos a la buhardilla de Chase Buell y leíamos trozos en voz alta. Nos lo pasábamos de uno a otro, hacíamos señales en algunas páginas y buscábamos ansiosamente nuestros nombres. Sin embargo, poco a poco reparamos en que, aunque Cecilia se había fijado siempre en todos, nunca había pensado en ninguno. Tampoco había pensado en ella. El diario constituye un documento insólito de la adolescencia, ya que rara vez revela la aparición de un ego en formación. No aparecen por ninguna parte las inseguridades, lamentaciones, amoríos y ensoñaciones que son propios de esa edad. Cecilia, por el contrario, habla de ella y de sus hermanas como de una entidad única. A menudo resulta difícil saber de qué hermana está hablando, y hay muchas frases extrañas que sugieren al lector la imagen de un ser mítico con diez piernas y cinco cabezas que se queda en cama comiendo porquerías o que debe soportar las visitas de tías cariñosas. El diario nos dice más acerca de cómo fueron transformándose las niñas que de la causa de su suicidio. Nos abruma hablando de lo que comían («Lunes, 13 de febrero. Hoy hemos comido pizza congelada...») o de la ropa que llevaban o de los colores que preferían. Todas odiaban el maíz a la crema. Mary había probado la droga y tenía una cápsula. («¡Os lo dije!», exclamó Kevin Head al leerlo.) Así fue como nos enteramos de cosas de sus vidas, como supimos de ciertos recuerdos de épocas que no conocíamos, como recogimos imágenes de Lux asomándose a la borda de un barco para acariciar la primera ballena de su vida al tiempo que decía: «Jamás imaginé que oliesen tan mal.» A lo cual Therese respondía: «Es por las algas, que se les pudren en la boca.»

Supimos de los cielos estrellados que las niñas habían contemplado años atrás, cierta vez que acamparon, y del aburrimiento de los veranos yendo de aquí para allá, del patio trasero al delantero y nuevamente al trasero, y supimos también de un olor indefinible que salía de los inodoros en las noches de lluvia y al que las niñas daban el nombre de «cloaqueo». Supimos qué se siente al ver a un muchacho con el pecho desnudo, una sensación que indujo a Lux a llenar con el nombre Kevin, escrito con rotulador Magic Marker de color púrpura, su libreta de tres anillas e incluso el sostén y las bragas, y por esto comprendimos que se pusiera como una furia el día que llegó a casa y se encontró con que la señora Lisbon había puesto sus cosas en remojo con Clorox a fin de hacer desaparecer todos aquellos «Kevins». Supimos de la rabia que da que el viento de invierno te levante la falda y que las rodillas acaban doliéndote a fuerza de mantenerlas apretadas en clase y de lo fastidioso y cargante que resulta tener que saltar a la comba cuando los chicos juegan a béisbol. Nunca llegamos a entender por qué a las chicas les preocupaba tanto hacerse mayores ni por qué se sentían obligadas a dedicarse cumplidos, pero a veces, cuando uno de nosotros había leído en voz alta una larga parte del diario, debíamos reprimir la necesidad de echarnos los unos en brazos de los otros o de decirnos que estábamos guapísimos. Supimos de esa cárcel que es ser chica, de los impulsos y sueños que genera y por qué acaban sabiendo qué colores combinan y cuáles no. Supimos que las chicas eran gemelas nuestras, que todos existíamos en el espacio como animales con idéntica piel y que si ellas lo sabían todo de nosotros, nosotros en cambio no podíamos sacar nada en claro de ellas. Supimos, finalmente, que las hermanas Lisbon eran en realidad mujeres disfrazadas de niñas, que sabían del amor e incluso de la muerte y que nuestra función se reducía simplemente a emitir una especie de ruido que parecía fascinarlas.

A medida que el diario va avanzando, Cecilia empieza a apartarse de sus hermanas y, de hecho, de todo tipo de narración personal. La primera persona del singular desaparece casi por completo, con un efecto bastante parecido al de la cámara apartándose de los personajes al final de una película para mostrar, a través de una serie de fundidos, la casa, la calle, la ciudad, el país y, finalmente, el planeta, que no solo los empequeñece sino que acaba borrándolos. Su prosa precoz se centra en cuestiones impersonales, el anuncio del indio lloroso que rema con su canoa por un río contaminado o el recuento de cadáveres de la guerra nocturna. En el último tercio del diario presenta dos estados de ánimo alternantes. En los pasajes románticos, Cecilia se lamenta desesperadamente de la desaparición de nuestros olmos. En los cínicos insinúa que los árboles no están enfermos y que la deforestación no es más que una conjura «para dejarlo todo arrasado». Afloran referencias ocasionales a una u otra teoría sobre conspiraciones –los Illuminati, el complejo Militar-Industrial–, pero solo se trata de estratagemas, como si los nombres no fueran más que vagos contaminantes químicos. De la invectiva pasa sin solución de continuidad a la ensoñación poética. Son muy bonitos, en nuestra opinión, un par de versos de un poema sobre el verano, que no llegó a acabar:

Los árboles son pulmones que de aire se llenan,
mi hermana, la mala, peina mi cabellera.

El fragmento está fechado el 26 de junio, tres días después de su regreso del hospital, cuando solíamos verla tumbada en el jardín delantero.

Se sabe muy poco acerca del estado mental de Cecilia en el último día de su vida. Según el señor Lisbon, parecía contenta con la fiesta. Cuando él bajó al sótano para ver cómo marchaban los preparativos, la encontró subida a una silla, atando globos al techo con cintas rojas y azules.

–Le dije que se bajara porque el médico había dicho que no levantara las manos más arriba de la cabeza. A causa de los puntos.

Cecilia obedeció la orden y pasó el día entero tumbada en la alfombra de su cuarto contemplando el móvil del zodiaco y escuchando los extraños discos de música celta que había comprado por correo.

—Siempre había una voz de soprano que hablaba de pantanos y de rosas mustias.

Aquella música tan melancólica había alarmado al señor Lisbon cuando la comparó con las melodías alegres de su juventud, pese a que al cruzar el pasillo comprobó que no era mucho peor que los aullidos de la música rock que escuchaba Lux o incluso que los berridos inhumanos que surgían de la radio de Therese.

A partir de las dos de la tarde, Cecilia se sumergió en la bañera. No era extraño en ella que tomase baños maratonianos pero, después de lo ocurrido la última vez, el señor y la señora Lisbon ya no corrían riesgos.

—Le hacíamos dejar la puerta entornada —dijo la señora Lisbon—. A ella no le gustaba, naturalmente. Y ahora tenía nuevos argumentos, porque el psiquiatra había dicho que Ceel estaba en una edad en la que se necesita gozar de intimidad.

Durante la tarde el señor Lisbon buscó mil excusas para acercarse al cuarto de baño.

—Esperaba hasta que oía ruido de chapoteo y entonces seguía mi camino. Por supuesto, habíamos retirado del cuarto de baño todos los objetos cortantes.

A las cuatro y media, la señora Lisbon envió a Lux arriba para que viera lo que hacía Cecilia. Cuando Lux bajó dijo que estaba muy tranquila, en el comportamiento de su hermanita no había nada que despertara la menor sospecha de lo que haría aquel día.

—Está perfectamente —dijo Lux—. El cuarto apesta a esas sales de baño que utiliza.

A las cinco y media Cecilia salió del cuarto de baño y fue a vestirse para la fiesta. La señora Lisbon la oyó ir y venir de una habitación a otra de sus hermanas. (Bonnie compartía el cuarto con Mary; Therese, con Lux.) El tintineo de sus brazaletes era un alivio para sus padres, porque les permitía estar al tanto de sus movimientos como ocurre con esos cascabeles que se cuelgan al cuello de los animales domésticos. De vez en cuando, antes de que nosotros llegásemos, el señor Lisbon seguía oyendo el tintineo de los brazaletes de Cecilia mientras subía y bajaba por las escaleras y se probaba diferentes zapatos.

Según lo que el señor y la señora Lisbon nos dijeron posteriormente en diferentes ocasiones y en diferentes estados de ánimo, durante la fiesta no advirtieron nada extraño en el comportamiento de Cecilia.

–Siempre estaba tranquila cuando se encontraba en compañía de gente –explicó la señora Lisbon.

Tal vez por su falta de costumbre de contacto social, el señor y la señora Lisbon recordaban la fiesta como un éxito. De hecho, la señora Lisbon se sorprendió cuando Cecilia le pidió que le permitiera retirarse.

–Me figuraba que lo estaba pasando bien.

Tampoco entonces las hermanas se comportaron como si sospecharan lo que iba a ocurrir. Tom Faheem recuerda que Mary le habló de que pensaba comprarse un vestido sin mangas en Penney's. Therese y Tim Winer, por su parte, hablaron de que les preocupaba no poder ingresar en una universidad de la Ivy League.

Gracias a los indicios que fuimos descubriendo más tarde, resultó que Cecilia no había ido a su cuarto con la rapidez que supusimos primero. Entre el momento en que nos dejó y antes de subir las escaleras se tomó tiempo, por ejemplo, para beberse una lata de zumo de pera (dejó la lata en la cocina, perforada con un solo agujero, contrariamente al método prescrito por la señora Lisbon). Ya fuera antes o después del zumo, se acercó a la puerta trasera de la casa.

–Me figuré que se iba de viaje, porque llevaba una maleta –comentó la señora Pitzenberger.

51

La maleta no apareció por ninguna parte y solo nos explicamos el testimonio de la señora Pitzenberger como una alucinación propia de alguien que usa gafas bifocales o como una profecía de los suicidios que ocurrirían después, en los que las maletas tuvieron un papel tan importante. Sea cual fuere la verdad, lo cierto es que la señora Pitzenberger vio a Cecilia cerca de la puerta trasera de la casa y que el hecho ocurrió solo unos segundos antes de que subiera por las escaleras, lo que oímos perfectamente desde abajo. Pese a que aún era de día, encendió todas las luces del dormitorio y, desde el otro lado de la calle, el señor Buell la vio abrir la ventana de su cuarto.

—La saludé con la mano, pero no me vio —nos dijo el señor Buell.

En ese momento su mujer estaba refunfuñando en la habitación de al lado y el hombre ya no volvió a saber de Cecilia hasta que llegó la ambulancia y se volvió a marchar con ella dentro.

—Por desgracia, teníamos nuestros problemas —explicó.

Mientras Cecilia asomaba la cabeza por la ventana al encuentro del aire rosado, húmedo y suave, el señor Buell fue al cuarto de su esposa enferma para ver qué le pasaba.

3

Las flores llegaron a casa de los Lisbon más tarde de lo acostumbrado. Dadas las circunstancias de aquella muerte, la mayoría de la gente optó por no enviarlas a la funeraria y en general todo el mundo fue posponiendo el encargo sin saber muy bien si era mejor dejar pasar la catástrofe en silencio o actuar como si aquella defunción hubiese obedecido a causas naturales. Al final, sin embargo, todos acabaron enviando algo: coronas de rosas blancas, centros de orquídeas, peonías lloronas. Peter Loomis, que hacía el reparto de FTD, dijo que la sala de estar de los Lisbon estaba atiborrada de ramos y coronas. Las butacas desbordaban de flores y hasta el suelo estaba cubierto de ellas.

–Ni siquiera las pusieron en jarrones –contó.

Casi todo el mundo optó por enviar tarjetas convencionales, en las que abundaba la frase «Reciban nuestra condolencia» o «Les damos nuestro más sentido pésame», pese a que algunos, más formalistas, acostumbrados a escribir notas para todas las ocasiones, elaboraron textos más personales. La señora Beards envió una cita de Walt Whitman que después correría de boca en boca: «Todo sigue, todo huye, nada se hunde y morir es diferente de lo que todos suponen, y más feliz.» Chase Buell leyó lo que su madre había escrito en la tarjeta cuando la deslizó por debajo de la puerta de los Lisbon. Decía: «No sé qué sienten ustedes. Ni siquiera puedo imaginarlo.»

Unos pocos tuvieron la osadía de visitarlos. El señor Hutch y el señor Peters se acercaron a casa de los Lisbon en ocasiones distintas, si bien sus comentarios difirieron muy poco. El señor Lisbon los invitó a pasar, pero antes de que tuvieran ocasión de abordar el penoso tema, los instaló delante de un partido de béisbol.

—Estuvo todo el rato hablando del partido —dijo el señor Hutch—. Yo había sido lanzador en la universidad y tuve que corregirlo en algunas cuestiones esenciales. Él habría cambiado a Miller, cuando era el que mejor cerraba. Acabé por olvidar lo que me había llevado a aquella casa.

En cuanto al señor Peters, dijo:

—El pobre estaba en la luna. No paraba un momento de subir el color de la pantalla hasta que todo el campo quedó prácticamente azul. Después volvió a sentarse. Al rato se levantó de nuevo. Entró una de las chicas... ¿las diferencia alguien...? y nos trajo un par de cervezas. Antes de dar a su padre la suya, tomó un trago.

Ninguno de los dos hombres habló del suicidio.

—Yo quería hablar del asunto, vaya si quería —aseguró el señor Hutch—, pero ni lo mencioné siquiera.

El padre Moody se mostró más perseverante. El señor Lisbon acogió amablemente al sacerdote como había hecho con los otros dos y lo condujo hasta una butaca situada delante de la retransmisión de un partido de béisbol. A los pocos minutos, como obedeciendo una consigna, entró Mary con unas cervezas. Pero el padre Moody no se arredró. Durante la segunda parte, dijo:

—¿Qué le parece si pedimos a la señora que baje? Así charlamos un poco.

El señor Lisbon se encorvó ligeramente frente a la pantalla.

—Lo siento, pero no quiere ver a nadie. Está indispuesta.

—Querrá ver a su sacerdote —dijo el padre Moody. Pero se levantó para marcharse. El señor Lisbon levantó dos dedos. Tenía los ojos húmedos.

—Padre —dijo—, fuera de juego, padre.

Paolo Conelli, que hacía de monaguillo, oyó que el padre Moody explicaba a Fred Simpson, maestro del coro, cómo había dejado a «aquel hombre extraño, Dios me perdone por decir tal cosa, porque así lo hizo Él» y después subió las escaleras. La casa ya empezaba a evidenciar muestras de suciedad, aunque aquello no era nada comparado con lo que vendría después. Los peldaños estaban cubiertos de bolas de polvo. En el rellano había un bocadillo consumido a medias, quizá porque quien lo había empezado se había sentido demasiado triste para poder terminarlo. Como la señora Lisbon ya no hacía la colada y ni siquiera compraba detergente, las niñas habían empezado a lavar la ropa a mano en la bañera y cuando el padre Moody pasó por delante del cuarto de baño vio blusas, pantalones y ropa interior colgados de la barra de la ducha.

—En realidad, era un sonido agradable, como si estuviese lloviendo —dijo.

Del suelo se levantaba vapor impregnado de un olor a jabón con perfume a jazmín (semanas más tarde pedimos a la dependienta de la sección de perfumería de Jacobsen's que nos dejara oler el jabón con perfume a jazmín). El padre Moody se quedó fuera del cuarto de baño, sin atreverse a entrar en aquella cueva húmeda situada entre los dormitorios de las chicas y compartida por todas ellas. De no haber sido cura y haber mirado dentro habría visto un inodoro como un trono en el que defecaban públicamente las hermanas Lisbon y una bañera que utilizaban como diván y que llenaban de almohadas para que dos de las hermanas pudieran tumbarse allí mientras otra se rizaba el pelo. Habría visto el radiador cubierto de vasos y latas de Coca-Cola, la concha para el jabón utilizada, en caso de apuro, como cenicero. Desde que tenía doce años, Lux pasaba horas fumando en el retrete, exhalando el humo por la ventana o echándolo en una toalla húmeda que después dejaba colgada fuera. Pero el padre Moody no vio nada de esto porque no hizo más que atravesar aquella corriente de aire tropical que recorría la casa y aquí se acabó todo. No por eso dejó de sentir detrás de él otras corrientes más frías, ni las motas de polvo aleteando ni aquel olor familiar que toda casa tiene y que uno reconoce apenas entra en ella. La casa de Chase Buell olía a piel humana, la de Joe Larson a mayonesa, y en nuestra opinión, la de los Lisbon olía a palomitas de maíz rancias, aunque el padre Moody, cuando la visitó a partir del momento que comenzaron las muertes, dijo:

—Era un olor como una mezcla de funeraria y de armario de escobas. ¡Tantas flores! ¡Tanto polvo!

Quiso volver a la corriente que olía a jazmín pero mientras estaba allí de pie escuchando la lluvia que goteaba en las baldosas del cuarto de baño y borraba las pisadas de las chicas, oyó voces. Pasó rápidamente por el pasillo y llamó en voz alta a la señora Lisbon, pero esta no respondió. Volvió al rellano y, cuando empezaba a bajar las escaleras, vio a las hermanas Lisbon a través de una puerta entreabierta.

—En esos momentos las niñas no tenían intención de repetir el error de Cecilia. Sé que todo el mundo se figura que aquello obedeció a un plan o que nosotros manejamos el asunto muy mal, pero la verdad es que ellas se encontraban tan anonadadas como nosotros.

El padre Moody dio unos golpecitos suaves en la puerta y pidió permiso para entrar.

—Estaban sentadas en el suelo y resultaba evidente que habían estado llorando. Creo que habían celebrado una especie de fiesta nocturna particular. Había almohadas por todas partes. No me gusta tener que hacer alusión a este punto y recuerdo que incluso entonces me reprendí por ello, pero no cabía la menor duda: no se habían bañado.

Preguntamos al padre Moody si había hablado con las chicas de la muerte de Cecilia o del disgusto que estaban pasando, pero él respondió que no había dicho nada al respecto.

—Lo saqué a colación unas cuantas veces, pero no se dieron por aludidas. Sé muy bien que este tipo de cosas no se pueden forzar. Hay que buscar el momento oportuno y esperar a que el ánimo esté bien dispuesto.

Al pedirle que nos resumiese la impresión que le había producido el estado emocional de las chicas, dijo:

—Afectadas, pero no hundidas.

Durante los primeros días que siguieron al funeral, el interés que sentimos por las hermanas Lisbon no hizo más que ir en aumento. A su belleza se sumaba ahora un nuevo y misterioso sufrimiento, llevado en el más absoluto silencio pero visible en aquella hinchazón azulada debajo de los ojos o en aquella manera que tenían a veces de pararse a medio camino, bajar los ojos y sacudir la cabeza como manifestando su desacuerdo con la vida. Su pesadumbre las llevaba a vagabundear y nos dijeron que habían sido vistas paseando sin rumbo fijo por el Eastland, recorriendo la iluminada galería con sus modestos surtidores y los perritos calientes ensartados debajo de lámparas de infrarrojos. De vez en cuando tocaban alguna blusa o algún vestido, pero nunca compraban nada. Woody Clabault vio a Lux Lisbon hablando con un grupo de motoristas en la puerta de Hudson's. Uno le dijo que, si quería, la llevaba, y después de mirar en dirección a su casa, situada a más de quince kilómetros de distancia, la chica aceptó y abrazó la cintura del muchacho. Este enseguida infundió vida a la máquina con un impulso del pie. Más tarde vieron a Lux caminando sola hacia su casa con los zapatos en la mano.

Tumbados sobre un trozo de estera en el sótano de los Krieger, nos dedicábamos a soñar en todas las maneras posibles de consolar a las hermanas Lisbon. Algunos queríamos echarnos sobre la hierba con ellas o cantarles canciones acompañándonos de la guitarra. Paul Baldino se inclinaba por llevarlas a Metro Beach para que se bronceasen al sol. Chase Buell, cada vez más influido por la Ciencia Cristiana de la que su padre era adepto, solo dijo que las chicas necesitaban «ayuda, pero no de este mundo». Con todo, al preguntarle qué quería decir con esas palabras, se encogía de hombros y decía:

–Nada.

Sin embargo, cuando veía pasar a las hermanas Lisbon se agachaba detrás de un árbol, cerraba los ojos y se dedicaba a mover los labios.

Pero no solo pensábamos en las chicas. Ya antes del funeral de Cecilia muchos no sabían hablar de otra cosa que de lo peligrosa que era aquella verja sobre la que ella había saltado.

–Era un accidente que cabía esperar –dijo el señor Frank, que trabajaba en una compañía de seguros–. No hay póliza que cubra ese riesgo.

–Hasta a nuestros hijos les habría podido ocurrir –no paraba de insistir la señora Zaretti a la hora del café después de la misa del domingo.

Algunos padres no tardaron en eximir de culpas a la verja. Resultaba que la verja en cuestión estaba en la propiedad de los Bates, por lo que el señor Buck, abogado, habló con el señor Bates sobre la posibilidad de quitarla, aunque quiso mencionar el asunto al señor Lisbon. Por supuesto que todos daban por sentado que los Lisbon estarían contentos con la decisión.

Rara vez habíamos visto a nuestros padres con botas de trabajo, peleándose con la tierra, armados con azadones flamantes. Luchaban con la verja, encorvados como los marines cuando izaron la bandera de Iwo Jima. Fue la demostración más importante de esfuerzo colectivo que se recordaba en el vecindario: todos aquellos abogados, médicos y banqueros hombro con hombro en la trinchera, mientras las madres les levantaban el ánimo ofreciéndoles Kool-Aid de naranja. Por un momento nuestro siglo volvía a ser noble. Hasta los gorriones en los hilos del teléfono parecían contemplar la escena. No pasaban coches. La niebla industrial de la ciudad hacía que los hombres parecieran figurillas de peltre, pero llegó la noche y aún no habían conseguido sacar la verja. Al señor Hutch se le ocurrió la idea de serrar los barrotes tal como lo habían hecho los sanitarios y los hombres pasaron un buen rato haciendo turnos en la labor de serrar, pero aquellos brazos, que solo estaban acostumbrados a manejar papeles, no tardaron en rendirse. Por fin decidieron atar la verja a la parte trasera del Bronco todoterreno propiedad del tío Tucker. A nadie le importaba que el tío Tucker no tuviera carnet de conducir (los examinadores siempre detectaban el aliento a alcohol y aun cuando dejó de beber tres días antes del examen, seguramente seguía saliéndole por los poros). Nuestros padres se limitaron a gritarle:

–¡Dale fuerte!

El tío Tucker apretó a fondo el acelerador, pero la verja ni siquiera se movió. A media tarde acabaron por rendirse e hicieron una colecta para contratar a un equipo de gente del oficio. Una hora más tarde llegaba un hombre en un camión remolcador, sujetaba un barrote con un gancho, apretaba un botón para hacer girar el enorme manubrio y, con un potente fragor de tierra removida, arrancaba la verja asesina.

–Hay sangre –dijo Anthony Turkis.

La examinamos para averiguar si aquella sangre que nadie había visto cuando ocurrió el suicidio era posterior al mismo. Algunos aseguraban que estaba en la tercera púa, otros que en la cuarta, pero fue algo tan imposible como encontrar la pala ensangrentada en la parte de atrás de *Abbey Road,* donde todos los indicios proclamaban que Paul estaba muerto.

Ningún miembro de la familia Lisbon contribuyó en nada a la eliminación de la verja. Pese a todo, de vez en cuando veíamos aparecer fugazmente un rostro en una de las ventanas de la casa. En cuanto el camión hubo derribado la verja, salió el señor Lisbon en persona por una puerta lateral y enrolló una manguera de jardín. Ni por un instante se acercó a la trinchera. Agitó la mano como hacen los vecinos cuando se saludan y volvió a meterse dentro. El hombre ató al camión con una soga los trozos de la verja y, tras recibir el pago correspondiente, dejó al señor Bates el jardín más destrozado que habíamos visto en la vida. Nos sorprendió que nuestros padres lo permitieran cuando un jardín destrozado era razón suficiente para avisar a la policía. Pero el señor Bates no gritó ni anotó siquiera la matrícula del camión, como tampoco la señora Bates, a la que una vez habíamos visto llorar porque lanzamos petardos contra sus magníficos tulipanes. Ni ellos ni nuestros padres dijeron nada, lo que hizo que nos diésemos cuenta de lo viejos que eran, de lo acostumbrados que estaban a los sufrimientos, a las depresiones, a las guerras. Comprendimos que la versión del mundo que nos daban no era en la que ellos creían, y que por mucho que refunfuñasen y se quejasen cuando les estropeaban las plantas, en realidad sus jardines les importaban un rábano.

Apenas el camión hubo arrancado, nuestros padres volvieron a congregarse alrededor del agujero y observaron con detenimiento los gusanos que serpenteaban en él, las cucharas de cocina y la piedra que según juraba y perjuraba Paul Little era una flecha india. Ahora se inclinaban sobre palas y escobas, a pesar de que no habían hecho nada hasta aquel momento. Todos se sentían mejor, como cuando se ha limpiado un lago o el aire o el campo vecino destruido por las bombas. Era poco lo que podía hacerse para salvarnos, pero por lo menos la verja había desaparecido. Aun cuando su jardín había quedado devastado el señor Bates intentó recomponer un poco la tierra, y el viejo matrimonio alemán aparecía en su cenador con emparrado y se tomaba el vino dulce de los postres. Como de costumbre, llevaban puestos los sombreros alpinos, el señor Hessen con la plumita verde, y su perro *Schnauzer,* sujeto con la correa, olisqueaba el ambiente. Sobre la cabeza del matrimonio colgaban racimos de uva. La espalda encorvada de la señora Hessen aparecía y desaparecía entre sus esplendorosos rosales, que había empezado a rociar.

En un momento determinado, levantamos los ojos al cielo y vimos que todas las moscas del pescado habían muerto. El aire ya no era pardo sino azul. Con la escoba de la cocina libramos palos, ventanas e hilos eléctricos de todos los bichos que se habían quedado prendidos y los metimos en bolsas. Los insectos muertos se contaban por millares. Tenían alas de seda, y Tim Winer, el cerebro, nos indicó que las colas de las moscas del pescado se parecían muchísimo a las de las langostas.

–Son más pequeñas –explicó–, pero tienen básicamente el mismo dibujo. Las langostas pertenecen al tipo de los artrópodos, igual que los insectos. De hecho, son insectos, y estos no son más que langostas que han aprendido a volar.

Nadie habría podido explicar qué nos ocurrió aquel año ni el motivo por el que odiábamos tan intensamente aquellos insectos muertos posados sobre nuestra vida. De pronto aquellas moscas del pescado que cubrían como una alfombra las piscinas de nuestras casas, llenaban nuestros buzones y manchaban las estrellas de nuestras banderas, nos resultaban insoportables. El acto colectivo de derribar la verja condujo al barrido colectivo, al transporte colectivo de bolsas y al riego colectivo de los patios. Examinamos sus minúsculos rostros de bruja y las aplastamos entre los dedos hasta notar el olor a carpa que despedían. Intentamos quemarlas pero no ardieron (lo que hizo que nos parecieran más muertas que cualquier cosa que pudiésemos imaginar). Sacudimos los arbustos y las alfombras e hicimos funcionar a toda marcha los limpiaparabrisas. Las moscas del pescado taponaron las rejas de los albañales y tuvimos que desatrancarlas con ayuda de palos. Agachados sobre los albañales, oíamos el río que corría por debajo del pueblo y tirábamos piedras para escuchar el chapoteo que hacían al caer.

Pero no nos limitamos a nuestras casas. Una vez que las paredes estuvieron limpias, el señor Buell dijo a Chase que sacara los bichos de casa de los Lisbon. Debido a sus creencias religiosas, el señor Buell siempre se excedía en sus deberes, rastrillaba tres metros del terreno correspondiente a los Hessen, les limpiaba con la pala el camino de entrada de su casa e incluso se lo espolvoreaba con sal gema. No era extraño, pues, que dijera a Chase que barriera el patio de los Lisbon, a pesar de que vivían al otro lado de la calle y no en la puerta contigua. Como el señor Lisbon no tenía hijos sino hijas, los chicos y hombres del pueblo lo habían ayudado otras veces a retirar del jardín las ramas abatidas por el rayo, por lo que nadie dijo una palabra al ver acercarse a Chase enarbolando la escoba como si se tratase del estandarte de un regimiento. Pero entonces el señor Grieger ordenó a Kyle que fuera también a barrer un poco y el señor Hutch envió a Ralph y al poco rato estábamos todos en casa de los Lisbon restregando las paredes y sacando restos de mosca. Tenían más que en nuestras casas, las paredes estaban cubiertas de una capa de dos centímetros de espesor y Paul Baldino nos planteó esta adivinanza:

–¿Qué es eso que huele como el pescado, se come en broma pero no es pescado?

Al llegar a las ventanas de los Lisbon, los inexplicables sentimientos que abrigábamos por las muchachas empezaron a destacar. Mientras estábamos retirando las moscas, vimos a Mary Lisbon en la cocina con una caja de macarrones Kraft en la mano. Daba la impresión de que dudaba si abrirla o no. Leyó las instrucciones, volvió la caja del otro lado para estudiar la imagen realista de la pasta y volvió a dejar la caja en el mostrador de la cocina. Anthony Turkis, pegando la cara contra la ventana, dijo:

–Algo tiene que comer.

La chica volvió a coger la caja. La miramos esperanzados, pero dio media vuelta y desapareció.

Estaba oscureciendo. En las casas más cercanas ya habían encendido las luces, pero no en la de los Lisbon. Apenas si veíamos el interior de la casa, de hecho los cristales habían empezado a reflejar nuestras caras boquiabiertas. No eran más de las nueve, pero todo confirmaba lo que decía la gente: que desde el suicidio de Cecilia, los Lisbon solo aguardaban a que llegara la noche para olvidarse de todo con el sueño. En la ventana de uno de los dormitorios de arriba, tres lamparillas votivas de Bonnie resplandecían en medio de una neblina rojiza, pero el resto de la casa había absorbido las sombras de la noche. Justo en el momento en que volvíamos la espalda los insectos empezaban a vibrar en sus escondrijos. Los llamábamos grillos, pero nunca habíamos encontrado ninguno en los arbustos rociados ni en los jardines ventilados, e ignorábamos por completo la apariencia que tendrían. No eran más que ruido. Nuestros padres habían tenido mayor intimidad con los grillos. Era evidente que para ellos aquel zumbido no era una cosa meramente mecánica. Venía de todas las direcciones, siempre desde un lugar situado por encima de nuestra cabeza o justo debajo, sugiriéndonos que el mundo de los insectos era más sensible que el nuestro. Mientras estábamos allí, fascinados por aquella paz oyendo el canto de los grillos, el señor Lisbon salió por una puerta lateral y nos dio las gracias. Tenía el cabello más gris que antes, pero ni siquiera la pesadumbre había podido alterar el tono agudo de su voz. Iba vestido con un mono y llevaba una de las rodillas manchada de serrín.

–Podéis serviros de la manguera –dijo, mientras se fijaba en la camioneta del Buen Humor que pasaba en aquel momento por allí delante y, como si el tintineo de la campana le trajese recuerdos, sonrió o dio un respingo (no estaba demasiado claro), y volvió a meterse dentro.

Solo más adelante entramos con él, invisibles, con los fantasmas de nuestros interrogantes. Parece que, al entrar, el señor Lisbon se encontró con Therese, que salía en aquel momento del comedor. Estaba llenándose la boca de caramelos –por el color eran M&M–, pero dejó de hacerlo al ver al señor Lisbon y se los tragó sin masticarlos. La ancha frente le resplandecía con la luz de la calle y tenía aquellos labios de cupido más rojos, más pequeños y mejor dibujados que como él los recordaba, sobre todo comparados con las mejillas y la barbilla, ahora más prominentes. Sus pestañas eran costrosas, como si acabaran de despegársele al abrir los ojos. En aquel momento el señor Lisbon tuvo la impresión de que no la conocía, como si los hijos fueran personas extrañas con las que uno acepta vivir, y se acercó a ella como si la viera por primera vez en su vida. Le puso las manos en los hombros y después las dejó caer a los costados. Therese se apartó los cabellos de la cara, sonrió y comenzó a subir lentamente las escaleras.

El señor Lisbon procedió a hacer su ronda nocturna habitual destinada a comprobar si la puerta principal estaba cerrada con llave (no lo estaba), si la luz del garaje estaba apagada (sí lo estaba) y si había quedado encendido alguno de los quemadores de la cocina (no había quedado ninguno). Apagó la luz del cuar-

64

to de baño de la planta baja, donde encontró en el lavabo los hierros de los dientes de Kyle Krieger, que se los había sacado durante la fiesta para comer el pastel. El señor Lisbon aclaró debajo del grifo los hierros de Kyle, examinó aquella forma rosada que encajaba con el paladar del chico, las ondulaciones del plástico que bordeaban la torreta de los dientes, el alambre frontal retorcido en los puntos clave (se distinguían las marcas de las tenacillas) para ejercer una presión progresiva. El señor Lisbon sabía que sus deberes de vecino y de padre le obligaban a guardar el hierro aquel en una bolsa Ziploc, llamar a los Krieger y comunicarles que aquel carísimo aparato de ortodoncia de su hijo estaba a buen recaudo. Este tipo de acciones –sencillas, humanas, conscientes, clementes– sirven para que la vida siga adelante. Unos días antes seguro que habría hecho todo aquello. Ahora, sin embargo, cogió el artilugio y lo tiró en el retrete. Después apretó la manija del agua. La oleada zarandeó el aparato, que desapareció por la garganta de porcelana, pero apenas las aguas se aquietaron volvió a emerger flotando en la superficie con aire burlón. El señor Lisbon aguardó a que volviera a llenarse el depósito y accionó nuevamente el dispositivo del agua. Ocurrió lo mismo. En esta ocasión la réplica de la boca del muchacho quedó en la blanca pendiente de porcelana.

En este punto el señor Lisbon vio un centelleo con el rabillo del ojo.

–Me pareció ver a alguien pero al mirar no vi nada.

Tampoco vio nada cuando volvió al recibidor de atrás, entró en el vestíbulo y subió las escaleras. En la planta inferior se detuvo delante de la puerta de las chicas, pero solo oyó a Mary que tosía en sueños, a Lux que tenía puesta la radio muy baja y cantaba. Se metió en el cuarto de baño de sus hijas. Por la ventana entraba un rayo de luna que iluminó una parte del espejo. Entre las huellas de dedos que lo cubrían había una zona circular limpia en la que las chicas se miraban y sobre el espejo Bonnie había pegado una paloma recortada con papel de dibujo. El señor Lisbon entreabrió los labios en una mueca y observó en el círculo limpio del espejo su colmillo postizo de la parte izquierda de la boca, que ya empezaba a volverse verde. Las puertas de los dormitorios que compartían las chicas no estaban cerradas del todo y de dentro salían suspiros y murmullos. Prestó atención a los sonidos, como si pudieran revelarle los sentimientos de sus hijas y la manera de aquietarlos. Lux apagó la radio y todo quedó en silencio.

–No podía entrar –nos confesó años más tarde el señor Lisbon–. No habría sabido qué decir.

Solo cuando salió del cuarto de baño y se dirigió al encuentro del olvido que el sueño le traería, el señor Lisbon vio el espectro de Cecilia. Estaba en su antiguo dormitorio y al parecer, puesto que volvía a llevar el traje de novia, se había quitado aquel vestido de color crema con cuello de encaje que le habían puesto antes de meterla en el ataúd.

–La ventana continuaba abierta –dijo el señor Lisbon–, creo que nunca nos acordábamos de cerrarla. Para mí estaba claro que o cerraba aquella ventana o ella seguiría saltando siempre por ella.

Según sus palabras, no la llamó, no quería saber nada de la sombra de su hija, no quería saber por qué se había matado ni pedirle que lo perdonara ni regañarla, Se limitó a pasar por su lado rozándola apenas para cerrar la ventana, pero el espectro se volvió y entonces el señor Lisbon vio que era Bonnie, envuelta en una sábana.

–No te preocupes –le dijo ella con voz tranquila–, porque ya han sacado la verja.

En una nota manuscrita que mostraba la caligrafía perfeccionada durante sus años de estudiante en Zúrich, el doctor

Hornicker citó al señor y a la señora Lisbon para una segunda consulta, a la que sin embargo no acudieron. Por lo que pudimos observar durante el resto del verano, la señora Lisbon se hizo cargo nuevamente de la casa mientras el señor Lisbon se retiraba en la sombra. Cuando volvimos a verlo, tenía el aire pusilánime de un pariente pobre. A finales de agosto, durante las semanas de preparativos que anteceden al principio del curso, comenzó a salir furtivamente de la casa por la puerta trasera. El coche gimoteaba en el garaje y, cuando se levantaba la puerta automática, salía indeciso, de medio lado, como un animal al que le faltara una pata. A través del parabrisas veíamos al señor Lisbon al volante, el cabello todavía húmedo y la cara con restos de crema de afeitar, e inexpresiva cuando golpeaba con el tubo de escape el camino de entrada y arrancaba chispas, lo que ocurría siempre. A las seis de la tarde regresaba a casa. En cuanto aparecía por el camino de entrada, la puerta del garaje se estremecía un momento antes de engullirlo y ya no volvíamos a verlo hasta la mañana siguiente, cuando el golpe metálico del tubo de escape anunciaba su salida.

El único contacto extenso con las hermanas Lisbon tuvo lugar a finales de agosto, cuando Mary apareció sin que hubiera mediado una cita previa en el consultorio dental del doctor Becker. Años más tarde hablamos con él, delante de docenas de moldes dentales de yeso que nos sonreían aviesamente desde vitrinas de cristal. Cada uno de aquellos moldes ostentaba el nombre del desgraciado niño que había tenido que tragar el cemento. Su sola visión nos retrotraía a la tortura medieval de nuestra ortodoncia particular. El doctor Becker habló un rato sin que le prestáramos atención, ya que todavía lo estábamos viendo martilleando abrazaderas en nuestras muelas o sujetándonos los dientes superiores e inferiores con gomas elásticas. La lengua buscó en la boca las bolsas que había dejado el tejido cicatrizal al fijar las grapas y, pese a haber transcurrido quince años, aún nos parecía notar el dulzor de la sangre. El doctor Becker decía:

—Recuerdo a Mary porque vino sin sus padres, y eso no lo había hecho nunca ningún niño, Cuando le pregunté qué quería, se metió dos dedos en la boca y tiró para afuera adelantando el labio. Solo dijo: «¿Cuánto?» Temía que sus padres no estuviesen en condiciones de pagarlo.

El doctor Becker se negó a hacer un presupuesto a Mary Lisbon.

—Que venga tu madre y hablaremos —le dijo.

De hecho, el proceso era largo, porque Mary, al igual que sus hermanas, tenía dos colmillos suplementarios. Se quedó en el sillón del dentista contrariada y con los pies levantados, mientras el tubo plateado chirriaba al aspirar agua en un cuenco.

—Tuve que dejarla sentada en el sillón porque tenía a cinco niños esperando —explicó el doctor Becker—. La enfermera me dijo después que la había oído llorar.

Las chicas no aparecieron en grupo hasta el día de la Reunión. El 7 de septiembre, un día con una temperatura que enfriaba todas las esperanzas de un veranillo de San Martín, Mary, Bonnie, Lux y Therese se presentaron en la escuela como si no hubiera ocurrido nada. Una vez más, aunque llegaron en bloque, apreciamos nuevas diferencias en ellas, y nos pareció que, si las observábamos con mucha atención, tal vez consiguiésemos entender un poco qué sentían y cómo eran. La señora Lisbon no les había comprado vestidos nuevos, por lo que llevaban los mismos del año anterior. Era ropa decorosa pero excesivamente ceñida (pese a todo, las hermanas Lisbon seguían desarrollándose) y parecían incómodas. Mary se había emperifollado con algunos accesorios: un juego de brazaletes de bolas de madera del mismo color rojo vivo que el pañuelo que llevaba atado al cuello. La falda escocesa de Lux, que ya le iba corta, le dejaba las rodillas y unos tres centímetros de muslo al descubierto. Bonnie llevaba puesta una cosa que parecía una tienda de campaña adornada con unas trencillas serpenteantes. Therese lucía un vestido blanco que parecía una bata de laboratorio. Pese a todo, las niñas entraron en fila con inesperada dignidad en medio del silencio que se hizo en el auditorio. Bonnie había hecho un sencillo ramillete con unos dientes de león del jardín de la escuela y lo puso debajo de la barbilla de Lux bromeando con ella. No se les notaba la desgracia que acababan de vivir pero, al sentarse, dejaron a su lado una silla plegable sin ocupar, como si la reservasen para Cecilia.

Las chicas no faltaron a la escuela ni un solo día, como tampoco el señor Lisbon, que dictaba sus clases con el habitual entusiasmo que lo caracterizaba. Seguía acribillando a los alumnos a preguntas fingiendo que quería estrangularlos y borrando las ecuaciones de la pizarra en medio de una nube de tiza. Sin embargo, a la hora de comer, en lugar de hacerlo en la sala de profesores, inauguró la costumbre de hacerlo en la clase y de consumir en su mesa de trabajo la manzana que se traía de la cafetería y la bandeja de queso fresco. También cayó en otras extravagancias. Lo veíamos paseándose por el ala de ciencias, conversando con las plantas araña que colgaban de los paneles geodésicos. Una semana después de iniciado el curso, comenzó a dar clases sentado en la silla giratoria, balanceándose frente a la pizarra hacia adelante y hacia atrás sin ponerse nunca de pie. Explicó que lo hacía porque le había aumentado el nivel de azúcar en sangre. A la salida de la escuela, en su función de entrenador ayudante de fútbol, se quedaba detrás de la portería, limitándose a anunciar con desgana la puntuación y, terminadas las prácticas, se dedicaba a recorrer el campo cubierto de yeso y a recoger las pelotas, que metía en una sucia bolsa de lona.

Iba a la escuela en coche, solo, y llegaba antes que sus hijas, que lo hacían en autobús porque siempre dormían hasta última hora. Después de cruzar la puerta principal y pasar por delante de las armaduras (nuestros equipos de atletismo llevaban el nombre de los Caballeros), entraba directamente en la clase, donde de unos paneles perforados del techo colgaban los nueve planetas del sistema solar (sesenta y seis agujeros en cada cuadrado, según Joe Hill Conley, que los había contado durante la clase). Unos cordones casi invisibles mantenían los planetas unidos en su trayectoria. Todos los días efectuaban sus movimientos de rotación y traslación, el señor Lisbon dirigía la totalidad del cosmos tras consultar una carta astronómica y hacer girar una manivela que tenía junto al afilalápices. Más bajos que los planetas, colgaban unos triángulos blancos y negros, hélices anaranjadas y tonos azules con extremos separables. El señor Lisbon tenía sobre el escritorio un cubo Soma, resuelto definitivamente y fijado con cinta adhesiva. Junto a la pizarra, un soporte de alambre sujetaba cinco barras de tiza con las que daba las pautas musicales para el coro de niños. Hacía tanto tiempo que era profesor que tenía lavabo en la clase.

Las hermanas Lisbon, en cambio, entraban por la puerta lateral tras pasar por delante del parterre de los dientes de león en estado latente, cuidados todas las primaveras por la esbelta e industriosa esposa del director. Tras desperdigarse hacia armarios separados, se reunían de nuevo en la cafetería para tomar un zumo durante el descanso. Julie Freeman había sido la mejor amiga de Mary Lisbon, pero después del suicidio de Cecilia dejaron de hablarse.

–Era una buena chica, pero no la aguantaba. Me tenía desorientada. Además, yo había empezado a salir con Todd.

Las hermanas se paseaban muy tranquilas por los pasillos con los libros apretados contra el pecho y la mirada fija en un punto del espacio invisible para nosotros. Eran como Eneas, que (según la traducción a través de la cual le dimos vida, envueltos en la nube del olor a axila del doctor Timmerman) bajó al infierno, vio a los muertos y regresó llorando por dentro.

70

¿Quién habría podido decir qué pensaban o sentían? Lux seguía riéndose tontamente, Bonnie manoseaba el rosario que guardaba en el bolsillo de su falda de pana, Mary lucía aquellos vestidos que le daban aire de Primera Dama, Therese continuaba llevando gafas durante las clases, pero todas se mantenían distantes de nosotros y de las demás chicas y también de su padre. Una vez las vimos juntas en el patio, bajo la lluvia, mordisqueando el mismo dónut, los ojos levantados al cielo, calándose lentamente.

Hablábamos con ellas a trompicones, añadiendo cada uno una frase a una conversación común. Mike Orriyo fue el primero. Tenía el armario junto al de Mary y un día, asomándose por encima de la puerta abierta, le dijo:

–¿Cómo estás?

Mary tenía la cabeza baja y el cabello le tapaba la cara. No estaba seguro de que le hubiera oído hasta que respondió:

–Tirando. –Sin volverse a mirarlo, cerró de golpe la puerta del armario y se alejó apretando los libros contra el pecho. Tras dar unos pasos, se dio unos tirones en la parte de atrás de la falda. El día siguiente el chico la esperó y, cuando vio que Mary abría el armario, le dijo otra cosa:

–Soy Mike.

Esta vez Mary también dijo una cosa diferente a través del cabello:

–Ya sé quién eres. No he ido a otra escuela en toda mi vida.

Mike Orriyo tenía ganas de añadir algo más, pero cuando la chica se volvió por fin a mirarlo, se quedó mudo. Solo la contempló fijamente y abrió la boca, pero de ella no salió nada. La chica dijo:

–No es preciso que hables conmigo.

Otros chicos fueron más afortunados. Chip Willard, el rey de los reformatorios, se acercó a Lux, sentada tomando el sol –era uno de los últimos días cálidos del año– y desde la ventana del segundo piso observamos que se sentaba a su lado. Lux llevaba la falda escocesa y medias blancas hasta la rodilla. Los náuticos parecían nuevos. Antes de que se acercara Willard, se los había estado restregando con aire indolente. Después estiró las piernas, apoyó las manos detrás de la espalda y expuso la cara a los últimos rayos de sol de la temporada. Willard también se puso al sol y le habló. Ella juntó rápidamente las piernas, se rascó una rodilla y las separó. Willard acomodó su corpachón en el mullido suelo. Se inclinó hacia ella con una sonrisa furtiva y, pese a que nadie le había oído decir nada ocurrente en toda su vida, hizo reír a Lux. Willard se mostraba muy seguro, y nos sorprendió ver lo mucho que había aprendido en los sótanos y graderíos de la delincuencia. Estrujó una hoja seca sobre la cabeza de Lux. Algunos trocitos cayeron por la espalda de la blusa y Lux le dio un empujón. Poco después caminaban juntos hacia la parte de atrás de la escuela, seguían más allá de las pistas de tenis, atravesaban la hilera de olmos conmemorativos y se dirigían a la imponente cerca que marcaba los límites de las mansiones privadas con su camino de entrada particular.

Pero no solo fue Willard. También Paul Wanamaker, Kurt Siles, Peter McGuire, Tom Sellers y Jim Czeslawski tuvieron un breve periodo de compromiso formal con Lux. Era bien sabido que el señor y la señora Lisbon no permitían que sus hijas salieran con chicos y que la señora Lisbon en concreto desaprobaba los bailes tanto particulares como escolares y los manoseos mutuos a que son dados los adolescentes cuando tienen ocasión de instalarse en asientos retirados. Las breves relaciones de Lux eran clandestinas. Brotaban en los ratos muertos de las clases de estudio, florecían camino de la fuente y se consumaban en el cubículo situado sobre el auditorio, entre cables y focos. Los chicos se encontraban con Lux cuando esta tenía que llevar algún recado, o en la farmacia mientras la señora Lisbon esperaba dentro del coche, y en una ocasión, en la cita más atrevida que pueda imaginarse, dentro de la mismísima furgoneta familiar, durante los quince minutos que la señora Lisbon estuvo haciendo cola en el banco. Pero los chicos que salían con Lux siempre eran los más estúpidos, los más egoístas y los que peor trato recibían en sus casas, lo cual los convertía en pésimas fuentes de información. Independientemente de lo que pudiéramos preguntarles, siempre nos salían con procacidades como: «Lo del acordeón se le da bien, te lo aseguro.» O bien: «¿Quieres saber lo que ha pasado? Pues huéleme los dedos, hombre.»

Que Lux consintiera en encontrarse con esa clase de chicos en los rincones y matorrales del terreno de la escuela no hace más que confirmar su desequilibrio. Solíamos preguntarles si hablaba de Cecilia, pero siempre respondían que, en realidad, hablar no era exactamente lo que hacían.

El único chico digno de confianza entre los que trataron a Lux en aquella época fue Trip Fontaine, aunque su sentido del honor hizo que no revelase nada durante años. Tan solo dieciocho meses antes de los suicidios Trip Fontaine salió de la torpeza infantil para delicia de muchachitas y mujeres a partes iguales. Debido a que lo habíamos conocido como un niño gordinflón cuyos dientes le asomaban por la boca siempre abierta y dando boqueadas, como hacen los peces, tardamos en darnos cuenta de su transformación. Por otra parte, nuestros padres y nuestros hermanos mayores, así como nuestros decrépitos tíos, nos habían asegurado que cuando uno era hombre el aspecto físico carecía de importancia. Nos tenía sin cuidado si éramos bien parecidos o no y creíamos que contaba muy poco, hasta que vimos que las chicas que conocíamos, e incluso sus madres, se enamoraban de

Trip Fontaine. Era como un deseo silencioso pero magnífico, como mil margaritas volviendo la corola al paso del sol. Al principio no advertimos siquiera los fajos de notas deslizadas a través de la puerta del armario de Trip ni las brisas ecuatoriales que lo perseguían por los pasillos, fruto de tanta sangre en ebullición. Pero al fin, después de ver tantas chicas inteligentes sonrojándose cuando Trip se acercaba o tirándose mutuamente de la trenza para no sonreírle tanto, nos dimos cuenta de que nuestros padres, hermanos y tíos nos habían engañado y de que ninguna chica jamás nos amaría por el simple hecho de sacar buenas notas. Años más tarde, en el rancho donde Trip Fontaine se desintoxicaba del caballo y en el que dejó todos los ahorros de su exmujer, recordaba las pasiones violentas que desató cuando le apareció en el pecho el primer vello. El hecho ocurrió en un viaje a Acapulco, cuando su padre y el noviete de este salieron a dar un paseo por la playa dejando que Trip se valiera por sí solo dentro del recinto del hotel. (Documento número siete, una instantánea de aquel viaje en la que aparece un señor Fontaine muy bronceado posando junto a Donald, los dos muslo contra muslo en el trono de Moctezuma situado en el patio del hotel.) En la barra donde no se servían bebidas alcohólicas, Trip conoció a Gina Desander, que acababa de divorciarse y que le pidió su primera piña colada. A su regreso, Trip Fontaine, tan caballero como siempre, nos puso al corriente de los detalles más característicos de la vida de Gina Desander, que trabajaba como crupier en un casino de Las Vegas y le enseñó la manera de ganar en el *blackjack* y que, además, escribía poesía y comía coco cortándolo con un cuchillo del ejército suizo. Solo años más tarde, contemplando el desierto de su vida con ojos cansados y cuando sus maneras caballerescas ya no podían proteger a ninguna mujer porque ya todas tenían más de cincuenta años, Trip confesó que Gina Desander había sido «la primera que me tiré».

Aquello explicaba muchas cosas. Explicaba por qué no se sacaba nunca de encima el collar de caracolas que ella le había regalado. Explicaba aquel anuncio turístico que Trip tenía sobre la cama en el que se veía a un hombre planeando sobre la bahía de Acapulco en una cometa arrastrada por una lancha rápida. Explicaba por qué había cambiado su estilo de indumentaria antes de los suicidios y había pasado de los pantalones y camisas propias de un escolar a la ropa vaquera, a las camisas con botones perlados, bordados en los bolsillos y hombreras, todo cuidadosamente elegido para parecerse a aquellos hombres de Las Vegas que aparecían junto a Gina Desander en las fotos que llevaba en el billetero y que le había mostrado durante aquel viaje de siete días y seis noches. Gina Desander, a los treinta y siete años, había calibrado el nivel de masculinidad potencial existente en la forma regordeta de Trip Fontaine y, durante la semana que pasó con él en México, lo cinceló hasta hacer de él un hombre. Aunque nunca supimos qué ocurrió en la habitación del hotel, no nos costó imaginar a Trip, borracho de zumo de piña bien cargado, mirando cómo Gina Desander arrancaba llamas de la cama. La puerta corredera del balconcito de cemento se había salido de la guía, y puesto que Trip era el hombre, había intentado ponerla en su sitio. En los muebles y mesillas de noche de la habitación estaban los restos de la fiesta de la noche anterior... vasos vacíos, palillos para remover cócteles, rodajas de naranja exprimida. Trip, con su bronceado de vacaciones, debía de tener el aspecto habitual de finales de verano, cuando iba de un lado a otro de la piscina de su casa, con las tetillas como cerezas rosadas rebozadas en azúcar moreno. La piel rojiza y ligeramente cuarteada de Gina Desander se oscurecía con la edad, como les ocurre a las hojas de los árboles. As de corazones. Diez de tréboles. Veintiuno. Has ganado. Le acariciaba el cabello, volvía a empezar. Trip nunca nos contó los detalles, ni siquiera después, cuando ya teníamos edad para entenderlos. Nosotros veíamos aquello como una maravillosa iniciación a manos de una madre clemente y, pese a que era algo que se mantenía en secreto, la noche puso en los hombros de Trip la capa del amante. Al volver, su voz nos pareció profunda y resonaba con fuerza sobre nuestras cabezas; observamos, sin llegar a comprenderlo del todo, lo ceñidos que le quedaban los vaqueros, olimos la colonia que llevaba y no pudimos por menos de comparar nuestra piel color queso con la suya. Pero su olor a almizcle, la suavidad de su rostro, como si se lo hubiera untado con aceite de coco, los dorados granos de arena que parecían brillar, persistentes, en sus cejas, no nos afectaban tanto como a las chicas, que desfallecían primero una por una y más tarde en grupo.

Recibía cartas decoradas con diez tipos diferentes de labios (el perfil de los labios es tan peculiar como el de las huellas dactilares) y se demoraba en el estudio de los mismos, debido a que eran muchas las chicas que retozaban con él en la cama. Perdía el tiempo bronceándose en una colchoneta en la piscina de su casa, cuyas dimensiones eran las de una bañera. Las chicas no se equivocaban al escoger a Trip, porque era el único que sabía mantener la boca cerrada. Trip Fontaine tenía la discreción natural de los grandes amantes, seductores más importantes que Casanova por el simple hecho de no haber dejado tras de sí doce volúmenes de memorias y porque nadie conoce su identidad. Ni en el campo de fútbol ni, desnudo, en el vestuario, Trip Fontaine habló una sola vez de los trozos de pastel, cuidadosamente envueltos en papel de aluminio, que aparecían en su armario, ni tampoco de las cintas para el pelo que ataba a la antena del coche, ni tan siquiera de la zapatilla de tenis que colgaba sujeta con el machucado cordón en el espejo retrovisor y en la punta de la cual se leía la siguiente nota: «La razón es el amor: amor. Para eso sirves, Trip.»

En los pasillos comenzaba a resonar su nombre murmurado a media voz. Mientras nosotros nos referíamos a él llamándole el

Tripero, las chicas no hablaban más que de Trip, Trip, su único tema de conversación, y, cuando fue elegido «el más guapo», «el mejor vestido», «el chico con más personalidad» y «el mejor atleta» (pese a que ninguno de nosotros, por despecho, le había dado el voto y, dicho sea de paso, tampoco había para tanto), comprendimos hasta qué punto las chicas estaban pirradas por él. Hasta nuestras propias madres hablaban de lo bien parecido que era, lo invitaban a cenar y parecía que ni advirtiesen que llevaba el pelo largo y sucio. No tardó en vivir como un pachá y en aceptar el homenaje tributado a la colcha de su cama, de tejido sintético: algún que otro billete sisado del bolso de una madre, bolsitas con droga, anillos de graduación, obsequios de Rice Krispie envueltos en papel parafinado, frasquitos de nitrito amílico, botellas de Asti Spumante, quesos variados importados de Holanda, ocasionalmente la colilla de un porro. Las chicas le traían resúmenes pasados a máquina y con notas a pie de página para las pruebas trimestrales, un trabajo que se tomaban para que Trip no tuviera que hacer otra cosa que leer una sola página de cada libro. Con el tiempo, y gracias a la generosidad de los regalos que recibía, consiguió reunir un museo de «Grandes Porros del Mundo», cuyas muestras guardaba en un frasco vacío de especias colocado en un estante de la librería, desde la *Blue Hawaiian* a la *Panama Red,* pasando por las muchas paradas de los oscuros territorios comprendidos entre ambos, y una de las cuales tenía la apariencia y el olor de una alfombra. No sabíamos mucho de las chicas que iban a ver a Trip Fontaine, solo que conducían su propio coche y que siempre sacaban algo del maletero. Pertenecían al tipo de las que llevan pendientes de esos que tintinean, las puntas del cabello decoloradas y zapatos con tacón de corcho sujetos con tiras en los tobillos. Transportaban cuencos de ensalada cubiertos con servilletas estampadas y cruzaban el jardín con las piernas abiertas, mascando chicle y sonriendo. Arriba, ya en la cama, daban a Trip de comer en la boca, luego se la limpiaban con la sábana, dejaban los cuencos en el suelo y por fin se fundían entre sus brazos. De vez en cuando, al entrar o salir del dormitorio de Donald, el señor Fontaine recorría el pasillo, si bien lo escabroso de su propia conducta le impedía hacer especulaciones sobre los susurros que se oían al otro lado de la puerta de la habitación de su hijo. Padre e hijo vivían en la casa como camaradas; a veces, por la mañana, tropezaban el uno con el otro en el pasillo y se echaban mutuamente la culpa de que no quedara café, pese a lo cual por la tarde se bañaban juntos en la piscina y alborotaban un rato, como compatriotas en busca de un poco de pasión sobre la tierra.

Padre e hijo lucían el bronceado más deslumbrante de toda la ciudad. Ni siquiera los albañiles italianos, que trabajan al sol día tras día, llegaban a conseguir aquel tono caoba. Al atardecer, tanto la piel del señor Fontaine como la de Trip adquirían una coloración casi azulada y, cuando se liaban la toalla a la cabeza a modo de turbante, parecían Krishnas gemelos. La pequeña piscina circular, situada sobre el nivel del terreno, lindaba con la cerca de atrás y a veces, con sus chapuzones, empapaban al perro de los vecinos. Embadurnados de aceite para bebés, el señor Fontaine y Trip sacaban las colchonetas con respaldo y soporte para las bebidas y se abandonaban al tibio cielo del norte como si estuvieran en la Costa del Sol. Solíamos observarlos mientras adquirían progresivamente el color del betún. Sospechábamos que el señor Fontaine se teñía el cabello de rubio, aparte de que tenía unos dientes tan esplendorosos que hasta molestaba mirarlos. En las fiestas, muchas chicas de ojos extraviados se nos arrimaban por el simple hecho de que éramos amigos de Trip aunque, al cabo de un rato, nos dábamos cuenta de que estaban tan aturdidas en brazos del amor como nosotros. Cierta noche, cuando Mark Peters salía del coche, notó que alguien le agarraba la pierna. Al bajar los ojos vio a Sarah Sheed, que le confesó que estaba tan loca por Trip que no podía andar siquiera. Todavía no se le ha borrado el pánico que sintió al ver a aquella chica tan fuerte y tan sana, famosa por el tamaño de sus senos, caminando como una tullida por la hierba cubierta de rocío.

Nadie sabía cómo se habían conocido Trip y Lux, ni qué se decían, ni si la atracción era mutua. Incluso muchos años después Trip se mostró reticente sobre el asunto, consecuente con la promesa de fidelidad que había hecho a las cuatrocientas dieciocho muchachas y mujeres adultas con las que se había acostado durante su larga carrera. La única cosa que nos dijo fue:

–No me he recuperado nunca de aquella chica, ¡nunca!

En el desierto, entre convulsión y convulsión, estaba claro que sus ojos, a pesar de aquellas ojeras amarillentas que le daban un aire enfermizo, miraban hacia adentro, fijos en tiempos mejores. Poco a poco, tras presiones incesantes y gracias en parte a la necesidad de hablar sin parar que tienen los yonquis, conseguimos reconstruir la historia de aquel amor.

Comenzó el día en que Trip Fontaine asistió a una clase de historia equivocada. Como tenía por costumbre, durante la clase de estudio de la quinta hora fue a su coche para fumarse el porro que se administraba con la misma regularidad con que Peter Petrovich, el diabético, tomaba insulina. Petrovich comparecía tres veces al día en el consultorio de la enfermera para ponerse las inyecciones, sirviéndose él mismo de la aguja hipodérmica como el más cobarde de los yonquis, aunque después de chutarse a lo mejor daba un concierto de piano en el auditorio con un arte sorprendente, como si la insulina fuera el elixir del genio. También Trip Fontaine se metía tres veces al día en el coche, a las diez y cuarto, a las doce y cuarto y a las tres y cuarto, como si, igual que Petrovich, un reloj de pulsera le avisara de que era el momento de tomar la dosis. Estacionaba siempre su Trans Am en el extremo más alejado del aparcamiento, de cara a la escuela por si se acercaba algún profesor. El capó ranurado del coche, el techo reluciente y la cola curvada le daban el aspecto de un escarabajo aerodinámico. Aunque el paso del tiempo había empezado a estropear los acabados dorados, Trip había repintado las deportivas franjas negras y abrillantado los tapacubos dentados que parecían armas. Dentro, los asientos cóncavos tapizados de cuero presentaban las típicas manchas de sudor: era perfectamente visible el lugar donde el señor Fontaine había descansado la cabeza durante los embotellamientos de tráfico y, debido a los productos químicos con los que se rociaba el cabello, había transformado el marrón del cuero en un tono morado claro. Aún flotaba en el aire la leve fragancia del ambientador Boots and Saddle, pese a que ahora el coche estaba más impregnado del olor a almizcle y a porro. Las puertas del coche cerraban herméticamente y Trip solía decir que en su coche se podía volar a gran altura porque respirabas todo el humo que se quedaba dentro. Trip Fontaine se pasaba los descansos del zumo y de la comida y los ratos de estudio inmerso en aquel baño de vapor. Quince minutos después, al abrir la puerta, salía el humo como vomitado por una chimenea, dispersándose y formando volutas a los acordes de la música –generalmente Pink Floyd o Yes–, que Trip dejaba en marcha mientras comprobaba el motor y sacaba brillo al capó (ya que estas eran las razones que alegaba para sus viajes al aparcamiento). Una vez cerrado el coche. Trip se iba detrás de la escuela para airear la ropa. Tenía escondida una caja de pastillas de repuesto en el agujero de un árbol conmemorativo (plantado en memoria de Samuel O. Hastings, graduado de la promoción de 1918). Las chicas lo observaban desde las ventanas del aula, sentado debajo del árbol, solitario e irresistible, con las piernas cruzadas igual que un indio y, antes aun de que se pusiese de pie, ya imaginaban las leves manchas de humedad que se habrían formado en sus nalgas. Siempre hacía lo mismo: Trip Fontaine se levantaba muy erguido, se ajustaba la montura de sus gafas de aviador, se echaba el cabello hacia atrás, cerraba la cremallera del bolsillo de la chaqueta de cuero y echaba a andar con el movimiento implacable de sus botas. Recorría la avenida de árboles conmemorativos, atravesaba el jardín de atrás de la escuela, pasaba junto a los parterres de hiedra y entraba en el edificio por la puerta trasera.

No había chico más insolente ni más reservado que él. Fontaine daba la impresión de estar calificado para acceder a un estadio superior de la vida, de tener las manos metidas en el corazón de la realidad, mientras el resto de nosotros todavía estábamos aprendiéndonos citas de memoria y mendigando aprobados. Pese a que seguía sacando los libros del armario, todos sabíamos que no eran más que puntales y que no estaba destinado a la sabiduría sino al capitalismo, como ya auguraban sus tratos con la droga. Sin embargo, Trip jamás olvidaría aquella tarde de septiembre, cuando ya habían empezado a caer las hojas de los árboles. Al entrar en la escuela se encontró con el señor Woodhouse, el director, que se acercaba por el pasillo. Trip ya estaba acostumbrado a topar con personas importantes cuando estaba colocado y, según nos aseguró, nunca se sentía paranoico por eso. No sabía explicar por qué la visión del director, con sus pantalones anchos y sus calcetines amarillo canario, hicieron que se le acelerase el pulso y comenzara a sudarle la nuca. El hecho fue que, con gesto imperturbable, Trip se coló en la primera clase que encontró.

Al sentarse no vio una sola cara, no vio profesor ni alumnos y lo único que percibió fue una luz celestial que iluminaba el aula, un fulgor anaranjado que provenía del follaje otoñal. Era como si la clase se hubiera llenado de un líquido dulzón y untuoso, una miel casi tan ligera como el aire que inhaló. El tiempo parecía transcurrir más lentamente y en el oído izquierdo percibió el campanilleo del Om cósmico con la claridad de un timbre de teléfono. Cuando le sugerimos que posiblemente estos detalles estaban relacionados con el mismo THC[1] de su sangre, Trip Fontaine levantó un dedo en el aire y aquella fue la única vez que le dejaron de temblar las manos durante todo el tiempo que duró la conversación.

–Sé muy bien qué es estar colocado –dijo–, pero esa vez era diferente.

Bajo aquella luz anaranjada, las cabezas de los alumnos parecían anémonas de mar que ondulasen dulcemente y el silencio de la clase era como el del lecho del océano.

–Cada segundo es eterno –nos dijo Trip al describirnos cómo, cuando se sentó en su pupitre, la chica que tenía delante se dio la vuelta y lo miró sin razón aparente.

No habría podido decir si era guapa o no porque lo único que vio fueron sus ojos. El resto de la cara –sus labios carnosos, la rubia pelusilla del cutis, la nariz con las ventanas rosadas y translúcidas– se dibujó vagamente mientras los ojos azules lo levantaban como una ola marina y lo mantenían en suspenso.

–Fue el punto fijo de un mundo que giraba –nos dijo, citando a Eliot, cuyos *Poemas completos* había encontrado en la biblioteca del centro de desintoxicación.

Aquella Lux Lisbon seguiría mirándolo durante toda la eternidad y Trip Fontaine le devolvería la mirada. El amor que Trip sintió en aquel momento por ella fue más auténtico que todos los amores que vendrían después porque sobreviviría a la vida real y seguía atormentándolo, incluso ahora en el desierto, con su belleza y su salud arruinadas por completo.

1. Tetrahydrocannabinol. *(N. de la T.)*

—Nunca se sabe qué desencadenará el recuerdo —nos dijo—. Puede ser cualquier cosa: la cara de un niño, el cascabel en el collar de un gato...

No se dijeron una sola palabra, pero durante las semanas que siguieron, Trip pasó los días vagando por los pasillos con la esperanza de ver aparecer a Lux, la persona vestida más desnuda que había visto en su vida. A pesar de los discretos zapatos de colegiala que llevaba, arrastraba los pies como si fuese descalza y las ropas holgadas que le compraba la señora Lisbon no hacían sino aumentar su atractivo, como si tras desnudarse se hubiera puesto lo primero que había encontrado a mano. Cuando llevaba pantalones de pana, los muslos se rozaban con un rasgueo y siempre había como mínimo algún fascinante descuido que lo iluminaba todo: la blusa mal remetida en el pantalón, un agujero en el calcetín, una costura descosida que dejaba ver el vello de la axila. Lux transportaba los libros de un aula a otra, pero ni siquiera los abría. Sus plumas y sus lápices parecían tan provisionales en ella como la escoba de Cenicienta. Aunque al sonreír se veían demasiados dientes en su boca, por las noches Trip Fontaine soñaba que lo mordían todos y cada uno de ellos.

No sabía cuál era el primer paso que había que dar para perseguirla, porque el perseguido siempre había sido él. Poco a poco, a través de las chicas que frecuentaban su habitación, Trip se enteró de dónde vivía, aunque al preguntar debía andarse con cuidado a fin de no despertar recelos. Comenzó a rondar con el coche la casa de los Lisbon con la esperanza de atisbarla o de contentarse con el premio de consolación que significaba ver a alguna de las hermanas. A diferencia de nosotros, Trip Fontaine nunca mezcló a las hermanas Lisbon, sino que desde el principio vio a Lux como el fulgurante pináculo de todas ellas. Cuando pasaba por delante de su casa, bajaba los cristales del Trans Am y subía el volumen de su ocho bandas esperando que ella, desde su cuarto, pudiera oír su canción favorita. Otras veces, incapaz de dominar el tumulto de sus entrañas, apretaba el acelerador y dejaba atrás, como única muestra de su amor, un rastro de olor a goma quemada.

Trip no entendía cómo había podido embrujarlo de aquella manera ni por qué, después de haberlo hecho, se había olvidado tan pronto de su existencia, y, desesperado, preguntaba al espejo por qué no estaba loca por él la única chica que lo tenía loco. Pasó un tiempo recurriendo a métodos de atracción cuya efectividad había comprobado repetidas veces, como echarse el cabello hacia atrás cuando ella pasaba o poner ruidosamente las botas sobre la mesa; en una ocasión incluso se bajó las gafas de sol para obsequiarla con la visión de sus ojos. Pero Lux no lo miró siquiera.

El hecho es que hasta los chicos menos atractivos estaban más acostumbrados que Trip a preguntar a las chicas si querían salir, porque el ser canijos o patituertos les había enseñado a ser perseverantes, en tanto que Trip no se había tenido que molestar siquiera en llamar a una chica por teléfono. Había muchas cosas que eran nuevas para él: aprenderse de memoria discursos estratégicos, tiradas de conversaciones posibles, la respiración profunda del yoga, todo para zambullirse de cabeza y a ciegas en el mar estático de las líneas telefónicas. No había padecido la eternidad de los timbrazos antes de que ellas atendieran, no conocía el loco arrebato del corazón al oír la voz incomparable entrelazándose con la propia, aquella sensación de proximidad que hacía que uno prácticamente pudiera ver a la chica, se creyera *dentro de su oído.* Jamás había experimentado el dolor de las respuestas anodinas, aquel temible: «¡Ah... hola!», o aquella aniquilación repentina del: «¿Quién?» La belleza de Trip había matado sus argucias por lo que, desesperado, confesó su pasión a su padre y a Donald. Estos comprendieron su situación apurada y, después de calmarlo con un trago de Sambuca, le dieron el consejo que solo dos personas como ellos, experimentadas en soportar la carga de un amor secreto, podían darle. Le dijeron en primer lugar que bajo ningún concepto se le ocurriera llamar a Lux por teléfono.

–Todo es cuestión de sutilezas –dijo Donald–, de matices.

En lugar de lanzarse a declaraciones abiertas, sugirieron a Trip que solo hablara con ella de cosas vulgares, del tiempo, del trabajo escolar, de lo que fuera con tal de que le brindase la oportunidad de comunicarse con ella a través del silencioso pero inequívoco lenguaje del contacto visual. Le aconsejaron que se quitase las gafas oscuras y se apartara el cabello de la cara fijándolo con laca. El día siguiente Trip Fontaine se sentó en el ala de ciencias y esperó a que pasara Lux camino del armario. El sol, al levantarse, encendía los recuadros en forma de panal. Cada vez que se abrían las puertas, Trip veía avanzar flotando el rostro de Lux antes de que unos ojos, una nariz y una boca se reorganizaran en el rostro de alguna otra chica. Lo tomó como un mal presagio, como si ella estuviera disfrazándose continuamente para eludirlo. Temió que pudiera no venir nunca o, peor aún, que viniera.

Después de una semana de no verla, optó por las medidas drásticas. El siguiente viernes por la tarde salió del gabinete de estudio del ala de ciencias para asistir a una asamblea. Hacía tres años que no iba a una, porque era más fácil saltársela que saltarse una clase y Trip prefería pasar aquel rato fumando el narguile que tenía en la guantera. No tenía idea del lugar donde se sentaría Lux, por lo que se entretuvo junto a la fuente de agua con la intención de seguirla apenas entrase. Desobedeciendo el consejo que le habían dado su padre y Donald, se puso las gafas de sol para disimular las miradas que dirigía al pasillo. En tres ocasiones el corazón le dio un vuelco ante el espejismo de una visión de las hermanas de Lux, pero el señor Woodhouse ya había presentado al orador del día –un meteorólogo de la televisión local– cuando Lux salió del lavabo de las chicas. Trip Fontaine la observó con tal concentración que hasta dejó de existir. En aquel momento en el mundo solo existía Lux. Estaba rodeada de un aura difusa, como una vibración de átomos que se apartasen y que, según opinamos más adelante, debió de ser el resultado de la afluencia de sangre en la cabeza de Trip. Lux pasó junto a él sin mirarlo y en quel instante Trip no percibió olor a cigarrillos como esperaba sino a chicle de sandía.

La siguió hasta la claridad colonial del auditorio con su cúpula Monticello, sus pilastras dóricas y aquellos faroles de gas de imitación que solíamos llenar de leche. Se sentó junto a ella en la última fila y, aunque evitó mirarla, no le sirvió de nada porque con los órganos de unos sentidos que ignoraba que tuviese, Trip Fontaine la sentía a su lado, notaba la temperatura de su cuerpo, los latidos de su corazón, el ritmo de su respiración, todo aquel bombear y fluir que había en su cuerpo. Cuando el hombre del tiempo comenzó a pasar diapositivas se atenuaron las luces del auditorio y al poco rato se encontraron juntos en la oscuridad, solos pese a los cuatrocientos estudiantes y cuarenta y cinco profesores presentes. Paralizado por el amor, Trip permaneció inmóvil mientras en la pantalla arreciaban los tornados, y tardó quince minutos en reunir el valor suficiente para apoyar levemente el antebrazo en el brazo de la silla. Hecho el gesto, todavía los separaban dos centímetros de espacio, por lo que a lo largo de los siguientes veinte minutos, mediante avances infinitesimales que cubrieron su cuerpo de sudor, Trip Fontaine acercó su brazo al de Lux. Mientras los ojos de todos los alumnos observaban el huracán Zelda avanzar hacia una ciudad costera caribeña, el vello del brazo de Trip rozó el del brazo de Lux y a través de aquel nuevo circuito saltó la corriente eléctrica. Sin volverse hacia él, sin respirar siquiera, Lux le respondió presionando suavemente su brazo contra el de él. Trip volvió a presionar, Lux volvió a responder y así sucesivamente hasta que sus codos se juntaron. Pero algo ocurrió en aquel momento preciso: tapándose la boca con las manos ahuecadas, un bromista situado algunas filas más adelante emitió el ruido de un pedo y toda la sala se estremeció con una carcajada. Lux se quedó pálida y retiró el brazo, pero Trip Fontaine tuvo la oportunidad de pronunciar las primeras palabras que murmuraría en su oído:

–Debe de haber sido Conley –dijo–. Se las va a cargar.

Lux hizo un movimiento con la cabeza por toda respuesta. Pero Trip, todavía inclinado sobre ella, continuó:

–Preguntaré a tu viejo si puedo salir contigo.

–Lo tienes difícil –dijo Lux sin mirarlo.

Se encendieron las luces y todos los estudiantes comenzaron a aplaudir. Trip esperó a que los aplausos alcanzaran su punto culminante para volver a hablar.

–Iré a tu casa a ver la tele –dijo–. El domingo. Después les pediré que me dejen salir contigo.

Volvió a esperar a que Lux dijera algo, pero lo único que ella hizo fue levantar la mano con la palma hacia arriba como indicándole que hiciera lo que le viniera en gana. Trip se levantó para salir pero, antes de hacerlo, volvió a apoyarse en el respaldo del asiento vacío y pronunció aquellas palabras que desde hacía semanas tenía guardadas dentro:

–Eres una perita en dulce –dijo, y se marchó.

Trip Fontaine fue el primer chico que entró solo en casa de los Lisbon después de Peter Sissen. Se limitó a anunciarle a Lux cuándo iría, dejando que ella se encargara de decírselo a sus padres. Nadie se explicaba que no nos hubiéramos dado cuenta, sobre todo cuando insistió en que no había tomado precauciones, de que había ido tranquilamente a casa de Lux en coche y que había aparcado el Trans Am delante del tronco de un olmo para evitar las manchas de savia. Para la ocasión se cortó el pelo y, en lugar del típico atuendo vaquero, se puso camisa blanca y pantalón negro, como los camareros de lujo. Lux salió a recibirlo a la puerta y, sin decirle apenas nada (estaba haciendo calceta), lo condujo al asiento que le habían asignado en la sala de estar. Trip se sentó en el sofá junto a la señora Lisbon, al otro lado de la cual se ubicó Lux. Trip Fontaine nos dijo que las chicas casi no le hicieron caso, o al menos no tanto como podía esperar un rompecorazones como él. Therese estaba sentada en un rincón con una iguana disecada en el regazo explicándole a Bonnie de qué se alimentaban las iguanas, cómo se reproducían y cuál era su hábitat natural. La única hermana que habló con Trip fue Mary, que se encargó de suministrarle Coca-Cola a medida que la consumía. En la tele daban un programa especial dedicado a Walt Disney que los Lisbon miraban con la actitud complaciente de una familia acostumbrada a los entretenimientos insulsos, riendo juntos los mismos ardides ingenuos o irguiéndose en el asiento en los momentos más emocionantes. Trip Fontaine no vio signo alguno de extravagancia en las chicas, aunque más tarde diría:

—Te habrías pegado un tiro solo para hacer algo.

La señora Lisbon supervisaba la labor de calceta de Lux y, antes de cambiar de canal, consultaba la *TV Guide* para decidir si el programa valía la pena o no. Las cortinas eran tan gruesas que parecían de lona. En el alféizar de la ventana había unas cuantas plantas larguiruchas que no tenían nada que ver con las de hojas exuberantes del salón de su casa (el señor Fontaine era un gran aficionado a la jardinería) y Trip habría podido creer que se encontraba en un planeta muerto de no haber sido por la vida palpitante que emanaba Lux desde el otro extremo del sofá. Le veía los pies desnudos cada vez que los ponía sobre la mesilla baja. Tenía las plantas y las uñas moteadas de laca rosa. Cada vez que colocaba los pies en la mesa, la señora Lisbon le propinaba un golpecito en ellos con la aguja de hacer punto para indicarle que los bajara.

No ocurrió nada más. Trip no consiguió sentarse al lado de Lux ni hablar con ella ni tan siquiera mirarla, aunque la realidad de su presencia ardía en su cabeza. A las diez, obedeciendo una indicación de su esposa, el señor Lisbon dio una palmadita en la espalda a Trip y le dijo:

–Bien, hijo, sabrás que a esta hora nosotros solemos acostarnos.

Trip estrechó primero la mano del señor Lisbon y luego la de la esposa, bastante más fría, mientras Lux se levantaba para acompañarlo a la puerta. Debía de darse cuenta de lo estúpido de la situación, pues en el breve trayecto apenas si lo miró. Lux caminaba con la cabeza baja, rascándose el interior de la oreja, y no levantó los ojos hasta que abrió la puerta para dirigirle una triste mirada que no hablaba más que de frustración. Trip Fontaine salió de la casa hecho polvo, sabiendo que lo único que podía esperar era otra noche en el sofá junto a la señora Lisbon. Cruzó el jardín, cuyo césped no habían cortado desde la muerte de Cecilia, se sentó en el coche y miró la casa mientras las luces de la planta baja iban siendo sustituidas progresivamente por las de arriba y, al poco rato, también estas iban apagándose una tras otra. Imaginó a Lux metiéndose en la cama y la sola imagen de la chica con el cepillo de dientes en la mano lo turbó más profundamente que las desnudeces totales que casi todas las noches presenciaba en su cuarto. Reclinó la cabeza en el asiento y abrió la boca para aliviar la opresión que sentía en el pecho cuando percibió de pronto un remolino de aire dentro del coche. Alguien lo agarró por las solapas, tiró de él hacia adelante y volvió a empujarlo hacia atrás, al tiempo que un ser con cien bocas le sorbía el tuétano. No dijo nada durante el rato que estuvo agarrada a él como un animal hambriento y Trip no habría sabido quién era de no haber sido por aquel sabor a chicle de sandía que después de los primeros tórridos besos también él masticó. Ya no llevaba pantalones, sino una bata de franela, y los pies, mojados con el rocío del césped, olían a hierba. Trip notó sus húmedas pantorrillas, sus cálidas rodillas, sus velludos muslos y, empavorecido, metió el dedo en la boca de cuervo de aquel animal que ella tenía sujeto con traílla más abajo de la cintura. Le pareció que era la primera vez en su vida que tocaba a una chica y sintió el pelo y la sustancia untuosa como una piel de nutria. Dentro del coche había dos bestias, una arriba, que resollaba y mordía, y otra abajo, que porfiaba para escapar de la húmeda jaula. No sin esfuerzo hizo lo que pudo para alimentarlas a las dos, para aplacarlas, pero en él iba creciendo por momentos una sensación de incapacidad y, pasados unos minutos, Lux lo dejó, más muerto que vivo, pronunciando únicamente estas palabras:

—Tengo que volver antes de que se den cuenta de que no estoy en la cama.

Pese a que aquel ataque relámpago solo duró tres minutos, dejó su marca en él. Hablaba de ello como si se hubiese tratado de una experiencia religiosa, de una aparición, una visión, una ruptura con su vida anterior que no podía describirse con palabras.

—A veces pienso que quizá lo soñé —nos dijo recordando la voracidad de aquellas cien bocas que le habían sorbido el jugo en la oscuridad.

Aun así, Trip Fontaine siguió disfrutando de su envidiable vida amorosa, por mucho que confesara que todo aquello era insulso porque sus tripas ya no volverían a tirar de él con tan deleitosa fuerza, ni volvería jamás a sentirse tan totalmente mojado de la saliva de otro ser humano.

—Me sentía como un sello —dijo.

Los años transcurridos no habían podido librarlo del pavor que le había producido la osadía de Lux, su ausencia total de inhibición, aquella mutabilidad mítica que le había hecho nacer tres brazos, cuatro brazos a un tiempo.

–Casi nadie ha probado esa clase de amor –comentó como cobrando ánimo a pesar del desastre que era su vida–. Yo por lo menos lo probé una vez.

Comparados con aquella amante, las de sus primeros tiempos de hombría y de madurez eran dóciles criaturas de suaves flancos y previsibles alaridos. Incluso mientras hacía el amor las imaginaba trayéndole leche caliente, preparándole la declaración de la renta o presidiendo su lecho de muerte con lágrimas en los ojos. Eran mujeres cálidas, cariñosas, de esas que te traen la botella de agua caliente. Las que gritaron después en sus años de adulto siempre lo hicieron con voz de falsete y no hubo jamás una pasión que estuviera a la altura de aquel silencio de Lux, que lo desolló vivo.

Nunca supimos si la señora Lisbon sorprendió a Lux cuando volvía a entrar furtivamente en la casa pero, cualquiera que fuera la razón, cuando Trip intentó sentarse otra vez en el sofá de los Lisbon, Lux le dijo que estaba castigada y que su madre le tenía prohibidas las visitas. En la escuela, Trip Fontaine se mostró reservado con respecto a lo que había ocurrido entre los dos y, pese a que circularon historias acerca de que se encontraban en varios sitios discretos, él insistió en que la única vez que se habían tocado había sido en el coche.

–En la escuela no teníamos dónde ir. El viejo no le quitaba el ojo de encima. Era una tortura, tíos, una jodida tortura.

En opinión del doctor Hornicker, la promiscuidad de Lux era una reacción normal frente a una necesidad emocional.

–Los adolescentes buscan el amor donde lo encuentran –decía en uno de los muchos artículos que tenía la esperanza de publicar–. Lux confundía el acto sexual con el amor. El sexo se convirtió para ella en sucedáneo del consuelo que necesitaba después de suicidarse su hermana.

Varios chicos proporcionaron detalles que corroboraban esta teoría. Willard contó que una vez, mientras estaban tumbados en los vestuarios del campo de deportes, Lux le preguntó si él consideraba sucio lo que habían hecho.

—Yo sabía lo que hay que decir en estos casos y por eso le respondí que no. Entonces ella me cogió la mano y dijo: «Yo te gusto, ¿verdad?» No contesté, porque sé que es mejor dejar a las chicas en la duda.

Años más tarde. Trip Fontaine se puso como una furia cuando le dijimos que la pasión de Lux provenía seguramente de una necesidad mal orientada.

—¿Qué queréis decir con eso? ¿Qué yo no fui más que un vehículo? Estas cosas no se pueden fingir, tíos, la cosa iba en serio.

Incluso planteamos esta posibilidad a la señora Lisbon durante la única entrevista que sostuvimos con ella en el bar de una parada de autobuses, pero ella se mostró tajante al respecto:

—A ninguna de mis hijas le faltó cariño. En nuestra casa abundaba el cariño.

Era una afirmación difícil de defender. Cuando llegó el mes de octubre, la casa de los Lisbon adoptó un aire menos alegre. El tejado de pizarra azul, que de acuerdo con la luz que le diese parecía un estanque suspendido en el aire, se oscureció visiblemente. Los ladrillos de color amarillo adquirieron una tonalidad parduzca. Por la noche salían murciélagos de la chimenea, al igual que de la mansión Stamarowski, situada a muy poca distancia. Estábamos acostumbrados a ver murciélagos revoloteando sobre la casa de Stamarowski, zigzagueando en el aire y proyectándose verticalmente mientras las chicas chillaban cubriéndose los largos cabellos. El señor Stamarowski llevaba jerseys negros de cuello alto y solía asomarse al balcón. Al caer la tarde, nos dejaba corretear por el amplio jardín de su casa y una vez, en uno de los parterres de flores, encontramos un murciélago muerto con la cara arrugada de un viejo con dos preciados dientes. Siempre nos figuramos que los murciélagos habían venido de Polonia con los Stamarowski; encajaban como anillo al dedo volando sobre aquella casa sombría, con sus cortinas de terciopelo y aquel desmoronamiento tan típico del Viejo Mundo, pero no sobre las útiles chimeneas dobles de la casa de los Lisbon. Habla otros signos de la progresiva desolación. El timbre de llamada desapareció de la puerta. El comedero para pájaros que había en el patio trasero cayó al suelo y allí quedó. La señora Lisbon dejó una nota para el lechero en la caja donde este solía depositar las botellas: «No deje más leche mala.» Al recordar aquel tiempo, la señora Higbie insistía en asegurar que el señor Lisbon, sirviéndose de un largo palo, había cerrado las contraventanas exteriores. Al preguntar a los vecinos, todos dijeron lo mismo. Sin embargo, el documento número tres, una fotografía tomada por el señor Buell, deja ver a Chase blandiendo su nuevo bate Lousville Slugger y en el fondo la casa de los Lisbon con todos los postigos abiertos (en este caso la lupa nos fue de mucha utilidad). La foto se hizo el 13 de octubre, día del cumpleaños de Chase y de la inauguración de las Series Mundiales.

Exceptuando la escuela o la iglesia, las hermanas Lisbon no iban nunca a ninguna parte. Una vez por semana, una camioneta de Kroger les traía víveres. Un día Johnny Buell y Vince Fusilli la pararon sosteniendo una cuerda imaginaria a través de la calle y tirando de ella como si fuesen unos Marcel Marceaux gemelos. El conductor los dejó subir y, ya dentro, revisaron las notas de los pedidos con la excusa de que, cuando fuesen mayores, querían ser repartidores. El pedido de los Lisbon, que Vince Fusilli se guardó en el bolsillo, parecía una lista de suministros militares.

1	harina Krog de 5 Ib
5	leche descr. Carnat. de 1 gal.
18 rollos	Wh. Cid. t.p.
24 latas	meloc. Del. (en aim.)
24 latas	guis. V. Del.
10 lbs	lomo Gr.
3	Won. Br.
1	mant. Jif p.
3	Kell. C. Flks.
5	Stkst. Tu.
1	mayo. Krog.
1	iceberg
1 lb	tocino O. May.
1	mant. L. Lks.
1	Tang o.f.
1	choc. Hersh.

Esperábamos a ver qué ocurriría con las hojas. Estuvieron cayendo durante dos semanas y cubrieron el césped de todos los jardines, porque en aquellos tiempos todavía teníamos árboles. En otoño, solo unas pocas hojas hacían una especie de salto del ángel desde las copas de los pocos olmos que nos quedaban; la mayoría recorrían en su caída sin alardes el metro que las separaba del suelo desde lo alto de aquellos arbolillos sostenidos con estacas con los que el municipio había querido consolarnos de la visión que tendría nuestra calle dentro de cien años. Nadie sabía muy bien qué clase de árboles eran aquellos. El empleado del Departamento de Parques se limitó a decir que los habían seleccionado por su «resistencia al escarabajo holandés del olmo».

—Eso quiere decir que ni a los escarabajos les gustan —dijo la señora Scheer.

En otros tiempos, el otoño empezaba con un estertor de las copas de los árboles; después, en interminable profusión, las hojas se iban desprendiendo y caían flotando, describiendo círculos y aleteando hacia arriba, como si el mundo entero se despellejase. Dejábamos que fuesen acumulándose. Las contemplábamos tomándolas como una excusa para no hacer nada mientras las ramas iban dejando al descubierto espacios de cielo cada vez más grandes.

El primer fin de semana después de la caída de las hojas comenzábamos a rastrillarlas en formación militar, acumulando montones en la calle. Cada familia tenía su método. Los Buell empleaban una formación de tres hombres, con dos rastrilladores que operaban en sentido longitudinal y otro en ángulo recto, imitando una alineación que el señor Buell había puesto en práctica innumerables veces. Los Pitzenberger actuaban con diez personas: dos padres, siete adolescentes y el error católico de dos años siguiendo detrás con un rastrillo de juguete. La señora Amberson, que estaba muy gorda, usaba un fuelle para aventar las hojas. Todos poníamos lo que podíamos de nuestra parte. Después, una vez rastrillada, la hierba, como cabello bien cepillado, nos proporcionaba un placer que nos llegaba a las entrañas. A veces el placer era tan intenso que llegábamos a arrancar la hierba y dejábamos zonas de tierra al descubierto. Al terminar el día nos quedábamos en el bordillo contemplando nuestros jardines con todas las briznas de hierba aplastadas, la tierra desmigajada e incluso algunos tubérculos de azafrán al descubierto. En aquellos días anteriores a la contaminación universal nos dejaban quemar las hojas y, de noche, en uno de los últimos rituales de nuestra tribu en vías de desintegración, todos los padres salían a la calle para encender la pira familiar.

Generalmente el señor Lisbon hacía él solo la labor de rastrillado mientras iba cantando con su voz de soprano, pero cuando

Therese cumplió quince años quiso comenzar a ayudarle y ya se le pudo ver con él, con sus ropas de hombre, botas de goma hasta la rodilla y gorro de pescador, agachada y rastrillando el suelo. Al llegar la noche, el señor Lisbon encendía la hoguera, como todos los padres del vecindario, pero la ansiedad que le producía el temor de que el fuego escapara a su control disminuía gran parte del placer. Supervisaba la hoguera todo el rato, empujando continuamente las hojas hacia el centro, vigilando las llamas y, cuando el señor Wadsworth se acercaba para ofrecerle un trago de su botella con monograma, como hacía con todos los padres de los alrededores, el señor Lisbon lo atajaba diciendo:

–No, gracias; no, gracias.

El año de los suicidios las hojas del jardín de los Lisbon quedaron sin rastrillar. Durante el sábado destinado a esta labor el señor Lisbon no se movió de su casa. De vez en cuando, mientras íbamos rastrillando, mirábamos en dirección a la casa de los Lisbon, contemplábamos las paredes que iban absorbiendo la humedad del otoño, el césped descuidado y polícromo flanqueado por otros céspedes cada vez más descubiertos y más verdes. Cuantas más hojas barríamos, más hojas nos parecía que se amontonaban en el jardín de los Lisbon, asfixiando los arbustos y cubriendo incluso el primer escalón del porche. Cuando aquella noche encendimos las hogueras todas las casas se tiñeron de color anaranjado. Solo la casa de los Lisbon permaneció oscura, como un túnel o un vacío a través del cual pasaban nuestro humo y nuestras llamas. Transcurrieron las semanas y las hojas seguían en su sitio. Cuando el viento las barría en dirección a otros jardines, se oía refunfuñar a la gente.

–Estas hojas no son mías –decía el señor Amberson al tiempo que las metía en un cubo.

Llovió dos veces y las hojas se empaparon, se fueron oscureciendo. El jardín de los Lisbon parecía un barrizal.

Fue precisamente el estado cada vez más ruinoso de la casa lo que atrajo a los primeros periodistas. El señor Baubee, editor del periódico local, seguía emperrado en su decisión de no informar acerca de tragedias tan personales como un suicidio. En cambio, optó por analizar la controversia desatada a causa del nuevo barandal que tapaba la vista del lago, o el motivo por el cual las negociaciones de la huelga de empleados del cementerio, que acababa de entrar en su quinto mes (los cadáveres eran sacados del estado en remolques refrigerados), se encontraban en un punto muerto. La sección titulada «Bienvenido, vecino» seguía elaborando la lista de los recién llegados atraídos por el verdor y la tranquilidad de nuestra ciudad y por sus imponentes miradores: un primo de Winston Churchill –que en realidad parecía demasiado delgado para ser pariente del primer ministro británico– había encontrado casa en Windmill Pointe Boulevard; una tal señora Shed Turner, la primera mujer blanca que había penetrado en las junglas de Papúa Nueva Guinea, tenía en su regazo lo que aparentaba ser una cabeza humana reducida, si bien el epígrafe de la foto identificaba la imagen borrosa con «su yorkie, Guillermo el Conquistador».

Ya en verano, los periódicos de la ciudad no se habían dignado mencionar siquiera el suicidio de Cecilia por considerarlo un suceso absolutamente prosaico. Debido a los constantes despidos que se producían en las fábricas de automóviles, apenas pasaba un día sin que algún alma desgraciada sucumbiese bajo el peso de la recesión, y era de lo más corriente descubrir hombres en el garaje con el motor del coche en marcha o hechos un guiñapo bajo la ducha, todavía con la ropa de trabajo puesta. Tan solo adquirirían rango de noticia los asesinatos-suicidios y aun así aparecían en la página tres o en la cuatro: historias de padres que liquidaban a tiros a toda su familia antes de volver el arma contra sí mismos o de hombres que incendiaban su casa después de atrancar bien las puertas. El señor Larkin, editor del periódico más importante de la ciudad, vivía a menos de un kilómetro del domicilio de los Lisbon y era evidente que estaba al corriente de los rumores que corrían por el vecindario. Joe Hill Conley, que tonteaba a menudo con Missy Larkin (la chica había estado enamoriscada de él un año entero pese a que Joe tenía la cara hecha una lástima debido a que siempre se cortaba al afeitarse), Joe, pues, nos había asegurado que Missy y su madre habían hablado del suicidio en presencia del señor Larkin pero que este no había mostrado el menor interés y había permanecido imperturbable en su tumbona tomando el sol con un paño húmedo sobre los ojos. Sin embargo, el 15 de octubre, más de tres meses después de ocurrido el hecho, el periódico publicó una carta al director en la que sucintamente se hacía referencia a los detalles del suicidio de Cecilia y se pedía a los responsables de las escuelas que atendieran «la agobiante angustia de nuestros adolescentes». La carta estaba firmada por una tal «señora I. Dew Hopewell», evidentemente un seudónimo, si bien ciertos detalles señalaban a una persona de nuestra calle. A aquellas alturas, el resto de la ciudad ya se había olvidado del suicidio de Cecilia, a pesar de que el creciente descuido que evidenciaba la casa de los Lisbon nos recordaba constantemente el drama que se cocía dentro. Años más tarde, cuando ya no quedaban más hijas que salvar, la señora Denton acabó por confesar que era la autora de aquella carta y que la había escrito movida por un arrebato de lícita indignación cierta vez que se encontraba debajo del secador del cabello. Y no lo lamentaba.

–Una no puede quedarse como si tal cosa mientras tu vecino desaparece por el retrete –comentó–. No somos tan malos como eso.

Un día después de publicada la carta, se paró un Pontiac azul delante de la casa de los Lisbon y bajó de él una desconocida. Tras comprobar la dirección que llevaba escrita en un trozo de papel, subió los escalones de aquel porche por el que hacía semanas que no pasaba nadie. Shaft Tiggs, el repartidor de periódicos, lo lanzaba ahora contra la puerta a tres metros de distancia. Incluso dejó de ir a cobrar los jueves (su madre ponía la cantidad de su bolsillo no sin recomendar al chico que no se lo dijera a su padre). El porche de los Lisbon, donde en otro tiempo nos habíamos parado para ver a Cecilia apoyada en la cerca, se había convertido en un lugar tabú: pisarlo traía mala suerte. La estera de bienvenida confeccionada con césped artificial ya estaba empezando a curvarse por los bordes. Los periódicos se quedaban sin leer y formaban un montón de papel mojado. De las fotos en colores de la sección de deportes chorreaban lagrimones de tinta roja. El buzón metálico despedía olor a óxido. La mujer apartó a un lado los periódicos con el escarpín azul y llamó con los nudillos a la puerta. Se abrió una rendija y la mujer, mirando a través de la oscuridad, soltó su perorata. En un momento dado advirtió que la persona con la que hablaba estaba situada un palmo más abajo del lugar hacia el que miraba, y corrigió la inclinación de la cabeza. Sacó un bloc del bolsillo de la chaqueta y lo agitó como los supuestos espías en las películas de guerra. El gesto funcionó. La puerta se abrió unos centímetros más para dejarla entrar.

El artículo de Linda Perl apareció publicado al día siguiente, aunque el señor Larkin nunca quiso hablar de las razones que lo indujeron a claudicar. En él se daba una descripción detallada del suicidio de Cecilia. Por los datos aparecidos en el artículo (si les interesa pueden leerlo, porque lo hemos incluido bajo el epígrafe de documento número nueve), es evidente que la señora Perl, reportera recién contratada por un periódico provinciano de Mackinac, solo pudo hablar con Bonnie y con Mary antes de que la señora Lisbon la pusiera de patitas en la calle. El artículo procede de acuerdo con la lógica de las noticias «de interés humano» que comenzaron a proliferar por aquel entonces. Pinta la casa de la familia Lisbon en términos muy difusos. Frases como «El elegante barrio más famoso por las puestas de largo que por los entierros de chicas en edad de puesta de largo» o «Las exuberantes y guapas hermanas evidencian muy pocos signos de la reciente tragedia» dan una idea del estilo de la señora Perl. Después de una descripción superficial de Cecilia («Era aficionada a llevar un diario que ilustraba con dibujos»), el artículo despacha el misterio de su muerte con conclusiones de este tipo: «Los psicólogos coinciden en afirmar que la adolescencia es ahora mucho más vulnerable a las presiones y complejidades que en otros tiempos. Es frecuente que, en el mundo actual, esta infancia más larga que concede la vida americana a sus hijos sea una especie de erial donde el adolescente se siente extrañado tanto de la infancia como de la etapa adulta. Es frecuente, también, que se corten las vías de expresión. Según afirman los médicos, esta frustración conduce cada vez más a actos de violencia cuya realidad el adolescente no puede desvincular de la tragedia que presuponen.»

Es evidente que el texto evita el sensacionalismo, informando al público de un peligro social generalizado. El día siguiente apareció un artículo de carácter general sobre el suicidio de adolescentes cuya autora era también la señora Perl y que se complementaba con gráficos y diagramas. En él Cecilia solo aparecía mencionada en la primera frase: «El suicidio de una adolescente del East Side durante el pasado verano ha aumentado la conciencia pública de una crisis nacional.» A partir de ese momento empezó el barullo. Aparecieron artículos que daban cuenta de suicidios de adolescentes dentro del ámbito estatal durante el año anterior. Se publicaron fotografías, generalmente retratos escolares de jóvenes muy emperejilados y con cara de pena, chicos con bigotes incipientes y corbatas de nudo que parecían bocios, chicas de peinados altos rociados de laca y cadenas de oro con los nombres «Sherri» o «Gloria» en sus vulnerables cuellos. Había fotos de familia que databan de tiempos más felices, donde los rostros de los adolescentes esbozaban sonrisas, a menudo soplando las velas de pasteles de cumpleaños. Como tanto el señor como la señora Lisbon se negaban a conceder entrevistas, los periódicos debieron procurarse las fotos de Cecilia a través del anuario escolar *Spirit*. En la página arrancada (documento número cuatro), los ojos penetrantes de Cecilia atisban entre los hombros de dos compañeros que están delante de ella. Varios equipos de televisión acudieron a filmar el exterior cada vez más degradado de la casa de los Lisbon. Primero vino el Canal 2, después el Canal 4 y finalmente el Canal 7. Estuvimos un tiempo vigilando la televisión por si veíamos aparecer la casa de los Lisbon, pero no aprovecharon la película hasta unos meses después, cuando todas las niñas Lisbon ya se habían suicidado y ya no era el momento. Mientras tanto, un programa de la televisión local se centró en el tema del suicidio de los adolescentes e incluso invitó a dos chicas y a un chico para que expusieran las razones por las que lo habían intentado. Los escuchamos, pero era evidente que habían sido sometidos a tantas sesiones terapéuticas que ya no sabían dónde estaba la verdad. Las respuestas que dieron parecían forzadas y se apoyaban en conceptos de autoestima y otras palabras que sonaban falsas puestas en su boca. Una de las chicas, Rannie Jilson, había intentado acabar con su vida preparándose un pastel con veneno para ratas a fin de no despertar sospechas, con lo que únicamente había conseguido matar a su abuela de ochenta y seis años, especialmente aficionada a los dulces. Rannie, al contarlo, no pudo contener las lágrimas y fue consolada por la presentadora, quien de inmediato dio paso a los anuncios publicitarios.

Hubo muchas personas que protestaron contra los artículos y programas de televisión pues en su opinión aparecían demasiado tiempo después de ocurridos los hechos. La señora Eugene dijo:

—Que la dejen descansar en paz.

La señora Larson, por su parte, se lamentaba de que los medios de comunicación social se hubieran ocupado del asunto «precisamente cuando todo estaba volviendo a la normalidad». Aun así, los reportajes nos ponían en guardia contra las señales de peligro que no podíamos por menos de tener en cuenta. ¿Tenían las pupilas dilatadas las niñas Lisbon? ¿Hacían un uso excesivo de los *sprays* nasales? ¿O quizá de los colirios? ¿Habían dejado de interesarse por las actividades escolares, por los deportes, por sus aficiones particulares? ¿Se habían distanciado de sus compañeros? ¿Tenían crisis de llanto sin motivo justificado? ¿Se quejaban de insomnio, de dolores torácicos, de constante fatiga? Comenzaron a llegar folletos. Eran de color verde oscuro con letras blancas y los enviaba la Cámara de Comercio local.

—Consideramos que el verde era un color alegre, pero no excesivamente alegre —dijo el señor Babson, que era el presidente—. El verde, además, era serio. Así que insistimos en él.

Los folletos no hablaban para nada de la muerte de Cecilia y ahondaban, en cambio, en las causas del suicidio en general. Por ellos nos enteramos de que en Estados Unidos se producían ochenta suicidios diarios, a razón de uno cada dieciocho minutos, lo que sumaba treinta mil suicidios al año; que cada minuto había un intento de suicidio y que alguno llegaba a término; que por cada tres o cuatro varones se suicidaba una mujer, pero que estas lo intentaban en un número tres veces superior al de los hombres; que entre los suicidas había más blancos que personas no blancas;

que en los últimos cuarenta años se había triplicado el número de suicidios entre los jóvenes (15-24); que el suicidio era la segunda causa de muerte entre los estudiantes de segunda enseñanza; que la cuarta parte de todos los suicidios se producía en el grupo de edad comprendido entre los quince y los veinticuatro años pero que, contrariamente a lo que pudiera pensarse, el índice más alto de suicidios se daba entre los varones de raza blanca mayores de cincuenta años. Hubo muchos hombres que afirmaron posteriormente que los miembros de la junta de la Cámara de Comercio local –el señor Babson, el señor Laurie, el señor Peterson y el señor Hocksteder– habían demostrado una gran previsión al predecir la publicidad negativa que el miedo al suicidio reportaría a nuestra ciudad, así como la posterior disminución de la actividad comercial. Mientras duró la racha de suicidios, y durante un cierto tiempo después, la Cámara de Comercio se ocupó menos de la afluencia de compradores negros que de la disminución de los blancos. Hacía años que afluían negros, generalmente mujeres, que se mezclaban con nuestras sirvientas. El centro comercial de la ciudad se había deteriorado hasta tal punto que la mayoría de los negros no tenían ningún otro sitio al que acudir. No era casualidad que pasaran por delante de nuestros escaparates en los que se exhibían elegantes maniquíes luciendo faldas de color verde, alpargatas rosa, monederos azules con broches formados por dos ranas doradas unidas en un beso. A pesar de que siempre habíamos preferido hacer de indios que de vaqueros, y que considerábamos que Travis Williams era el que mejor pateaba y Willie Horton el que mejor le pegaba, nada nos molestaba tanto como una persona negra comprando en Kercheval. No podíamos por menos de preguntarnos si ciertas «mejoras» del Village no habían obedecido al deseo de ahuyentar a los negros. La figura del escaparate de la tienda de vestidos, por ejemplo, tenía una cabeza terriblemente puntiaguda y cubierta con una capucha, mientras que el restaurante había eliminado el pollo frito de la carta sin que mediase explicación alguna. Sin embargo, nunca llegamos a saber si estas modificaciones habían sido planificadas, puesto que apenas comenzaron los suicidios la Cámara de Comercio dirigió toda su atención hacia una «Campaña en favor del Bienestar». Bajo el disfraz de educación sanitaria, la cámara colocó unos avisos en los institutos donde facilitaba información acerca de una gran variedad de contingencias, desde el cáncer rectal a la diabetes. Se autorizó a los Hare Krishna a que entonaran sus cánticos con la cabeza afeitada y sirvieran gratuitamente alimentos vegetales azucarados. A todo esto vinieron a sumarse los folletos verdes y las sesiones de terapia familiar en las cuales los hijos describían sus pesadillas. Willie Kuntz, que asistió a una de ellas obligado por su madre, dijo:

—No querían dejarme salir hasta que me echara a llorar y dijera a mi madre que la quería. Y así lo hice. Pero lo de llorar fue pura farsa. Me restregué los ojos hasta que me escocieron y la cosa dio resultado.

Sometidas a creciente escrutinio, las chicas se las arreglaron para no llamar la atención en la escuela. Sus diferentes imágenes de la época se mezclan con la imagen general del grupo moviéndose a través del vestíbulo central. Pasaban por debajo del gran reloj de la escuela cuando la negra manecilla de los minutos señalaba hacia abajo en dirección a sus frágiles cabezas. Siempre creímos que el reloj acabaría cayendo, pero nunca ocurrió, y tan pronto como las chicas sorteaban el peligro sus faldas se hacían transparentes con la luz que llegaba del otro extremo del vestíbulo, revelando sus piernas. No obstante, si las seguíamos, las chicas se desvanecían y, al mirar en las clases donde podían haber entrado, veíamos cualquier rostro menos el de ellas, o les perdíamos el rastro e íbamos a parar a la escuela elemental, entre un remolino incomprensible de pinturas hechas con el dedo. El olor a huevo de la pintura al temple todavía nos retrotrae a aquellas inútiles persecuciones. Los corredores, limpiados durante la noche por solitarios conserjes, estaban en silencio, y nosotros seguíamos una flecha trazada a lápiz por algún niño a lo largo de quince metros de pared diciéndonos a nosotros mismos que esta vez hablaríamos con las chicas Lisbon y les preguntaríamos qué les preocupaba. A veces sorprendíamos algún andrajoso calcetín al volver una esquina o tropezábamos con ellas, agachadas delante de un armario, embutiendo los libros en él, apartándose los cabellos de los ojos. Pero siempre ocurría lo mismo: sus blancos rostros se deslizaban a cámara lenta ante nuestros ojos, mientras nosotros hacíamos como que no las buscábamos, como que ni siquiera sabíamos de su existencia.

Conservamos algunos documentos de aquella época (documentos número trece y número quince): las evaluaciones de química de Therese, el trabajo de historia sobre Simone Weil que escribió Bonnie, las frecuentes excusas falsificadas que presentaba Lux para saltarse las clases de educación física. Utilizaba siempre el mismo procedimiento: imitaba las rígidas *t* y *b* de la firma de su madre y después, para diferenciar su propia caligrafía, firmaba debajo con su nombre a lápiz, Lux Lisbon, con las dos L mayúsculas inclinadas juntándose por encima del foso de la *u* y del alambre espinoso de la *x*. También Julie Winthrop solía saltarse la clase de gimnasia y pasaba muchas horas con Lux en el vestuario de las chicas.

—Solíamos encaramarnos a los armarios y fumábamos —nos contó—. Desde abajo no podía vernos nadie, y si entraba algún profesor, no podía saber de dónde venía el humo. Se figuraban que alguien había estado allí fumando, pero que ya se había marchado.

Según Julie Winthrop, ella y Lux no eran más que «compañeras de pitillo», y subidas en lo alto de los armarios apenas hablaban, ya que estaban demasiado atentas a aspirar el humo o a escuchar los pasos de alguien que pudiera acercarse. Dijo que Lux solo era fría en apariencia y que posiblemente su frialdad no era más que una reacción frente al dolor.

–Decía continuamente: «Estoy hasta las narices de la escuela» o «Me falta tiempo para marcharme de aquí». Pero eso, en realidad, lo pensábamos todos.

Una vez, sin embargo, cuando ya habían terminado de fumar, Julie saltó de los armarios y se dispuso a salir, pero al ver que Lux no la seguía, la llamó por su nombre.

–Siguió sin responder, por lo que volví atrás y miré hacia arriba. Allí estaba, tumbada encima del armario, abrazándose a sí misma. No hacía ningún ruido, pero temblaba como si tuviera frío.

Nuestros profesores recordaban de maneras muy distintas a las chicas durante ese periodo, y la opinión dependía bastante de la asignatura que enseñasen. El señor Nillis decía de Bonnie:

–No se establecía contacto con ella. No puede decirse que hiciéramos buenas migas.

En tanto que el señor Lorca dijo de Therese:

–¡Una gran chica! Me parece que cuando era más pequeña debió de ser más feliz. Así son el mundo y el corazón de los hombres.

Al parecer, sin tener un talento congénito para los idiomas, Therese hablaba con un excelente acento castellano y poseía una extraordinaria memoria para el vocabulario.

–Sabía hablar en español –dijo el señor Lorca–, pero no lo *sentía*.

En su respuesta escrita a las preguntas que le hicimos (quería tiempo para «reflexionar y sopesar las palabras»), la profesora de arte, señorita Arndt, dijo:

–Las acuarelas de Mary se caracterizaban por lo que, a falta de palabra mejor, definiría como «tristeza». No obstante, si he de guiar-

106

me por mi experiencia, en realidad solo hay dos clases de niños: los que tienen la cabeza hueca (flores fauvistas, perros y barcos de vela) y los inteligentes (acuarelas del deterioro urbano, abstracciones melancólicas), dentro de la línea de mis propias pinturas en la escuela y en aquellos tres locos años en el Village. ¿Si podía prever que se suicidaría? Pues lamento decir que no. Hay como mínimo un diez por ciento de mis alumnos que tienen tendencias modernistas innatas. Quiero hacerles unas preguntas: ¿Es una cualidad la estupidez?, ¿es una maldición la inteligencia? Yo tengo cuarenta y siete años y vivo sola.

Las hermanas Lisbon fueron cayendo progresivamente en el ostracismo. Como formaban un grupo, las demás muchachas encontraban difícil hablar o salir con ellas, y muchas daban por sentado que querían estar solas. Cuanto más solas las dejaban, más se retraían. Sheila Davis dijo que había estado en un grupo de estudio de inglés con Bonnie Lisbon.

–Hablamos del libro ese que se titula *Retrato de una dama*. Tuvimos que hacer el retrato de un personaje, en ese caso el de Ralph. Al principio, Bonnie no dijo gran cosa, pero luego nos recordó que Ralph tiene siempre las manos en los bolsillos. Después, de golpe, a mí se me ocurrió decir: «Resulta muy triste cuando se muere.» Lo dije sin pensar. Grace Hilton me pegó un codazo y yo me puse colorada. Todos nos quedamos en silencio.

Fue a la señora Woodhouse, la esposa del director, a quien se le ocurrió la idea del Día de la Aflicción. Se había especializado en psicología y dos veces por semana hacía una labor voluntaria en un programa llamado Ventaja Inicial en el centro de la ciudad.

–En el periódico seguían hablando de suicidio, pero aquel año en la escuela no hablamos ni una sola vez del asunto –nos dijo casi veinte años después–. Yo habría querido que Dick presentase el tema en la Reunión, pero él no era de la misma opinión y tuve que posponerlo. Poco a poco, a medida que la cosa fue adquiriendo mayores proporciones, se puso de mi parte.

(En realidad, el señor Woodhouse había tocado el tema, aunque de pasada, durante el discurso de bienvenida pronunciado en la Reunión. Después de presentar a los nuevos profesores, había dicho: «Para algunos de los aquí presentes este ha sido un verano largo y duro, pero hoy empieza un nuevo año de esperanzas y objetivos.»)

La señora Woodhouse insinuó la idea a unos cuantos jefes de departamento en el curso de la cena celebrada en la modesta casa estilo rancho a la que había accedido con el cargo de su esposo, y la semana siguiente la presentó en un pleno de profesores. El señor Pulff, que abandonó el puesto poco tiempo después de haberse incorporado a un trabajo de publicidad, recordaba algunas de las palabras pronunciadas aquel día por la señora Woodhouse.

—«El dolor es algo natural –había dicho–, superarlo es opcional.» Recuerdo la frase porque la utilicé después para promocionar un producto dietético: «Comer es algo natural, engordar es opcional.» A lo mejor visteis el anuncio.

El señor Pulff votó contra el Día de la Aflicción, pero estuvo en minoría y se estableció una fecha.

Muchos recuerdan el Día de la Aflicción como una fiesta nefasta. Se suprimieron las tres primeras horas de clase y nos quedamos en las aulas. Los profesores pasaron fotocopias relacionadas con el tema del día, nunca anunciado de forma oficial, ya que la señora Woodhouse consideró inadecuado hacer hincapié en la tragedia de las hermanas Lisbon. El resultado fue que la tragedia se propagó y se universalizó. Como dijo Kevin Tiggs:

—Fue como lamentarnos de todas las tragedias ocurridas desde siempre.

Los profesores tuvieron libertad para presentar todo el material que se les antojó. El señor Hedlie, el profesor de inglés, que iba a la escuela en bicicleta con los bajos de los pantalones sujetos con unos aros metálicos, distribuyó una colección de poemas de la poetisa victoriana Christina Rossetti. Deborah Ferentell recordó unos versos de un poema titulado «Reposa»:

Oh, Tierra, cubre sus ojos con tu peso,
sella sus dulces ojos cansados de mirar, Tierra:
quédate muy cerca de ella; no dejes espacio al júbilo
con su estruendosa risa, ni al rumor de suspiros.
Porque ella no tiene ya preguntas ni respuestas tampoco.

El reverendo Pike habló del mensaje cristiano de la muerte y del renacimiento, y se centró en la historia de una pérdida tristísima, cuando el equipo de fútbol de su colegio no consiguió ganar el título de la división. El señor Tonover, que enseñaba química y que a su edad seguía viviendo con su madre, al no encontrar las palabras apropiadas para la ocasión dejó que sus alumnos mataran el tiempo preparando crocante de cacahuete con un mechero Bunsen. Otras clases, divididas en grupos, se dedicaron a juegos en los que imaginaban que eran estructuras arquitectónicas.

–Si fueras un edificio, ¿qué clase de edificio te gustaría ser? –preguntaba el que dirigía el juego.

Debían describir las estructuras con todo lujo de detalles y después establecer mejoras. Las hermanas Lisbon, desamparadas en diferentes clases, se negaron a jugar o pasaron el rato pidiendo permiso para ir al lavabo. Como ningún profesor insistió en que participasen, el resultado fue que se aplicó la curación a los que en realidad no teníamos ninguna herida. A eso del mediodía Becky Talbridge vio a las hermanas Lisbon juntas en el cuarto de baño de las chicas, situado en el ala de ciencias.

–Habían ido a buscar unas sillas del vestíbulo y estaban allí sentadas, esperando la hora de salir. Mary tenía una carrera en las medias de nailon (parece increíble que llevara medias de nailon) y la frenaba con ayuda de laca de las uñas. Las hermanas parecían observarla, pero en realidad tenían aire de aburrimiento. Yo me metí en el retrete, pero podía sentirlas ahí fuera, de modo que me fue imposible... bueno, ya me entendéis lo que quiero decir.

La señora Lisbon no se enteró siquiera de lo del Día de la Aflicción, ya que ni su marido ni sus hijas dijeron nada del asunto al volver aquel día a su casa. Naturalmente, el señor Lisbon había estado presente en la reunión de profesores en la que la señora Woodhouse hizo la propuesta, pero los testimonios difieren con respecto a su reacción. El señor Rodríguez recordaba que «asintió con la cabeza, pero no dijo nada», mientras que la señorita Shuttlworth recordaba que había abandonado la reunión a poco de empezar y que ya no había vuelto a entrar.

—De lo del Día de la Aflicción ni oyó hablar porque salió con aire aturdido y con el abrigo de invierno —explicó, después de lo cual nos planteó una de sus construcciones retóricas (en aquel caso, «zeugma»), que tuvimos que identificar antes de prescindir de su presencia.

Cuando la señorita Shuttleworth entró en el despacho para someterse a la entrevista, todos nos pusimos respetuosamente de pie como habíamos hecho siempre en su presencia y, pese a que ya éramos personas adultas y algunos ya lucíamos una calva incipiente, siguió llamándonos «niños», igual que en los lejanos tiempos en que fuimos sus alumnos. Todavía conservaba sobre el escritorio aquel busto de yeso de Cicerón y la imitación de una urna helénica que le regalamos el día de nuestra graduación, y todavía seguía exudando aquel aire de célibe polígrafa empolvada.

—No creo que el señor Lisbon se enterara de la celebración del *Dies Lacrimarum* hasta bastante avanzado el día porque, al pasar por delante de su aula durante la segunda hora, vi que estaba dando clase sentado en su sillón. Seguramente no hubo nadie que tuviera el valor de ponerlo al corriente de las actividades del día.

En efecto, cuando años más tarde le hablamos del asunto, el señor Lisbon conservaba únicamente un vago recuerdo del Día de la Aflicción.

–Probad por décadas –nos dijo.

Transcurrió mucho tiempo antes de que la gente se pusiera de acuerdo sobre los diferentes intentos de enfocar el suicidio de Cecilia. La señora Woodhouse opinaba que el Día de la Aflicción había cubierto un objetivo vital y a muchos profesores les gustó que se hubiera roto el silencio en relación con el asunto. Una vez por semana vino una psicóloga, que pasó a compartir el despachito de la enfermera. Todos los alumnos que sintiesen necesidad de una consulta podían acudir a verla. Nosotros nunca fuimos a visitarla, pero todos los viernes nos dedicábamos a vigilar si alguna de las chicas Lisbon iba a ver a la psicóloga. Se llamaba señorita Lynn Kilsem y un año más tarde, después de los demás suicidios, desapareció sin despedirse de nadie. Se averiguó que no tenía ningún diploma que la acreditase como psicóloga y ni siquiera supimos con certeza si se llamaba realmente Lynn Kilsem, quién era ni dónde fue a parar después. En cualquier caso, es una de las pocas personas que no hemos podido localizar y, por esa ironía tan característica de las circunstancias, una de las pocas que habrían podido aclaramos algo. Parece ser, en efecto, que las chicas iban a visitar regularmente a la señorita Kilsem todos los viernes, aunque jamás llegamos a verlas entre las pobres existencias médicas que constituían nuestra pobre enfermería. Los archivos de los pacientes de la señorita Kilsem, por otra parte, fueron devorados por un incendio que se declaró en el despacho cinco años después (una cafetera, una prolongación de hilo eléctrico), por lo que no tenemos información exacta con respecto a las sesiones. Muffle Perry, sin embargo, que aprovechó los servicios de la señorita Kilsem como psicóloga deportiva, recordaba a menudo haber visto a Lux y a Mary en su despacho, y alguna vez a Therese y a Bonnie. Nos costó mucho trabajo localizar a Muffle Perry debido a los rumores que corrían respecto de su nombre de casada. Algunos aseguraban que ahora se llamaba Muffle Friewald, otros Muffle von Rechewicz, pero cuando por fin dimos con ella estaba ocupada en cuidar de las raras orquídeas que su abuela había legado al Jardín Botánico de Belle Isle y nos dijo que seguía llamándose Muffle Perry y punto, exactamente igual que en los tiempos de sus triunfos en el hockey. En el primer momento no la reconocimos debido a que estaba rodeada de viñas y frondosas enredaderas, y debido también al ambiente neblinoso del invernadero. Cuando la convencimos de que se situara debajo de la lámpara de crecimiento artificial, pudimos comprobar que estaba abotargada y al mismo tiempo arrugada, aunque sus minúsculos dientes perfectamente encajados en sus rosadas encías seguían siendo los mismos. La decadencia de Belle Isle contribuyó a la negra visión que tuvimos de las cosas. Flotaba en nuestro recuerdo la delicada isla en forma de higo, varada entre el Imperio Americano y el pacífico Canadá, tal como era hacía muchos años, con aquel acogedor lecho de flores rojas, blancas y azules que simbolizaban una bandera, sus fuentes rumorosas, su casino europeo y aquellos caminos de herradura que conducían a través de bosques donde los indios habían doblado los árboles para formar arcos gigantescos. Ahora, en la playa cubierta de basura, crecían manchas de hierba donde algunos niños pescaban con latas suspendidas de una cuerda. De las torres en otro tiempo flamantes se desprendía, descascarillada, la pintura. Surgían fuentes de agua potable en charcos de barro atravesados por pasarelas de ladrillos rotos. Al borde del camino, el rostro de granito del Héroe de la Guerra Civil estaba recubierto de pintura negra. La señora Huntington Perry había regalado sus premiadas orquídeas al Jardín Botánico en los tiempos que precedieron a los motines, cuando el dinero todavía valía bastante, pero desde su muerte los impuestos lo habían corroído todo y habían obligado a una serie de recortes que habían llevado al despido de un jardinero por año, de modo que ahora las plantas que habían sobrevivido al trasplante desde regiones ecuatoriales para florecer de nuevo en aquel falso paraíso estaban marchitas y entre los letreros que las identificaban crecían hierbajos mientras el remedo de luz solar solo brillaba unas pocas horas al día. La única cosa que seguía subsistiendo era el vapor, que perlaba las ventanas inclinadas del invernadero y nos llenaba la nariz de humedad y del aroma de un mundo putrefacto.

Era aquella podredumbre lo que había hecho volver a Muffie Perry. Los cicnoquios de su abuela habían estado al borde de la muerte a consecuencia de una plaga; los parásitos habían invadido tres extraordinarios dendrobios, mientras el bancal de masdevalias en miniatura, en las que la propia señora Huntington Perry había conseguido mediante elaborada hibridación unos pétalos aterciopelados de color morado con la punta rojo sangre, eran, para quien quisiera mirarlas, un amasijo de trinitarias de lo más vulgar. La nieta les dedicaba gustosamente el tiempo de que disponía con la esperanza de devolver a las flores su antiguo esplendor, aunque nos confesó que no tenía ninguna esperanza, ninguna esperanza. Era como si aquellas plantas crecieran a la sombra de una mazmorra, ya que los gamberros saltaban la cerca trasera y se metían en el invernadero simplemente para darse el gusto de arrancarlas. Muffle Perry había agredido a uno de aquellos vándalos blandiendo un desplantador. Nos costó lo nuestro sacar a la mujer de aquel mundo de ventanas rotas, polvo amontonado, gente que entraba sin pagar entrada y ratas que habían instalado su madriguera entre los juncos egipcios. Poco a poco, sin embargo, mientras iba alimentando las caritas de las orquídeas con un cuentagotas lleno de algo muy parecido a leche, nos fue contando algunas cosas sobre las visitas de las chicas Lisbon a la señorita Kilsem.

—Al principio parecían bastante deprimidas. Mary tenía unas ojeras enormes; era como si llevase puesto un antifaz.

Muffle Perry todavía recordaba aquel supersticioso olor a antiséptico que impregnaba el despacho. Ella siempre había creído que era el olor de la pena que aquellas chicas llevaban encima. Precisamente entraba en el despacho en el momento en que ellas salían, los ojos bajos, los cordones de los zapatos desatados, aunque nunca se olvidaban de coger un bombón de menta de los que la enfermera tenía en una mesa junto a la puerta. Dejaban siempre a la señorita Kilsem en fase de recuperación de lo que pudieran haberle contado. A menudo la mujer permanecía sentada ante el escritorio con los ojos cerrados y los pulgares colocados en los puntos neurálgicos, incapaz de hablar por espacio de un minuto.

—Siempre tuve el presentimiento de que la señorita Kilsem era una persona en la que confiaban —dijo Muffle Perry—. Desconozco la razón, pero quizá fue por eso por lo que desapareció de aquella manera.

Prescindiendo de si las hermanas Lisbon confiaban o no en la señorita Kilsem, lo cierto es que la terapia pareció serles de ayuda, puesto que recuperaron el ánimo casi de forma inmediata. Muffie Perry oyó que al acudir a la consulta reían y hablaban muy excitadas. A veces la ventana estaba abierta y, saltándose las normas, Lux y la señorita Kilsem fumaban con la mayor tranquilidad del mundo. Otras veces las chicas entraban a saco en el platito de los caramelos y dejaban la mesa de la señorita Kilsem cubierta de papelitos arrugados.

También nosotros notamos el cambio. Las niñas Lisbon parecían menos cansadas. En clase se dedicaban bastante menos a mirar por la ventana, levantaban más la mano, hablaban. Durante un tiempo se olvidaron del estigma que pesaba sobre ellas y volvieron a participar en las actividades escolares. Therese asistía a las reuniones del club científico en la sombría clase del señor Tonover, con sus mesas ignífugas y sus negras piletas. Dos veces por semana Mary ayudaba a la señora divorciada que cosía los vestidos para el teatro escolar. Bonnie incluso apareció en una reunión de jóvenes cristianos que se celebró en casa de Mike Firkin, que más tarde se haría misionero y moriría de malaria en Tailandia. Lux, por su parte, intentó participar en las sesiones musicales de la escuela y, como Eugie Kent estaba loco por ella y el director del teatro, el señor Oliphant, estaba loco por Eugie Kent, llegó a tener un pequeño papel en el coro y se la vio cantar y bailar como si fuera feliz. Eugie nos diría más adelante que el asedio de que era víctima por parte del señor Oliphant hacía que Lux estuviera en el escenario cuando Eugie estaba fuera de él, por lo que nunca tenía ocasión de envolverse con ella en las cortinas del escenario amparándose en la oscuridad de las bambalinas. Cuatro semanas más tarde, después de la reclusión final de las chicas, Lux abandonó la obra de teatro, pero los que asistieron a las representaciones declararon que Eugie Kent cantó sus números con su habitual voz estridente y anodina, más enamorado de sí mismo que de la chica del coro en cuya ausencia nadie había reparado.

Por aquel entonces el otoño ya se había hecho tétrico y había cerrado el cielo con una plancha de acero. En la clase del señor Lisbon los planetas iban desplazándose unos centímetros cada día y, si levantábamos los ojos, comprobábamos que la Tierra ya había apartado del Sol su faz azul y ahora seguía su oscuro camino cuesta abajo a través del espacio, encaminándose hacia el rincón del techo donde se acumulaban las telarañas por estar fuera del alcance de la escoba del conserje. Convertida en recuerdo la humedad del verano, hasta el verano mismo comenzaba a hacerse tan irreal que acabamos por perderlo de vista. La pobre Cecilia asomaba en nuestra conciencia en los momentos más inspirados, la mayor parte de las veces cuando despertábamos o cuando mirábamos fijamente la ventanilla del coche rayada por la lluvia. Se nos aparecía con su traje de novia, ahora manchado con el barro del más allá, pero el sonido de un claxon o una canción conocida que se oía de pronto en la radio nos devolvía de nuevo a la realidad. Otros podían barrer más fácilmente de sus pensamientos el recuerdo de Cecilia. Cuando alguien hablaba de ella, decían que siempre habían creído que terminaría mal y, lejos de ver a las hermanas Lisbon como una raza aparte, ya se habían percatado de que la que era un ser aparte era Cecilia, anormal por naturaleza. El señor Hillyer resumió el sentimiento de la mayoría con estas palabras:

—A esas chicas les aguardaba un futuro brillante, pero la otra habría acabado mal.

Poco a poco la gente dejó de hacer comentarios sobre el misterio del suicidio de Cecilia y prefirió verlo como algo inevitable o que era mejor olvidar. Pese a que la señora Lisbon proseguía su sombría existencia, rara vez abandonaba su casa y se hacía servir a domicilio las compras del supermercado, nadie decía nada al respecto y había incluso quien le tenía simpatía.

—La que más pena me da es la madre —dijo la señora Eugene—. A una le queda siempre el resquemor de si habría podido hacer algo por ella.

En cuanto a las hijas supervivientes y siempre dolientes, fueron creciendo en grandeza, como los Kennedy. Los compañeros volvieron a sentarse a su lado en el autobús. Leslie Tompkins pedía prestado el cepillo a Mary para peinarle su larga cabellera pelirroja. Julie Winthrop volvió a fumar con Lux en lo alto de los armarios y dijo que aquel episodio de los temblores no había vuelto a repetirse. Era como si las chicas fueran recuperándose día tras día de la pérdida sufrida.

Durante este periodo de recuperación Trip Fontaine hizo su movimiento de avance. Sin consultar con nadie ni confesar los sentimientos que Lux le inspiraba, Trip Fontaine fue directo a la clase del señor Lisbon y se quedó de pie delante de su mesa. Lo encontró solo, sentado en el sillón giratorio y observando con mirada perdida los planetas suspendidos sobre su cabeza. De sus cabellos grises se había descarriado un juvenil y rizado mechón.

–Esta es la cuarta hora, Trip –dijo el señor Lisbon con aire cansado–. No tengo clase contigo hasta la quinta hora.

–No he venido para hablar de matemáticas, señor.

–¿No?

–He venido para decirle que mis intenciones con su hija son absolutamente honorables.

El señor Lisbon levantó las cejas y, a pesar de la expresión de cansancio de su rostro, dio la impresión de que aquella mañana ya había escuchado esa misma declaración por boca de seis o siete chicos más.

–¿Y qué intenciones son esas?

Trip juntó las botas.

–Quiero pedirle a Lux que vaya conmigo al Homecoming.[1]

El señor Lisbon rogó a Trip que se sentara y durante los minutos siguientes le explicó, con voz de infinita paciencia, que él y su esposa tenían ciertas normas, que siempre habían observado aquellas normas con las mayores y que ahora no iban a cambiarlas con las pequeñas y que, aunque él hubiera querido cambiarlas, su esposa no se lo habría permitido (¡ja, ja!), y que pese a que a él le parecía bien que Trip fuera a su casa para ver la televisión, no podía autorizarlo, quería repetirlo, no podía autorizarlo a salir con su hija fuera de casa, y menos en coche. Trip nos contó que el se-

---

1. *Homecoming:* fiesta anual en la que los alumnos de una escuela invitan a los de otra a compartir distintas actividades. *(N. de la T.)*

ñor Lisbon había hablado de una manera que demostraba una sorprendente comprensión, como si todavía se acordara de aquellas angustias que se sienten de cintura para abajo durante la adolescencia. Trip también se dio cuenta de que el señor Lisbon tenía hambre de hijo porque se levantó y le dio tres joviales palmadas en la espalda.

–Siento decir que es la política de nuestra familia –dijo finalmente.

Trip Fontaine comprendió que se le cerraban las puertas. Entonces vio la fotografía familiar que el señor Lisbon tenía sobre la mesa: Lux, de pie delante de una noria, sostenía en la mano una manzana roja recubierta de caramelo en cuya reluciente superficie se reflejaba su regordeta barbilla. A través de sus labios manchados de azúcar asomaba un diente.

–¿Y si vamos en grupo? –preguntó Trip Fontaine–. ¿Si formamos un grupo con unos cuantos compañeros y sus hijas? ¿Si las acompañamos a casa a la hora que usted nos diga?

Trip Fontaine planteó la alternativa con voz tranquila, pese a que le temblaban las manos y tenía los ojos húmedos. El señor Lisbon lo miró largamente.

–¿Eres del equipo de fútbol, hijo?

–Sí, señor.

–¿En qué puesto juegas?

–Delantero.

–En mis tiempos yo jugaba de defensa.

–Buen puesto, señor. Nada entre usted y la línea de gol.

–Exactamente.

–El caso es que vamos a celebrar el partido entre el Homecoming y el Country Day, después habrá el baile y todo lo demás, y los chicos del equipo ya están decidiendo con quién saldrán.

–Tú eres un chico muy apuesto. Estoy seguro de que tendrás montones de chicas.

–Sí, señor, pero a mí no me interesan los montones de chicas –declaró Trip Fontaine.

El señor Lisbon se recostó en el sillón y soltó un largo suspiro. Contempló la fotografía de su familia y en ella vio un rostro que le sonreía como en sueños pero que ya no existía.

–Lo hablaré con su madre –dijo por fin–. Haré lo que pueda.

Así fue como algunos de nosotros tuvimos ocasión de salir con las niñas Lisbon la única vez que ellas tuvieron ocasión de salir sin carabina. Tan pronto como abandonó el aula del señor Lisbon, Trip Fontaine reunió a sus compañeros de equipo. Aquella tarde, durante la hora de entrenamiento, mientras hacíamos carreras por el campo, nos anunció:

–Voy con Lux Lisbon al partido. Necesito a tres chicos más para las hermanitas. ¿Quién se apunta?

En los intervalos de los veinte metros, jadeantes y sin aliento, con los desfavorecedores petos y los calcetines sucios, uno tras otro tratamos de convencer a Trip Fontaine de que contara con nosotros. Jerry Burden le ofreció tres canutos. Parkie Denton le dijo que él podía disponer del Cadillac de su padre. Todos nos brindamos a proporcionar alguna ventaja. Buzz Romano, apodado Cable debido al sorprendente animal amaestrado que tenía entre las piernas y que nos había mostrado un día en las duchas, se cubrió el casco con las manos y comenzó a gimotear en un extremo del campo.

–¡Me muero! ¡Me muero! ¡Llévame a mí, Tripero!

Al final se eligió a Parkie Denton por lo del Cadillac, a Kevin Head porque había ayudado a Trip Fontaine a reparar el motor de su coche, y a Joe Hill Conley porque siempre sacaba sobresalientes y Trip pensó que así impresionaría al señor y a la señora Lisbon. El día siguiente Trip presentó la lista de candidatos al señor Lisbon y hacia el final de la semana este le comunicó su decisión y la de su esposa. Autorizaban a salir a las chicas bajo las siguientes condiciones: (1) irían en un solo grupo; (2) irían al baile y a ningún sitio más; (3) volverían a casa a las once. El señor Lisbon dijo a Trip que era imposible burlar aquellas condiciones.

—Yo seré uno de los acompañantes —dijo.

Resulta difícil saber qué supuso para las hermanas Lisbon aquella salida. Cuando el señor Lisbon les comunicó que les daba permiso para salir, Lux echó a correr, le dio un abrazo y lo besó con el cariño espontáneo de una niña pequeña.

—Hacía años que no me besaba de aquella manera —diría él después.

Las otras chicas reaccionaron con menos entusiasmo. En aquel momento Therese y Mary estaban jugando a damas bajo la mirada vigilante de Bonnie. Suspendieron su estado de concentración y apartaron los ojos del abollado tablero metálico, después de lo cual preguntaron a su padre la identidad de los demás chicos del grupo. El señor Lisbon les dio los nombres.

—¿Quién va con quién? —preguntó Mary.

—Lo echarán a suertes —dijo Therese, y a continuación movió seis ruidosas posiciones como dándose por aludida.

La tibia reacción de las demás se explicaba en términos de historia familiar. En connivencia con otras madres cuya compañía frecuentaba en la iglesia, la señora Lisbon ya había concertado otras salidas en grupo de sus hijas. Los chicos Perkin habían llevado a las chicas Lisbon en cinco canoas de aluminio impulsadas por una hélice a través de un lóbrego canal de Belle Isle, mientras el señor y la señora Lisbon y el señor y la señora Perkin vigilaban a distancia desde botes impulsados igualmente por hélices. La señora Lisbon era de la opinión de que las exigencias más urgentes de la edad se compensaban sobradamente retozando al aire libre: el amor sublimado disparando dardos. Recientemente, en una excursión por carretera (sin otra razón para hacerla que el aburrimiento y el cielo gris), nos paramos en Pennsylvania y, al ir a comprar velas en una tosca tienda, nos enteramos de las costumbres que observan durante el noviazgo los miembros de la comunidad amish en virtud de las cuales el chico lleva a la novia que han elegido sus padres a dar un paseo en un coche negro, seguido por otro en el que viajan los padres de ella. La señora Lisbon creía que había que mantener una estricta vigilancia sobre las relaciones amorosas. Pero mientras el muchacho amish se presenta en plena noche a arrojar piedras a la ventana de su amada (contando con que todos harán como si no oyesen), en la doctrina de la señora Lisbon no entraba la amnistía nocturna y sus canoas jamás conducían a campamento alguno.

Las chicas Lisbon solo podían esperar más de lo mismo y, como el señor Lisbon estaría al acecho, lo normal era que tirase de la rienda. Bastante difícil era ya que el padre de una fuera profesor y que se ganase la vida en la escuela, día tras día a la vista de todos con sus tres únicos trajes. Las hermanas Lisbon recibían estudios gratuitos debido al cargo de su padre, pero cierto día Mary le dijo a Julie Ford que la situación hacía que se sintiese un «objeto de caridad». Y ahora, además, su padre se encargaría de supervisar el baile junto con otros profesores que se habían ofrecido voluntariamente a ello o se habían visto obligados a hacerlo, generalmente los peor relacionados y los que no practicaban ningún deporte o los más ineptos desde el punto de vista social, para quienes el baile no era más que una manera de llenar otra noche solitaria. A Lux no parecía importarle demasiado, porque no pensaba en otra cosa que en Trip Fontaine. Volvía a escribir un nombre en su ropa interior, para lo cual empleaba tinta soluble, a fin de hacer desaparecer los «Trip» antes de que su madre los descubriera. (De ese modo su nombre estaba en contacto continuo con su piel.) Es de suponer que hizo partícipes a sus hermanas de los sentimientos que le inspiraba Trip, pero no había chica en la escuela que le hubiera oído pronunciar nunca su nombre. Trip y Lux se sentaban uno al lado del otro a la hora de comer y a veces los veíamos pasear cogidos de la mano, siempre buscando un armario, un contenedor, un conducto de la calefacción para tumbarse en su interior, pero incluso en la escuela el señor Lisbon los controlaba y, después de suprimir unos cuantos circuitos, acabaron pasando por la cafetería y subiendo por la rampa recubierta de goma que conducía al aula del señor Lisbon donde, tras apretarse un momento las manos, emprendían caminos separados. Las demás hermanas ignoraban incluso cuándo salían.

—Ni siquiera se lo decían —explicó Mary Peters—. Era algo así como un casamiento amañado o cosa parecida. Algo inquietante.

Pese a todo, seguía en pie el permiso, para que Lux estuviera contenta, para que ellas estuvieran contentas o simplemente para terminar con la monotonía de otra noche de viernes. Cuando años más tarde hablamos con la señora Lisbon, nos dijo que ella no había abrigado duda alguna con respecto a aquella salida, mencionando en apoyo de tal afirmación los vestidos que había confeccionado especialmente para aquella velada. En efecto, una semana antes del baile había llevado a sus hijas a una tienda de tejidos. Las chicas se habían paseado entre estanterías llenas de cortes de tela, con el patrón en papel de un vestido de ensueño, pese a que importaba poco el vestido que pudieran escoger. La señora Lisbon añadió un par de centímetros al perímetro torácico y cuatro más a las cinturas y dobladillos y los vestidos se convirtieron en cuatro sacos informes e idénticos.

Hay una foto de aquella noche (documento número diez). Las niñas aparecen una al lado de la otra con sus vestidos de fiesta, hombro contra hombro, como las pioneras. Sus rígidos peinados (o «antipeinados», según dijo Tessie Nepi, la esteticista) poseen aquella connotación estoica y presuntuosa de la moda europea que intenta imponerse a la rusticidad. También los vestidos tienen un aire extranjerizante, con sus pecheras rematadas de encaje y sus cerrados escotes. Aquí están tal como las conocimos, tal como seguimos recordándolas: la asustadiza Bonnie, como rehuyendo el destello de la fotografía; Therese, con aquella cabeza suya comprimida que le hacía entrecerrar las suspicaces rendijas de los ojos; Mary, muy comedida y en pose; y Lux, que no mira a la cámara sino al aire. Aquella noche llovió y justo sobre la cabeza de Lux cayó un goterón que le fue a parar a la mejilla un segundo antes de que el señor Lisbon dijera: «Cuidado.» Aunque dista mucho de ser perfecta (un foco perturbador de luz irrumpe por la izquierda), la fotografía reproduce el orgullo de una prole hermosa y de un rito liminar. En los rostros de las hermanas Lisbon resplandece una especie de esperanza. Agarradas entre sí, empujándose para caber en el encuadre, es como si se animaran a esperar algún descubrimiento o algún cambio de vida. Sí, de vida. Eso, por lo menos, es lo que nos parece ver. No la toquen, por favor. Volvemos a guardarla en el sobre.

Una vez hecha la fotografía, las chicas se quedaron esperando a los muchachos cada una a su manera, Bonnie y Therese se sentaron a jugar a las cartas, mientras Mary permanecía inmóvil en el centro del salón, como si no quisiese que se le arrugara el vestido. Lux abrió la puerta principal y caminó, vacilante, hacia el porche. Creímos, de pronto, que se había torcido el tobillo, pero después nos dimos cuenta de que llevaba tacones altos. Caminaba arriba y abajo, como practicando, hasta que el coche de Parkie Denton dobló la esquina. Entonces dio media vuelta, llamó al timbre de la puerta de su casa para avisar a sus hermanas y desapareció en el interior.

Nosotros estábamos en la calle y vimos acercarse el coche. El Cadillac amarillo de Parkie Denton se aproximó flotando calle

123

abajo, los chicos como suspendidos en el interior. Pese a que llovía y estaba funcionando el limpiaparabrisas, el interior del coche resplandecía con un cálido fulgor. Al pasar por delante de la casa de Joe Larson, los chicos levantaron los pulgares.

El primero en salir fue Trip Fontaine. Se había remangado las mangas de la chaqueta como había visto que hacían los modelos masculinos que aparecían en las revistas de moda de su padre. Llevaba una corbata muy estrecha. Parkie Denton se había puesto una americana azul, al igual que Kevin Head. Finalmente salió Joe Hill Conley, que iba sentado detrás y llevaba una americana de tweed que le estaba grande porque era de su padre, maestro de escuela y comunista. Los chicos titubearon un momento y se quedaron junto al coche, como si no advirtieran que estaba lloviendo, hasta que Trip Fontaine se dirigió por fin al camino de entrada de la casa. Los perdimos de vista cuando cruzaron la puerta, aunque después nos contaron que el principio de aquella salida había sido como el de otra cualquiera. Las chicas habían desaparecido escaleras arriba, fingiendo no estar preparadas, y el señor Lisbon había hecho pasar a los muchachos al salón.

–Las niñas bajarán enseguida –dijo mirando el reloj–. ¡Huy! Será mejor que yo también me prepare.

Bajo el arco apareció la señora Lisbon. Tenía la mano en la sien, como si le doliera la cabeza, pero sonrió cortésmente.

–Hola, chicos.

–Hola, señora Lisbon –dijeron todos al unísono.

Como Joe Hill Conley diría más tarde, tenía el aspecto contenido de una persona que ha estado llorando en la habitación de al lado. Había advertido en la señora Lisbon (esto dijo muchos años después, por supuesto, cuando Joe Hill Conley ya se arrogaba la facultad de extraer a voluntad la energía de sus *chakras)* un dolor antiguo que emanaba de toda su persona, algo que era el compendio del dolor de toda su familia.

–Era una mujer que provenía de una raza triste –dijo–. La cosa no había empezado con Cecilia, sino que aquella tristeza se había iniciado mucho antes, antes de América. Las chicas también la tenían.

Nunca habían advertido que llevase gafas bifocales.

–Le partían los ojos por la mitad.

–¿Quién conduce? –preguntó la señora Lisbon.

–Yo –respondió Parkie Denton.

–¿Cuánto tiempo hace que tienes carné?

–Dos meses. Pero ya hacía un año que tenía el permiso.

–Normalmente no dejamos que las niñas vayan en coche. Hay tantos accidentes ahora. Está lloviendo y los caminos deben de estar resbaladizos. Espero que seas prudente.

–Lo seremos.

–De acuerdo –exclamó el señor Lisbon–, ha terminado el interrogatorio. ¡Chicas! –gritó dirigiéndose al techo–. Me voy. Os veré en el baile, muchachos.

–Allá nos veremos, señor Lisbon.

Salió y dejó a los chicos solos con su esposa. La señora Lisbon no miraba a los ojos, pero hacía una exploración general, como las enfermeras jefes cuando revisan los gráficos. Después se acercó al pie de la escalera y miró hacia arriba. Ni el mismo Joe Hill Conley pudo deducir lo que pensó en aquel momento. Tal vez pensaba en Cecilia, cuando había subido por aquella misma escalera cuatro meses antes. O en la escalera por la que ella misma había bajado el día que tuvo su primera cita. O escuchaba aquellos ruidos que solo puede oír una madre. Ninguno de los chicos recordaba haber visto nunca a la señora Lisbon tan distraída como aquel día. Parecía haber olvidado que ellos estaban allí. Tenía la mano en la sien (sí, le dolía la cabeza).

Por fin aparecieron las hermanas Lisbon en lo alto de la escalera. Estaba bastante oscuro (tres bombillas, de las doce que tenía la araña de cristal, estaban fundidas) y mientras bajaban se agarraban ligeramente a la barandilla. Los vestidos holgados que llevaban le recordaron a Kevin Head las túnicas de los niños que cantan en los coros.

–Pero ellas no parecían advertirlo. Creo, personalmente, que aquellos vestidos les gustaban. O a lo mejor es que estaban tan contentas de poder salir que no les importaba lo que llevasen. Tampoco a mí me importaba. Estaban guapísimas.

Solo cuando llegaron al pie de la escalera los chicos se dieron cuenta de que no habían decidido cómo se emparejarían. Naturalmente, Trip Fontaine tenía derechos adquiridos sobre Lux, pero las otras tres estaban por adjudicar. Por suerte, los vestidos y los peinados las hacían homogéneas. Una vez más, los chicos no estaban seguros de quién era quién. En lugar de preguntar, hicieron lo primero que se les ocurrió: ofrecerles la flor que llevaban para cada una.

–Las flores son blancas –dijo Trip Fontaine–. No sabíamos de qué color sería el vestido y el chico de la floristería nos ha dicho que el blanco va bien con todo.

–Me gusta que sean blancas –dijo Lux al tiempo que cogía el ramillete, que estaba dentro de una pequeña caja de plástico.

–No hemos querido comprar esas flores que se ponen en la muñeca –explicó Parker Denton– porque siempre se caen.

–Sí, no son prácticas –dijo Mary.

Nadie dijo nada más. Nadie se movió. Lux examinó la flor encerrada en la cápsula contra el tiempo. De pronto, la señora Lisbon dijo:

–¿Por qué no dejáis que ellos os las prendan?

Al oír aquellas palabras, las chicas dieron un paso al frente, ofreciendo tímidamente las pecheras de los vestidos. Los chicos manosearon torpemente las flores, las sacaron de sus estuches prescindiendo de los alfileres decorativos que las sujetaban. Sentían clavada sobre ellos la mirada de la señora Lisbon y, aunque estaban lo bastante cerca de las chicas para notar su aliento y oler el primer perfume que se habían puesto en la vida, no solo procuraron no pincharlas, sino ni siquiera tocarlas. Levantaron suavemente la tela que les cubría los pechos y les prendieron las flores blancas sobre el corazón. Cada uno se adjudicó la chica a la que le había prendido la flor. Al terminar, dieron las buenas noches a la señora Lisbon y escoltaron a las chicas hasta el Cadillac, sosteniendo las cajas que habían contenido las flores sobre sus cabezas para protegerles el cabello de la lluvia.

A partir de aquel momento las cosas fueron mejor de lo que habían esperado. En sus casas, los muchachos se habían imaginado a las hermanas Lisbon con todos los elementos del decorado que les brindaba su pobre imaginación: retozando entre el oleaje o deslizándose juguetonas en la pista de hielo o haciendo oscilar ante nuestros ojos los pompones de los gorros de esquí como si fuesen frutas maduras. Pero ya en el coche, sentados junto a las chicas de carne y hueso, descubrieron hasta qué punto eran erróneas aquellas imágenes. Quedaron igualmente descartadas cualidades negativas tales como que las chicas estaban locas o al menos ligeramente chaladas. (Siempre resulta que la vieja loca que encuentras todos los días en el ascensor está perfectamente cuerda cuando decides hablar con ella.) La revelación fue, para los chicos, más o menos esta:

–No eran muy diferentes de mi hermana –declaró Kevin Head.

Alegando que nunca tenía ocasión de hacerlo, Lux quiso sentarse delante. Se colocó entre Trip Fontaine y Parkie Denton. Mary, Bonnie y Therese se apelotonaron en el asiento de atrás, Bonnie la más fastidiada. Joe Hill Conley y Kevin Head se sentaron uno a cada lado, junto a las puertas traseras.

Vistas de cerca, las hermanas Lisbon tampoco parecían deprimidas. Se instalaron en los asientos sin que les importaran dema-

127

siado las apreturas. Mary iba casi sentada en las rodillas de Kevin Head y se pusieron a charlar inmediatamente. Al pasar por delante de las casas, hacían comentarios sobre las familias que vivían en ellas, lo que indicaba que nos habían estado observando con el mismo interés con que nosotros las observábamos a ellas. Hacía dos veranos que habían visto al señor Tubbs, cogerente de UAW, cuando daba un puñetazo a la mujer que siguió a su esposa hasta su casa después de un accidente de automóvil sin importancia. Sospechaban que los Hessen habían sido nazis o simpatizantes de los nazis. Detestaban el cobertizo de aluminio de los Krieger.

–El señor Belvedere ataca de nuevo –dijo Therese refiriéndose al presidente de la empresa de rehabilitación de viviendas en su anuncio nocturno.

Como nosotros, las chicas tenían recuerdos muy precisos sobre diferentes arbustos, árboles y tejados de garajes. Se acordaban de los motines racistas, del día en que desfilaron los tanques por nuestra calle y la Guardia Nacional se lanzó en paracaídas en los patios de nuestras casas. Después de todo, eran vecinas nuestras.

Al principio los chicos permanecían callados, agobiados por la locuacidad de las hermanas Lisbon. ¿Quién hubiera dicho que hablaban tanto, que tenían tantas opiniones, que palpaban el mundo con tantos dedos? Entre las esporádicas ojeadas que les habíamos dirigido, las chicas habían continuado sus vidas, desarrollándose de una manera que ni siquiera podíamos imaginar, leyéndose todos los libros de la expurgada biblioteca familiar. Sin embargo, en cierto modo habían aprendido cómo debían comportarse cuando salían con chicos gracias a la televisión o a lo que habían observado en la escuela, por lo que sabían mantener una conversación fluida o llenar los embarazosos silencios que pudieran producirse. Su inexperiencia en materia de trato con chicos se ponía únicamente de manifiesto a través de sus remilgados peinados, cuyo relleno parecía estar a punto de salirse por todas partes, o de las agujas excesivamente visibles con que se sujetaban el cabello. La señora Lisbon jamás les había dado consejos de belleza y tenía vedada la entrada en la casa a las revistas femeninas (un artículo publicado en *Cosmo*, «¿Eres multiorgásmica?», había sido la gota que colmó el vaso). Las chicas Lisbon lo habían hecho lo mejor que habían podido.

Lux se pasó todo el viaje manipulando la radio para localizar su canción favorita.

—Me crispa los nervios —dijo—, sabes que la están tocando en alguna parte pero no puedes localizarla.

Parkie Denton enfiló la avenida Jefferson, pasó por delante del edificio Wainwright con su histórica lápida verde y se dirigió al grupo de mansiones situadas frente al lago. En los jardines delanteros brillaban farolas de gas de imitación. En cada esquina había una camarera negra esperando el autobús. Siguieron adelante, pasaron frente al resplandeciente lago y finalmente llegaron a la escuela después de atravesar el camino cubierto por las irregulares copas de los olmos.

—Esperemos un poco —rogó Lux—, quiero fumarme un cigarrillo antes de entrar.

—Papá lo olerá —dijo Bonnie desde el asiento de atrás.

—¡Qué va! Llevo pastillas de menta —dijo agitándolas.

—Huele el tabaco en la ropa.

—Pues se le dice que en el lavabo había alguien fumando.

Parkie Denton bajó la ventana de delante mientras Lux fumaba. No se dio prisa, sacaba el humo por la nariz. De pronto avanzó la barbilla en dirección a Trip Fontaine, redondeó los labios y, con un perfil de chimpancé, le envió tres anillos de humo perfectos.

—Que no se muera ninguna virgen —exclamó Joe Hill Conley inclinándose hacia el asiento delantero y atrapando uno.

—¡Menuda vulgaridad! —dijo Therese.

—Sí, Conley —dijo Trip Fontaine—, a ver cuándo empiezas a crecer un poco.

Camino del baile, se formaron las parejas. A Bonnie se le quedó metido el tacón del zapato en la grava y tuvo que apoyarse en Joe Hill Conley para desengancharlo. Trip Fontaine y Lux iban juntos, ya formaban un todo. Kevin Head iba al lado de Therese, mientras Parkie Denton daba el brazo a Mary.

La llovizna había parado un momento y habían empezado a aparecer grupos de estrellas. Bonnie, que había conseguido liberar el tacón, levantó los ojos al cielo y comentó:

—¡Siempre la Osa Mayor! Cuando miras los mapas los ves llenos de estrellas, pero si levantas los ojos lo único que ves es la Osa Mayor.

—Es por las luces de la ciudad —le aclaró Joe Hill Conley.

—¡Pamplinas! —dijo Bonnie.

Las hermanas Lisbon sonreían al entrar en el gimnasio, lleno de rutilantes calabazas y de espantapájaros vestidos con los colores de la escuela. El comité encargado de organizar el baile había optado por el tema de la siega. La pista de baloncesto estaba cubierta de paja y en la mesa de la sidra había cornucopias que vomitaban tumorosos calabacines. El señor Lisbon ya había llegado, llevaba una corbata anaranjada que reservaba para las ocasiones festivas. Estaba hablando con el señor Tonover, el profesor de química. El señor Lisbon no se dio por enterado de que sus hijas acababan de llegar aunque muy bien podía haber sido que no las hubiera visto. Las luces de la pista habían sido recubiertas con gelatina anaranjada del teatro y las gradas quedaban a oscuras. Del tanteador colgaba una bola de discoteca que habían alquilado y que inundaba la sala de manchas de luz.

Nosotros también habíamos llegado con nuestras parejas y bailábamos como quien sostiene un maniquí, mirando por encima de los hombros cubiertos de gasa de nuestra chica, en busca de las hermanas Lisbon. Las vimos entrar, vacilantes sobre sus tacones altos. Con ojos muy abiertos echaron una mirada al gimnasio, después de lo cual hablaron entre ellas y dejaron a sus parejas para llevar a cabo la primera de las siete excursiones al cuarto de baño que harían a lo largo de aquella noche. Hopie Riggs estaba delante del lavabo cuando entraron las hermanas.

—Me di cuenta de que se sentían incómodas con aquellos vestidos —nos explicó—. No dijeron nada, pero resultaba evidente. Esa noche yo llevaba un vestido con el cuerpo de terciopelo y la falda de tafetán. Todavía me va bien.

Solo Mary y Bonnie tenían necesidad de ir al servicio. Lux se miró al espejo el tiempo necesario para corroborar su belleza, Therese evitó mirarse.

—No hay papel —dijo Mary desde el retrete—. Dadme un poco.

Lux arrancó unas cuantas servilletas de papel del dispensador del lavabo y se las echó por encima de la puerta.

—Está nevando —dijo Mary.

—Armaban mucho ruido, como si estuvieran en su casa —explicó Hopie Riggs—. Yo tenía algo en la parte de atrás del vestido y Therese me lo sacó.

Al preguntarle si las niñas Lisbon habían dicho algo sobre sus parejas en el ámbito íntimo del cuarto de baño, Hopie respondió:

—Mary dijo que estaba contenta de que el chico que le había tocado no fuera un asco total, aunque la verdad es que lo era. Me parece que les importaban menos los chicos que iban con ellas que estar en el baile. A mí me ocurría lo mismo. A mí me acompañaba Tim Carter, que era un auténtico renacuajo.

Cuando las hermanas salieron del cuarto de baño, en la pista había mucha más gente y varias parejas paseaban lentamente por el gimnasio. Kevin Head preguntó a Therese si quería bailar con él y no tardaron en perderse en el tumulto.

—¡Dios mío, yo era tan joven! —nos diría Kevin años más tarde—. ¡Y tenía tanto miedo! También ella tenía miedo. La cogí de la mano y no sabíamos qué hacer, no sabíamos si enlazar los dedos o no. Por fin los enlazamos. Eso fue lo que se me quedó más grabado, lo de los dedos.

Parkie Denton aún se acuerda de los movimientos estudiados de Mary, de su pose.

—Era ella la que llevaba la batuta —dijo—. Tenía en una mano un Klennex hecho una bola.

Mientras bailaba mantenía una conversación muy comedida, del tipo de las que sostienen las muchachas con los duques en las películas antiguas mientras bailan un vals. Se mantenía muy erguida, como Audrey Hepburn, esa actriz a la que idolatran todas las mujeres y en la que los hombres jamás piensan. Daba la impresión de que tenía dibujada en la mente la pauta que debían seguir sus pies en el suelo, el aspecto que debían tener los dos juntos, y estaba fuertemente concentrada en ese tipo de cosas.

—Su expresión era tranquila —declaró Parkie Danton—, pero por dentro estaba tensa. Tenía los músculos de la espalda como las cuerdas de un piano.

En las piezas rápidas, Mary no lo hacía tan bien.

—Como los viejos cuando se empeñan en bailar en las bodas.

Lux y Trip no bailaron hasta más tarde y lo primero que hicieron fue buscar un sitio en el gimnasio donde pudieran estar a solas. Pero Bonnie los siguió.

—Y yo la seguí a ella —explicó Joe Hill Conley—. Hacía como que quería pasear, pero miraba de reojo a Lux y no la perdía de vista ni un instante.

Iban de un lado a otro del grupo de los que bailaban. Siguieron la pared más alejada del gimnasio, pasaron por debajo de la red de baloncesto, ahora cubierta de adornos, y acabaron en las gradas. Entre dos bailes, el señor Durid, jefe de estudios, declaró abierta la votación para elegir el rey y la reina del baile y, mientras todos tenían la vista clavada en la urna de cristal donde había que depositar las papeletas, colocada sobre la mesa de la sidra, Trip Fontaine y Lux Lisbon se colaron debajo de las gradas.

Bonnie fue tras ellos.

–Como si temiera quedarse sola –dijo Joe Hill Conley.

Pese a que ella no se lo había pedido, él la siguió. Abajo, gracias a las franjas de luz que se filtraban a través de las tablas, vio que Trip Fontaine acercaba una botella a la cara de Lux para que leyera la etiqueta.

–¿Ha visto alguien que te metías aquí debajo? –preguntó Lux a su hermana.

–No.

–¿Y a ti?

–No –respondió Joe Hill Conley.

Después ya nadie dijo nada más y la atención de todos se centró en la botella que sostenía Trip Fontaine en la mano. Los reflejos de la bola de luces brillaban en la botella e iluminaron la encendida fruta de la etiqueta.

–*Schnapps* de melocotón –explicaría Trip Fontaine años más tarde en el desierto, en la época que estaba abandonando eso y todo lo demás–. A las chavalas les encanta.

Había comprado el licor aquella tarde con un carné de identidad falso y había llevado la botella escondida en el forro de la chaqueta. Ahora, mientras los otros tres lo observaban, desenroscó el tapón y tomó un sorbo de aquella especie de néctar de miel.

–Hay que probarlo con un beso –dijo. Acercó la botella a los labios de Lux y agregó–: No te lo tragues.

Después él tomo otro sorbo, acercó la boca a la de Lux y le dio un beso que sabía a melocotón. Lux se atragantó debido a la intensidad del placer. Se echó a reír y por la barbilla le bajó un reguero de *schnapps* que ella recogió con la mano en la que llevaba el anillo, pero enseguida los dos se pusieron solemnes y, juntando las caras, siguieron bebiendo y besándose. Durante una pausa, Lux dijo:

—Este mejunje es una verdadera delicia.

Trip pasó la botella a Joe Hill Conley, quien la acercó a la boca de Bonnie, pero esta la rechazó.

—No, no quiero —dijo.

—¡Vamos, solo un poquito! —insistió Trip.

—¡Anda, no te hagas la estrecha! —dijo Lux.

Lo único visible eran las rendijas de los ojos de Bonnie, que la luz plateada mostró llenos de lágrimas. Joe Hill Conley acercó la botella a la mancha oscura que ocultaba su boca. Los ojos húmedos de Bonnie se agrandaron y sus mejillas se hincharon.

—No te lo tragues —le ordenó Lux.

Entonces Joe Hill Conley derramó el contenido de su boca en la de Bonnie. Dijo que ella había mantenido apretados los dientes durante el beso, haciéndolos rechinar. El *schnapps* de melocotón fue pasando de una a otra boca hasta que por fin ella acabó tragándoselo y ya se quedó tranquila. Bastantes años después, Joe Hill Conley alardeaba de saber detectar el estado emocional de una mujer por el sabor de su boca, e insistía en afirmar que había adquirido ese don aquella noche estando con Bonnie debajo de las gradas. Dijo que a través del beso podía sentir toda su persona, como si se le escapara el alma a través de los labios, tal como creía la gente del Renacimiento. Lo que cató primero fue la grasa del lápiz de labios Chap Stick, a continuación el triste sabor a coles de Bruselas de su última comida y después ya vino aquel sabor a polvo de muchas tardes perdidas y de la sal de los conductos lacrimales. El *schnapps* de melocotón iba desvaneciéndose al diferenciar los jugos de sus órganos internos, todos con la leve acidez del infortunio. A veces sus labios se volvían extrañamente fríos y, al mirarla, se dio cuenta de que besaba con ojos

134

asustados y enormemente abiertos. Después el *schnapps* volvió a circular de mano en mano, de boca en boca. Preguntamos a los chicos si habían hablado de cosas íntimas con ellas o si les habían hecho alguna pregunta sobre Cecilia, pero dijeron que no.

–No quería estropear un momento tan bueno como aquel –dijo Trip Fontaine.

Y Joe Hill Conley añadió:

–Hay momentos para hablar y momentos para callar.

Aunque en la boca de Bonnie cató misteriosas profundidades, no intentó sondearlas porque no quería que ella dejara de besarlo.

Vimos a las chicas cuando salían de debajo de las gradas, arrastrando los vestidos y secándose la boca. Lux se movía con aire insolente al son de la música. Fue entonces cuando Trip Fontaine bailó por fin con ella y años después nos diría que aquel saco informe que llevaba por vestido no hizo sino acrecentar su deseo.

–Te dabas cuenta de la esbeltez de su cuerpo debajo de todas aquellas ropas. Me mataba.

A medida que fue avanzando la noche las hermanas Lisbon se fueron acostumbrando a sus vestidos y a moverse con ellos. Lux descubrió una manera de arquear la espalda que hacía que la ropa se le ciñera por delante. Nos acercábamos a ellas siempre que podíamos, fuimos veinte veces al cuarto de baño y nos tomamos veinte vasos de sidra, intentamos hablar con sus chicos con intención de suplantarlos, pero ellos no dejaban solas a las chicas ni un minuto. Terminada la votación para elegir al rey y a la reina, el señor Durid subió al improvisado escenario y anunció los nombres de los vencedores. Todo el mundo sabía que el rey y la reina no podían ser otros que Trip Fontaine y Lux Lisbon, y hasta las chicas que llevaban vestidos de cien dólares aplaudieron como locas al verlos aparecer. Después bailaron los dos y bailamos todos, y finalmente abordamos a Head, a Conley y a Denton para ver si nos dejaban bailar con las chicas Lisbon. Cuando por fin nos tocó el turno, estaban rojas como pimientos, tenían las axilas mojadas e irradiaban calor por los cuatro costados debido a lo cerrados que eran sus vestidos. Estrechamos sus manos sudorosas entre las nuestras, hicimos girar sus cuerpos bajo la bola de mil reflejos, las perdimos bajo la inmensidad de sus ropas y volvimos a encontrarlas, estrujamos la pulpa de sus carnes e inhalamos el perfume de sus movimientos. Alguno de nosotros tuvo la valentía de introducir una pierna entre las suyas y de oponer nuestra angustia a la de ellas. Las hermanas Lisbon volvían a parecer idénticas con aquellos vestidos mientras iban circulando de mano en mano, sonrientes y dando incesantemente las gracias. Un hilo suelto del vestido se enganchó en el reloj de David Stark y, mientras Mary se dedicaba a desenredarlo, él le preguntó:

—¿Lo pasas bien?

—No lo había pasado tan bien en toda mi vida —respondió ella.

Y decía la verdad. Nunca nadie había visto a las hermanas Lisbon tan contentas como aquel día, tan sociables, tan parlanchinas. Después de un baile, mientras Therese y Kevin Head tomaban el fresco en la puerta, ella le preguntó:

—¿Cómo es que se os ocurrió invitarnos?

—¿Qué quieres decir?

—Me refiero a que si lo hicisteis por lástima.

—¡Ni hablar!

—¡Embustero!

—Creo que eres guapísima. Ahí tienes la razón.

—¿Te parecemos tan locas como todo el mundo se figura que somos?

—¿Quién se lo figura?

Therese no respondió, se limitó a extender la mano fuera de la puerta para ver si llovía.

—Cecilia era rara, nosotras no. —Guardó silencio un instante y luego añadió—: Lo que queremos es vivir... si nos dejan.

Más tarde, cuando ya se dirigían al coche, Bonnie se paró con Joe Hill Conley a contemplar de nuevo las estrellas. El cielo estaba totalmente cubierto de nubes. Mientras observaban el cielo encapotado, ella le preguntó:

—¿Crees que Dios existe?

—Sí.

—Yo también.

Eran las diez y media y las hermanas Lisbon debían estar de regreso al cabo de media hora. Ya se estaba terminando el baile y el coche del señor Lisbon salía de la zona de aparcamiento destinada a los profesores en dirección a su casa. Kevin Head y Therese, Joe Hill Conley y Bonnie, Parkie Denton y Mary se encaminaron hacia el Cadillac, pero Lux y Trip no los siguieron. Bonnie volvió corriendo al gimnasio para ver si estaban allí, pero no los vio por ninguna parte.

—A lo mejor han vuelto a casa con tu padre —apuntó Parkie Denton.

—Lo dudo —dijo Mary escrutando la oscuridad y alisándose la parte de arriba del vestido, bastante arrugada.

Las chicas se sacaron los zapatos de tacón alto para caminar más cómodamente e inspeccionaron entre los coches aparcados y la zona del mástil donde la bandera había ondeado a media asta el día de la muerte de Cecilia, pese a que había sido en verano y nadie, salvo los que estaban en el prado, se habían percatado del detalle. Las hermanas Lisbon, hasta hacía unos instantes tan alegres, se habían puesto ahora muy serias y se habían olvidado de sus compañeros. Se movían en pelotón y, si se dispersaban un momento, volvían a replegarse al instante. Inspeccionaron en los alrededores del teatro, detrás del ala de ciencias, e incluso en el patio donde había una pequeña estatua de una chica, regalada en recuerdo de Laura White y cuya falda de bronce ya estaba empezando a oxidarse. Las soldaduras de las muñecas estaban atravesadas por simbólicas cicatrices, pero las hermanas Lisbon ni la miraron ni dijeron nada al volver al coche a las once menos diez. Las llevaron a su casa.

El trayecto de regreso se desarrolló en un silencio casi total. Joe Hill Conley y Bonnie estaban sentados detrás, junto a Kevin Head y Therese. Parkie Denton conducía; más tarde se quejaría de que esto le impedía cualquier movimiento en dirección a Mary. De todos modos, Mary estuvo todo el tiempo arreglándose el peinado con ayuda del espejo de la visera. Therese le comentó:

—Déjalo ya. La que nos espera...

—En todo caso a Luxie, no a nosotras.

—¿Tiene alguien un caramelo de menta o un chicle? —preguntó Bonnie.

Nadie tenía ninguno, por lo que se volvió hacia Joe Hill Conley. Lo miró fijamente un momento y después, sirviéndose de los dedos, le marcó una raya en los cabellos, en el lado izquierdo de la cabeza.

—Así está mejor —dijo Bonnie.

Casi veinte años después, Conley sigue peinándose el poco pelo que le queda con la raya marcada por la invisible mano de Bonnie.

Fuera de la casa de los Lisbon, Joe Hill Conley besó a Bonnie por última vez y ella se dejó. Therese ofreció la mejilla a Kevin Head. A través de los cristales velados por el vapor, los chicos miraron la casa. El señor Lisbon ya había regresado y la luz del dormitorio principal estaba encendida.

—Os acompañaremos hasta la puerta —dijo Parkie Denton.

—No, no —dijo Mary.

—¿Por qué?

—Porque no —replicó, y salió del coche casi sin darle la mano.

—De veras que lo hemos pasado muy bien —dijo Therese desde el asiento de atrás.

–¿Me llamarás? –musitó Bonnie al oído de Joe Hill Conley.

–Seguro.

Se oyó el chasquido de las puertas al abrirse, bajaron las chicas, se alisaron el vestido y se dirigieron a la casa.

El tío Tucker acababa de ir a la nevera del garaje en busca de otro paquete de seis botellas de cerveza cuando se paró el taxi, dos horas más tarde de lo convenido. Vio que de él bajaba Lux y que hurgaba en el bolso para sacar el billete de cinco dólares que la señora Lisbon había dado aquella noche a cada una de sus hijas antes de que salieran de casa. «Siempre hay que llevar encima lo suficiente para pagar un taxi», era una de sus máximas, pese a que aquella era la primera noche que las dejaba salir y, por lo tanto, la primera que habría podido hacerles falta el dinero.

Lux no aguardó a que el taxista le devolviera el cambio. Enfiló el camino de entrada levantándose un poco el vestido para caminar mejor. Tenía los ojos clavados en el suelo. Llevaba la espalda de la chaqueta manchada de blanco. Se abrió la puerta principal y el señor Lisbon se asomó al porche. Se había quitado la chaqueta, pero aún llevaba la corbata anaranjada. Bajó las escaleras y coincidió con Lux a medio camino. Lux comenzó a excusarse con gestos de las manos. Cuando el señor Lisbon la interrumpió, bajó la cabeza y asintió de mala gana. El tío Tucker no podía recordar en qué momento exacto la señora Lisbon se incorporó a la escena. Sin embargo, de repente se dio cuenta de que se oía una música de fondo y, al mirar hacia la casa, vio a la señora Lisbon recortada en el marco de la puerta. Llevaba una bata a cuadros y tenía un vaso en la mano. La música procedía de dentro de la casa, y en ella reverberaban órganos y arpas seráficas. Como había empezado a beber a mediodía, el tío Tucker ya casi había terminado la caja de cervezas que consumía diariamente. Al mirar fuera del garaje, mientras la música llenaba la calle como si fuese aire, le entraron ganas de llorar.

—Era esa clase de música que tocan cuando alguien se muere —explicó.

Era música de iglesia, una selección de alguno de los tres discos que a la señora Lisbon le gustaba poner una y otra vez los domingos. Sabíamos de aquella música por el diario de Cecilia («Domingo por la mañana. Mamá ha vuelto a poner esa mierda») y, meses más tarde, cuando cambiaron de casa, encontramos los discos entre la basura que dejaron junto al bordillo. Los albúmenes son —según hemos enumerado en el Archivo de Pruebas Físicas—: *Canciones de fe,* de Tyrone Little and the Believers; *Arrobamiento eterno,* del Coro Baptista Toledo; y *Cantando tus alabanzas,* de los Grand Rapids Gospelers. En cada una de las fundas se veían nubes atravesadas por rayos de luz. No pusimos los discos ni una sola vez. Era ese tipo de música que nos saltamos en la radio, entre el Motown y el rock and roll, un faro de luz en un mundo de tinieblas, basura absoluta llena de voces rubias que cantan a coro, escalas que suben hacia armónicos *crescendos,* como un espumoso dulce de malvavisco que nos inundase los oídos. Siempre nos habíamos preguntado quién podía escuchar esa clase de música y nos imaginábamos que seguramente eran adictas a ella viudas solitarias que vivían en casas de reposo o familias de pastores que pasaban las veladas haciendo circular bandejitas de jamón. Ni una sola vez supusimos que aquellas piadosas voces pudiesen atravesar las tablas del suelo y llenar con sus eclesiásticos sones los rincones donde las hermanas Lisbon, agachadas, se pulían con piedra pómez los callos de los pies. El padre Moody también había escuchado aquella música las pocas veces que fue a tomar café a casa de los Lisbon alguna tarde de domingo.

—La verdad es que no me gustaba mucho —nos dijo después—. A mí me van cosas más augustas, como el *Mesías* de Händel, el *Réquiem* de Mozart, una música que, si se me permite la expresión, es más propia de una familia protestante.

Mientras sonaba la música, la señora Lisbon se mantenía inmóvil en la puerta. El señor Lisbon escoltó a Lux hasta la casa. Lux subió los peldaños de la escalera, atravesó el porche, pero su madre le impidió el paso. La señora Lisbon dijo algo que el tío Tucker no pudo oír. Lux abrió la boca y la señora Lisbon se inclinó hacia adelante y mantuvo la cara, muy quieta, junto a la de su hija.

–Por el aliento –nos explicó el tío Tucker.

La prueba no duró más de cinco segundos antes de que la señora Lisbon retrocediera para abofetear a Lux. Pero Lux se hizo atrás y no recibió la bofetada. La señora Lisbon se quedó petrificada, con el brazo levantado, y solo se volvió para escudriñar la oscuridad de la calle, como si presintiera que la estaban observando cien ojos y no solo los dos del tío Tucker. El señor Lisbon también se volvió. Y lo mismo hizo Lux. Los tres escrutaron el barrio a oscuras, donde los árboles seguían goteando y los coches dormían en garajes y cobertizos con los motores emitiendo crujidos a lo largo de toda la noche a medida que se iban enfriando. Permanecieron muy quietos y después la mano de la señora Lisbon cayó inerte a un costado del cuerpo, momento en que Lux vio el cielo abierto, ya que escapó corriendo escaleras arriba y se metió en su habitación.

Solo años más tarde nos enteramos de lo que les había ocurrido a Lux y a Trip Fontaine. Hasta el mismo Trip Fontaine habló con desgana del asunto, insistiendo, tal como ordenaban los Doce Pasos, en que él ahora era otro hombre. Después de bailar como rey y reina de la fiesta, Trip había escoltado a Lux a través de todo el corro de compañeros que los aplaudían y la había conducido a la puerta donde Therese y Kevin estaban tomando el fresco.

–Después del baile estábamos acalorados –dijo.

Lux todavía llevaba la tiara de Miss América que le había puesto el señor Durid. Los pechos de ambos estaban cruzados por las bandas reales.

–¿Qué haremos ahora? –había preguntado Lux.

–Lo que queramos.

–Quiero decir como rey y reina. ¿Tenemos que hacer algo?

–No, ya ha terminado. Hemos bailado, nos han puesto las bandas. Solo seremos reyes esta noche.

–Creía que íbamos a serlo todo el año.

–Bueno, en realidad sí, pero no tenemos que hacer nada más.

Lux asintió con la cabeza.

–Me parece que ya ha parado de llover –comentó.

–¿Quieres que salgamos?

–Mejor no. Nos iremos enseguida.

–Podemos vigilar el coche. No van a irse sin nosotros.

–¿Y mi padre? –preguntó Lux.

–Después le dices que has ido a guardar la corona en el armario.

Había parado de llover, en efecto, pero flotaba una cierta neblina cuando cruzaron la calle y, cogidos de la mano, se dirigieron al campo de fútbol, totalmente empapado.

–¿Ves aquel montoncito de tierra? –le preguntó Trip Fontaine–. Pues allí es donde hoy le he dado fuerte al tío aquel. ¡Será gilipollas!

Pasaron los cincuenta metros, los cuarenta y llegaron a la línea de meta, donde nadie podía verlos. Aquella raya blanca que el tío Tucker vio después en la chaqueta de Lux se la hizo al tumbarse en la línea de meta. Mientras hacían el acto los reflectores recorrieron el campo, pasaron por encima de ellos e iluminaron el poste de la portería. A la mitad Lux dijo:

–Yo siempre lo fastidio todo, siempre. –Y se echó a llorar.

Trip Fontaine apenas nos contó más. Le preguntamos si la había acompañado al coche, pero nos dijo que no.

–Yo volví andando a casa y no me preocupó cómo volvía ella a la suya. Simplemente me marché. –Después añadió–: Es muy extraño... me refiero a que la chica me gustaba, me gustaba de veras. Y en aquel momento me harté de ella.

En cuanto a los demás, pasaron el resto de la noche dando vueltas con el coche por el barrio. Pasaron por delante del Little Club, del Yacht Club, del Hunt Club, cruzaron el Village, donde la parafernalia del Halloween había dado paso a la del Día de Acción de Gracias. A la una y media de la noche, incapaces de quitarse de la cabeza a las chicas cuya presencia seguía llenando el coche, decidieron pasar por última vez por delante de la casa de las hermanas Lisbon. Pararon un momento para que Joe Hill Conley se aliviara detrás de un árbol y después siguieron Cadieux abajo pasando a toda marcha por delante de las casitas que en otro tiempo habían sido cabañas para temporeros. Pasaron por una urbanización donde mucho tiempo atrás se había levantado una de nuestras grandes mansiones, cuyos ornamentados jardines habían sido sustituidos por casas de ladrillo rojo con puertas pretendidamente antiguas y garajes gigantescos. Enfilaron Jefferson, pasaron por delante del Monumento a los Caídos y de las puertas negras de los últimos millonarios y condujeron en silencio hacia la casa de aquellas chicas que por fin se habían convertido para ellos en seres reales. Al acercarse a la casa de los Lisbon vieron que la ventana de uno de los dormitorios estaba iluminada. Parkie Denton levantó la mano para que los demás le dieran un palmetazo.

—Ha habido suerte —dijo.

Pero su alegría duró poco. Antes de parar ya sabía qué había ocurrido.

—Sentí en la boca del estómago que aquellas chicas ya no volverían a salir en su vida —nos dijo Kevin Head unos años más tarde—. La vieja bruja las había vuelto a encerrar. No me preguntéis cómo lo supe, pero fue así.

Las persianas de las ventanas se habían cerrado igual que párpados y los descuidados parterres daban a la casa un aire de abandono. Pero en la única ventana donde había luz la cortina se estremeció. La retiró una mano que reveló el atisbo de una cara amarillenta –Bonnie, Mary, Therese o incluso Lux– que miraba calle abajo. Parkie Denton hizo sonar el claxon, un bocinazo breve y preñado de esperanza, pero justo cuando la chica ponía la palma de la mano en el cristal, se apagó la luz.

4

Unas semanas después de que la señora Lisbon cerrase la casa y le impusiera un aislamiento total, la gente comenzó a ver a Lux haciendo el amor en el tejado.

Después del baile del Homecoming, la señora Lisbon cerró las persianas de abajo. Lo único que podíamos ver eran las sombras encarceladas de las hermanas Lisbon, que adquirían tintes alucinantes en nuestra imaginación. Por otra parte, cuando el otoño cedió paso al invierno, los árboles del jardín se vencieron y espesaron hasta tapar la casa, pese a que las ramas desnudas de hojas deberían haberla desvelado. Sobre el tejado de los Lisbon siempre había una nube, hecho que no tenía más explicación que la psíquica: la casa estaba en sombras porque así lo quería la señora Lisbon. El cielo se oscureció y el día se quedó sin luz, por lo que nos encontramos metidos en una lobreguez intemporal en la que solo podíamos saber qué hora era por el sabor de los eructos: por la mañana sabían a pasta dentrífica y por la tarde a la salsa del estofado que comíamos en la escuela.

Sin que mediara explicación alguna, las hermanas Lisbon dejaron de asistir a clase. Una mañana no se presentaron y la siguiente tampoco. Cuando el señor Woodhouse quiso que le informaran del asunto, el señor Lisbon parecía no tener ni idea de adónde podían haber ido.

–Decía continuamente: «¿Seguro que no están?»

Jerry Burden conocía la combinación del armario de Mary, lo abrió y dentro encontró casi todos sus libros.

–Tenía postales pegadas. Cosas muy raras. Sofás y mierdas de esas.

(En realidad, se trataba de postales del museo de arte, que mostraban una silla Biedermeier y un sofá Chippendale tapizado de chintz rosa.) Las libretas estaban en el estante de arriba, cada una con el nombre de una materia nueva e incitante que nunca llegó a estudiar. Dentro de la de *Historia americana,* entre espasmódicas notas, Jerry Burden encontró el siguiente garabato: una chica con coletas vencida bajo el peso de una enorme roca. Tenía los carrillos hinchados y de sus labios gordezuelos salía una nube de vapor. Dentro de esa nube, que se ensanchaba progresivamente, figuraba escrita la palabra «presión» con trazo oscuro.

Teniendo en cuenta que Lux no se había sometido al toque de queda, todo el mundo estaba a la espera de que ocurriese algo, si bien nadie se figuraba que pudiera ser tan drástico. Sin embargo, al hablar con ella unos años después, la señora Lisbon insistió en que nunca había tenido la intención de comportarse con sus hijas de forma punitiva.

–Dada la situación, la escuela no hacía sino empeorar las cosas –dijo–. Las compañeras no les dirigían la palabra, los únicos que les hablaban eran los chicos, y estos ya se sabe lo que buscan. Las chicas necesitaban tiempo para ellas. Son cosas que una madre sabe muy bien. Pensé que, si se quedaban en casa, se repondrían mejor.

La entrevista con la señora Lisbon fue breve. Nos encontramos en la parada del autobús del pueblo en que ahora vive, porque era el único sitio donde servían café. Tenía los nudillos enrojecidos y se le habían contraído las encías. La tragedia que había vivido no la había hecho más abordable, en realidad le había infundido esa cualidad impalpable que poseen los que han sufrido más de lo que puede expresarse con palabras. Aun así, queríamos hablar con ella sobre todo porque nos dábamos cuenta de que, por su condición de madre de las chicas, tenía que saber mejor que nadie por qué se habían suicidado. Pero lo que nos dijo fue:

–Esto es lo más espantoso, que no lo sé. Cuando no están contigo, son diferentes. Los hijos son así.

Cuando le preguntamos por qué no buscó nunca el consejo psicológico que podía ofrecerle el doctor Hornicker, la señora Lisbon se molestó.

–El médico aquel nos echaba la culpa a nosotros. Decía que Robbie y yo éramos los culpables de todo.

En ese momento llegó un autobús a la parada, que escupió por la puerta abierta de la Salida 2 una ráfaga de monóxido de carbono sobre el mostrador, cubierto de montones de rosquillas fritas. La señora Lisbon dijo que tenía que dejarnos.

Pero la señora Lisbon hizo algo más que impedir a sus hijas que fueran a la escuela. El domingo siguiente, de regreso a su casa después de escuchar un encendido sermón en la iglesia, ordenó a Lux que destruyera sus discos de rock. La señora Pitzenberger (que estaba pintando una habitación en la casa de al lado) oyó la enfurecida discusión.

–¡Ahora! –no cesaba de repetir la señora Lisbon, mientras Lux intentaba hacerla entrar en razón, llegar a un acuerdo con ella, y estallaba finalmente en sollozos.

A través de la ventana del pasillo de arriba, la señora Pitzenberger vio que Lux se dirigía taconeando furiosamente a su dormitorio y volvía con unas cajas que habían contenido melocotones. Eran cajas pesadas y Lux las soltó escaleras abajo como si fueran trineos.

—Las dejaba resbalar escaleras abajo pero, antes de soltarlas, las retenía un momento.

La señora Lisbon tenía encendida la chimenea de la sala de estar, y Lux, que lloraba en silencio, comenzó a arrojar los discos al fuego. No supimos qué álbumes fueron condenados al auto de fe, pero parece que Lux imploraba misericordia a la señora Lisbon mientras iba cogiendo en sus manos los discos uno tras otro. Pronto el olor lo invadió todo y el plástico se fundió sobre los morillos, por lo que la señora Lisbon pidió a Lux que no echara más discos en el fuego. (El resto de los álbumes fueron a parar a la basura de la semana.) Pero Will Timber, que estaba tomando un vaso de mosto, dijo que durante todo el camino hasta Mr. Z's, la tienda de Kercheval donde vendían artículos para fiestas, tuvo metido en la nariz aquel hedor a plástico quemado.

Durante las semanas siguientes apenas vimos a las chicas. Lux no volvió a hablar nunca más con Trip Fontaine, ni Joe Hill Conley llamó a Bonnie pese a habérselo prometido. La señora Lisbon llevó a sus hijas a casa de su abuela a fin de escuchar el consejo de una anciana que había vivido todo tipo de penalidades. Cuando la llamamos por teléfono a Roswell, Nuevo México, población a la que se había trasladado después de vivir cuarenta y tres años en la misma casa de una sola planta, la vieja (de nombre Lema Crawford) se negó a responder a las preguntas sobre su participación en el castigo, ya fuera por testarudez o para no oír su voz a través del audífono diciendo aquellas cosas por teléfono. Habló, sin embargo, de los sinsabores que a ella misma le había deparado el amor sesenta años atrás.

—Son cosas que jamás se superan —dijo—, aunque puedes acabar encontrándote en una situación en la que ya no te importen tanto. —Después, antes de colgar, añadió—: El tiempo aquí es espléndido. Lo mejor que hice en mi vida fue liar los bártulos y marcharme de aquella ciudad.

El sonido desvaído de su voz hizo que la escena cobrase vida: la vieja, ante la mesa de la cocina, con los escasos cabellos metidos en un turbante de tejido elástico, la señora Lisbon con los labios apretados y expresión ceñuda sentada delante de ella y las cuatro penitentes, las cabezas bajas y manoseando chucherías y figurillas de porcelana. No se habla ni un momento de lo que ellas sienten ni de lo que esperan de la vida, no hay más que una orden que emana de arriba –abuela, madre, hijas– mientras fuera, en el patio trasero, va cayendo la lluvia sobre las marchitas hortalizas del huerto.

El señor Lisbon siguió yendo a su trabajo todas las mañanas y la familia a la iglesia los domingos, pero aquí se acabó todo. La casa se iba viendo ahogada por nieblas de juventud, y hasta nuestros padres comenzaron a decir que tenía un aire lúgubre y malsano. Los vapores que emanaban las miasmas atraían por las noches a los mapaches y no era raro encontrar alguno muerto, aplastado por un coche al alejarse de la basura de los Lisbon. Una semana, en el porche delantero, se vio a la señora Lisbon con bombas humeantes que despedían un hedor sulfuroso. Nadie había visto nunca aquellos artilugios, pero decían que eran útiles para ahuyentar a los mapaches. Tiempo después, antes de que arreciaran los primeros fríos aproximadamente, la gente empezó a ver a Lux copulando en el tejado con hombres y muchachos sin rostro.

Al principio habría sido imposible decir qué ocurría. Un cuerpo de celofán movía los brazos contra las tejas de pizarra como un niño que arrastrara un ángel por la nieve. Después ya se distinguía otro cuerpo más oscuro, a veces con uniforme de un restaurante de comidas rápidas, a veces con todo un surtido de cadenas de oro, una vez con el atuendo gris pardusco de los contables. Apostados en la buhardilla de los Pitzenberger, y a través de las ramas más pequeñas de los olmos, ahora desnudas de hojas, acabamos por descubrir el rostro de Lux, sentada y envuelta en una manta Hudson Bay, fumando un cigarrillo, tan inasequiblemente cercana allí metida en el círculo de los prismáticos, moviendo lentamente los labios sin emitir sonido alguno.

Nos sorprendía que pudiera hacerlo en su propia casa, mientras sus padres dormían. En realidad era imposible que el señor y la señora Lisbon vieran lo que ocurría en el tejado de su casa y, una vez instalados en él, Lux y sus amiguetes disfrutaban de una cierta seguridad. Pese a todo, debía de producirse el inevitable ruido de los muchachos y los hombres al colarse dentro de la casa, los crujidos de las escaleras en medio de una oscuridad cargada de ansiosas vibraciones, los ruidos nocturnos zumbando en sus oídos, hombres sudorosos, conscientes de que corrían el riesgo de ser acusados de violación, de perder su trabajo, de afrontar un divorcio, pero que eran conducidos escaleras arriba y tenían que saltar por una ventana para subir al tejado, donde la pasión les machacaba las rodillas y los hacía revolcarse en charcos empantanados. Nunca supimos de dónde los sacaba Lux. No nos constaba que abandonase la casa en ningún momento, ya que si hubiera salido de noche habría podido hacer lo mismo en cualquier solar a orillas del lago. El hecho es que prefería hacer el amor en el mismo lugar donde estaba confinada. En lo que a nosotros respecta, aprendimos mucho acerca de las técnicas del amor y, puesto que no conocíamos las palabras para designar lo que veíamos, tuvimos que inventárnoslas. Así fue como empezamos a hablar de «trinar en el cañón», de «atar el tubo», de «gimotear en el pozo», de «deslizar la cabeza de la tortuga» o de «masticar zumaque». Años más tarde, cuando también nosotros perdimos la virginidad, el pánico nos hizo imitar aquellos lejanos revolcones de Lux en el tejado, e incluso ahora, de ser sinceros con nosotros mismos, tendríamos que admitir que seguimos haciendo el amor con aquel pálido espectro, sus pies afianzados en el canalón, su mano florida apoyada siempre en la chimenea, prescindiendo de lo que hagan los pies y las manos de nuestras actuales amantes. Y también tendríamos que admitir que, en nuestros momentos más íntimos, solos en la noche con los latidos de nuestro corazón, mientras pedimos a Dios que nos salve, la aparición más frecuente es Lux, súcubo de aquellas noches binoculares.

Tuvimos informes de sus aventuras eróticas a través de las fuentes más insospechadas, como muchachos de clase obrera con extraños cortes de pelo que juraban y perjuraban que habían estado con Lux en el tejado de su casa y, pese a que tratábamos de ponerlos en un brete buscando contradicciones en sus historias, nunca lo conseguimos. Decían siempre que la casa estaba muy oscura, que no habían visto nada y que lo único vivo que había en ella era la mano de Lux, conminatoria y reticente a un tiempo, que los llevaba agarrados por la hebilla del cinturón. El suelo era una carrera de obstáculos. En una ocasión Dan Tyco pisó una cosa blanda en el rellano y la recogió. Solo cuando Lux lo llevó al tejado a través de la ventana, la luz de la luna le permitió ver qué llevaba en la mano: aquel medio bocadillo que el padre Moody había encontrado cinco meses antes. Otros encontraron cuencos de espaguetis congelados y latas vacías, como si la señora Lisbon hubiera dejado de cocinar para sus hijas, y estas vivieran de forraje.

A decir de los chicos, Lux había perdido peso, aunque no habríamos podido asegurarlo viéndola a través de los prismáticos. Los dieciséis hicieron algún comentario sobre la prominencia de sus costillas, sus escuálidos muslos, y uno que había subido al tejado con Lux durante una cálida tormenta de invierno nos dijo que los huecos de las clavículas de la chica recogían el agua de la lluvia. Unos pocos hicieron referencia al sabor ácido de su saliva

—el de los jugos gástricos cuando no se emplean en nada–, si bien ninguno de estos signos de desnutrición, de enfermedad o de pesadumbre (las pupas de las comisuras de los labios, la calva sobre la oreja izquierda) impedían que Lux produjese la apabullante impresión de ser un ángel hecho carne. Hablaban de haber subido a la chimenea como llevados por dos grandes y batientes alas, y de aquella leve pelusilla que Lux tenía en el labio superior, que se le caía igual que plumón. Sus ojos brillaban, ardían, estaban abocados a su misión como solo podían hacerlo los de una criatura que no dudara de la gloria de la creación o de su falta de sentido. Las palabras empleadas por aquellos muchachos, los evasivos movimientos de las cejas, su espanto, su desconcierto, dejaban claro que eran perfectamente conscientes de no ser más que insignificantes asideros en la ascensión de Lux y, al final, pese a que ellos llegaban al pináculo, tampoco habrían podido decir qué había más allá de todo aquello. Unos pocos hicieron alguna observación sobre la avasalladora sensación que les producía la inconmensurable caridad de Lux.

Aun cuando apenas si sostuvo conversaciones largas, nos hicimos una ligera idea de su estado mental a través de lo poco que nos llegó de lo poco que dijo. En una ocasión le comentó a Bob McBrearley que le era imposible vivir sin «hacerlo regularmente», si bien pronunció la frase con acento de Brooklyn, como si hiciera una imitación cinematográfica. En su manera de proceder había mucho de actuación. Willie Tate llegó a afirmar incluso que, pese a su avidez, «no parecía gustarle mucho», y otros chicos señalaron una desatención similar. Al levantar la cabeza del dulce apoyo que era el cuello de Lux, encontraban sus ojos abiertos, la veían perdida en la maraña de sus pensamientos o, en el punto culminante de la pasión, sentían que les arrancaba la costra de un grano que tenían en la espalda. Sin embargo parece que Lux decía cosas como:

–Todavía no la saques, déjala un minuto. Así nos sentiremos más unidos.

Otras veces afrontaba el acto como un deber, colocaba a los chicos en su sitio, les desabrochaba el cinturón y les bajaba la cremallera con la actitud mecánica de una cajera de supermercado. Las precauciones que tomaba para no quedar embarazada eran de lo más contradictorio. Algunos afirmaban que se servía de procedimientos complicados, que se introducía tres o cuatro gelatinas o cremas a la vez, rematadas con un espermicida blanco al que se refería con el nombre de «la crema de queso». En ocasiones se limitaba a usar el «método australiano», consistente en agitar una botella de Coca-Cola y regar con ella sus interioridades. Cuando le daba por ser más estricta, pronunciaba aquella consigna suya que sonaba a ultimátum.

–Nada de erección sin protección.

A menudo usaba productos farmacéuticos; otras veces, sin embargo, seguramente cortada por los impedimentos de la señora Lisbon, recurría a los ingeniosos métodos concebidos por las comadronas de otros tiempos. El vinagre demostró sus propiedades, al igual que el jugo de tomate: diminutas naves del amor naufragando en mares ácidos. Lux conservaba todo un surtido de botellas, así como un complejo arsenal que tenía escondido detrás de la chimenea. Nueve meses después, cuando los techadores contratados por la joven pareja que acababa de mudarse encontraron las botellas, comentaron a la esposa:

–Parece que aquí arriba había alguien que preparaba ensaladas.

Si ya era una locura hacer el amor en el tejado en cualquier época del año, hacerlo en invierno indicaba enajenación, desesperación, autodestrucción muy por encima del placer que pueda conseguirse debajo de árboles que gotean. Si algunos veíamos a Lux como una fuerza de la naturaleza, inasequible al frío, una diosa de hielo concebida por la propia estación, la mayoría sabíamos que no era más que una chica que corría peligro de morir de frío o que perseguía ese final. En consecuencia, no nos sorprendió que, después de tres semanas de exhibiciones al aire libre, volviera a presentarse la ambulancia. Aquella vez, la tercera, la ambulancia ya se había hecho tan habitual como las histéricas voces de la señora Buell llamando a Chase a casa. Cuando apareció como un bólido por la calle, su imagen familiar impidió que reparásemos en los neumáticos para la nieve recién colocados y en los anillos de sal incrustados en los guardabarros. Vimos al sheriff –el tipo delgado y con bigote– saltar del asiento del conductor antes de que tuviera tiempo de saltar realmente y, a partir de aquel momento, cada imagen ya estuvo marcada con la impronta del *déjà vu*. Estábamos preparados para ver a las chicas pasando por delante de las ventanas con las batas puestas, encenderse las luces que iluminarían el derrotero de los sanitarios hasta la víctima, primero la luz del vestíbulo, después la del salón, después la del pasillo de arriba, después la del dormitorio de la derecha, hasta que toda la casa, como una máquina tragaperras, quedase totalmente iluminada por sectores. Eran más de las nueve de la noche y no había luna. Los pájaros habían anidado en las farolas, por eso la luz se filtraba a través de las briznas de paja y de las plumas de la muda. Hacía tiempo que los pájaros habían emprendido el camino del sur, pero de nuevo el sheriff y el gordo aparecieron en la puerta de la casa de los Lisbon. Llevaban la camilla, tal como esperábamos, pero al iluminarse el porche no estábamos preparados para ver lo que vimos: Lux Lisbon sentada, totalmente viva.

Parecía acongojada, pero al sacarla en andas de la casa tuvo la presencia de ánimo suficiente para coger el *Reader's Digest,* que después, en el hospital, se leería de cabo a rabo. De hecho, pese a las convulsiones (se cogía el vientre con las manos), Lux había tenido la osadía de darse en los labios una capa de carmín rosado que, al decir de los que estuvieron en el tejado con ella, sabía a fresa. La hermana de Woody Clabault tenía una barra de la misma marca y una vez que nos metimos en el cuarto donde sus padres guardaban los licores, pedimos a Woody que se pintara los labios y nos besara a todos por turno para que supiésemos cómo sabía. Por encima del sabor de las bebidas que improvisamos aquella noche –una parte de ginger ale, una parte de bourbon, una parte de zumo de lima y una parte de whisky escocés–, pudimos apreciar el gusto a cera de fresas en los labios de Woody Clabault, transformados delante de la chimenea de su casa en los labios de Lux. En la grabadora sonaba una estruendosa música de rock, mientras nosotros nos agitábamos en las butacas, flotando incorpóreos de vez en cuando hasta el sofá para hundir la cabeza en el frasco de fresas, pese a lo cual al día siguiente nos negamos a recordar lo ocurrido y de hecho esta es la primera vez que hablamos del incidente. En cualquier caso, el recuerdo de aquella noche fue sustituido por el de Lux transportada a la ambulancia porque, pese a las discrepancias de tiempo y espacio, fueron los labios de Lux los que catamos, no los de Clabault.

Era evidente que Lux necesitaba un lavado de cabello. George Pappas, que se acercó a la ambulancia antes de que el sheriff cerrara la puerta, dijo que Lux tenía sangre pegada en las mejillas.

–Se le notaban las venas –dijo.

Con la revista en una mano, agarrándose el vientre con la otra, fue transportada en la camilla como en un cimbreante bote salvavidas. Sus sacudidas, sus gritos, sus muecas de dolor no hacían sino poner más de relieve la inerte inmovilidad de Cecilia, a la que ahora veíamos en el recuerdo más muerta de lo que había estado en la realidad. La señora Lisbon no subió de un salto a la ambulancia como la otra vez, sino que se quedó de pie en el césped agitando la mano como si su hija fuera a pasar unas vacaciones a un campamento de verano. Ni Mary ni Bonnie ni Therese salieron de la casa. Al hablar más tarde del asunto, nos dimos cuenta de que muchos habíamos tenido en aquel momento una especie de confusión mental, que no hizo sino empeorar en ocasión de las muertes restantes. El síntoma predominante de aquel estado fue una incapacidad para recordar ningún sonido. Las puertas de la ambulancia golpearon sin ruido, la boca de Lux (once empastes, según los archivos del doctor Roth) profirió gritos mudos, en tanto que la calle, las ramas de los árboles con sus crujidos, los semáforos con sus destellos de diferentes colores, el zumbido eléctrico de la caja en el paso de peatones –sonidos todos ellos que normalmente son ruidos clamorosos–, quedaron en suspenso o se produjeron a un volumen tan bajo que impidió que los oyéramos pese a provocarnos estremecimientos en la columna vertebral. El sonido solo volvió una vez que Lux se hubo marchado. Entonces, de los televisores surgieron risas enlatadas y los padres salieron a la calle quejándose de dolor de espalda.

Pasó media hora antes de que la hermana de la señora Patz llamara desde Bon Secours con la noticia preliminar de que Lux había sufrido una peritonitis. Nos sorprendió que no padeciera ningún daño que ella misma se hubiera infligido, aunque la señora Patz añadió:

–Es la tensión. Esa pobre chica está sometida a una tensión tal que le ha reventado el apéndice, ni más ni menos. Lo mismo le pasó a mi hermana.

Brent Christopher, que aquella noche por poco se corta la mano derecha con una sierra eléctrica (estaba instalando una cocina nueva), vio que Lux era conducida en una camilla a la sala de urgencias. Pese a que él llevaba el brazo vendado y estaba atontado debido a los calmantes, recuerda que los internos levantaron a Lux y la colocaron en una cama al lado de la suya.

—Respiraba con la boca abierta, como si necesitara desesperadamente aire, y se apretaba el estómago con las manos. No paraba de decir: «¡Ouuu, ouuu!», así, tal como suena.

Parece que los internos los dejaron un momento para ir a buscar un médico a toda prisa y que entonces Brent Christopher y Lux se quedaron solos. Ella dejó de llorar y lo miró mientras él levantaba la mano envuelta en gasas. Lux la observó sin interés especial, después se incorporó y cerró la cortina que separaba las dos camas.

Un tal doctor Finch (o French, el nombre es ilegible en los archivos) se encargó de examinar a Lux. Le preguntó dónde le dolía, le extrajo sangre, le dio unos golpecitos, le provocó náuseas con un depresor de la lengua y le examinó los ojos, las orejas y la nariz. También le examinó el costado y no encontró hinchazón alguna. En realidad, ya no mostraba signos de dolor y, pasados los primeros minutos, el médico dejó de hacerle preguntas en relación con su apéndice. Algunos dijeron que, a ojos de un médico experimentado, los signos eran evidentes: una mirada de ansiedad, frecuentes toqueteos del vientre. Fuera lo que fuese, el doctor sabía de qué se trataba.

—¿Cuando tuviste el periodo por última vez? —le preguntó.

—Hace bastante.

—¿Un mes?

—Cuarenta y dos días.

—¿No quieres que lo sepan tus padres?

—No, gracias.

—¿Y por qué tanto jaleo? ¿Por qué la ambulancia?

—Era la única manera de salir de casa.

Hablaban en un bisbiseo, el médico inclinado sobre la cama. Lux sentada. Brent Christopher oyó un ruido que identificó como castañeteo de dientes. Después ella dijo:

—Quiero que me hagan una prueba. ¿Querrá pedirla?

El médico no se comprometió verbalmente a hacerle la prueba pero, por alguna razón, cuando salió al vestíbulo dijo a la señora Lisbon, que acababa de llegar después de dejar a su marido en casa con las niñas:

—Su hija se repondrá totalmente.

Después se metió en su despacho, donde una enfermera lo encontró más tarde fumando ansiosamente en pipa. Con respecto a lo que pasó aquel día por la imaginación del doctor Finch hemos imaginado diferentes posibilidades: que se enamoró de aquella chica de catorce años a la que se le retrasaba el periodo o que estaba calculando mentalmente cuánto dinero tenía en el banco, cuánta gasolina en el depósito del coche y hasta dónde podían llegar antes de que su mujer y sus hijos lo descubrieran. Nunca entendimos por qué Lux fue al hospital y no al departamento de Planificación Familiar, pero la mayoría pensamos que había dicho la verdad y que, de hecho, no veía otro medio de establecer contacto con un médico. Cuando volvió el doctor Finch, dijo:

—Le explicaré a tu madre que vamos a hacerte análisis gastrointestinales.

Brent Christopher se levantó; había decidido que ayudaría a escapar a Lux. Oyó que la chica decía:

—¿Cuánto tiempo tardaremos en saberlo?

—Una media hora.

—¿Es verdad que utilizan un conejo?

El médico se echó a reír.

Al ponerse de pie, Brent Christopher sintió unas pulsaciones en la mano, se le enturbiaron los ojos y experimentó un terrible mareo pero, antes de perder el conocimiento, todavía vio pasar al doctor Finch camino del lugar donde esperaba la señora Lisbon. Ella fue la primera en saberlo, después fueron las enfermeras y a continuación nosotros. Joe Larson cruzó la calle corriendo, se es-

condió entre los arbustos de los Lisbon y, una vez allí, oyó los llo-
riqueos feminoides del señor Lisbon, según dijo semejantes a una
especie de musiquilla. El señor Lisbon estaba sentado en su butaca, tenía los pies en un reposapiés y se cubría el rostro con las manos. Sonó el teléfono, lo miró, lo cogió.

–¡Gracias a Dios! –exclamó–. ¡Gracias a Dios!

Resultaba que Lux solo sufría una indigestión.

Además de una prueba de embarazo, el doctor Finch practicó a Lux un examen ginecológico completo. Obtuvimos los
documentos pertinentes, que conservamos entre nuestras pose-
siones más preciadas, de manos de Angelica Turnette, adminis-
trativa del hospital (como no pertenecía al sindicato, con la paga
que recibía a duras penas llegaba a cubrir gastos). El informe del
médico, en una serie de números sugestivos, presenta a Lux con
una bata de papel grueso subiéndose a la balanza (45), abriendo
la boca para recibir el termómetro (37) y orinando en un reci-
piente de plástico (WBC 6-8 aglutinaciones ocas.; moco espeso;
leucocitos 2+). El simple comentario de «leves abrasiones» in-
forma de las condiciones de las paredes uterinas y, como inicio
de un examen que a partir de entonces fue discontinuo, se tomó
una fotografía del rosado cuello del útero, que tiene todo el aspecto del obturador de una cámara a una exposición extremadamente baja. (Nos mira como un ojo inflamado que nos escru-
tase con su silencio acusador.)

–La prueba del embarazo resultó negativa, pero era evidente
que existía actividad sexual –nos explicó la señorita Turnette–.
Tenía el virus del papiloma humano, precursor de verrugas genitales. Cuantas más son las personas con las que mantienes relaciones, más virus de papiloma, así de simple.

Aquella noche resultó que el doctor Hornicker estaba de servicio y se las arregló para ver unos minutos a Lux sin que la señora Lisbon se enterara.

—La chica todavía estaba esperando los resultados de las pruebas, de modo que es normal que estuviera tensa –dijo–. Pero en ella había algo más, como una especie de desazón.

Lux se había vestido y estaba sentada en el borde de la cama en la sala de urgencias. Cuando el doctor Hornicker se presentó, le dijo:

—¡Ah, usted es el médico que habló con mi hermana!

—Exacto.

—¿Tiene que preguntarme algo?

—Solo si quieres.

—He venido aquí... –dijo bajando la voz– solo para que me viera el ginecólogo.

—¿O sea que no quieres que te pregunte nada?

—Ceci nos habló de las pruebas que usted hacía, y yo ahora no estoy de humor.

—¿Y de qué humor se supone que estás?

—No estoy de humor y basta. Estoy cansada, eso es todo.

—¿No duermes bastante, quizá?

—Duermo muchísimo.

—¿Y pese a todo estás cansada?

—Sí.

—¿A qué lo atribuyes?

Hasta aquí Lux había contestado rápidamente, balanceando los pies, que no le llegaban al suelo. Ahora hizo una pausa y miró al doctor Hornicker. Se echó para atrás y bajó la cabeza, debajo de la barbilla se le replegó la carne.

—Poco hierro en sangre –dijo Lux–. Es de familia. Pediré al médico que me recete vitaminas.

—Estaba absolutamente negativa –dijo el doctor Hornicker más tarde–. Era evidente que padecía insomnio, el síntoma de la depresión que citan todos los libros de texto, pero fingía que su problema, y por asociación el problema de Cecilia, no tenía verdadera importancia.

El doctor Finch entró poco después con los resultados de las pruebas y al instante Lux saltó de la cama, muy feliz.

–Pero incluso en su alegría había algo patológico, se daba contra las paredes.

Poco después de aquella conversación, el doctor Hornicker, en el segundo de los muchos informes que redactó, comenzó a revisar la opinión que se había formado de las hermanas Lisbon. Aduciendo la cita de un reciente estudio de la doctora Judith Weisberg, que estudiaba «el proceso de congoja que viven los adolescentes que han perdido a un hermano por haberse este suicidado» (véase *Lista de Estudios Fundamentados),* el doctor Hornicker explicó el comportamiento irregular de las muchachas; su retraimiento, sus repentinos accesos emotivos o catatónicos. El informe mantenía que, como resultado del suicidio de Cecilia, las hermanas Lisbon supervivientes padecían un «trastorno de tensión postraumática».

«No es extraño –escribía el doctor Hornicker– que el hermano de un AMS [adolescente muerto por suicidio] también se suicide en un intento de aliviar la angustia que sufre. Hay familias en las que se produce un elevado índice de suicidios repetitivos.» Después, en una nota al margen, abandonó el estilo médico y apuntó: «Lemmings».

Tal como circuló durante los meses siguientes, esta teoría convenció a muchos porque simplificaba las cosas. Visto retrospectivamente, el suicidio de Cecilia había adquirido las dimensiones de un acontecimiento vaticinado desde hacía mucho tiempo. Era un hecho que ya no repugnaba a nadie y, al aceptarlo como una «causa primera», se eliminaba toda necesidad de entrar en más explicaciones. Como dijo el señor Hutch:

–Convirtieron a Cecilia en la oveja negra.

Su suicidio, visto desde esta perspectiva, pasó a ser una especie de enfermedad que hubiese contaminado a las personas más allegadas. Allí en la bañera, cociéndose en el caldo de su propia sangre, Cecilia había emanado un virus que, transportado a través del aire, había penetrado en sus hermanas, que precisamente habían acudido a salvarla. A nadie le preocupaba cómo había contraído Cecilia el virus. La transmisión devino explicación. Las otras chicas, seguras en sus habitaciones, habían olido algo extraño en el aire, pero lo habían pasado por alto. Por debajo de sus puertas habían reptado negros zarcillos de humo, elevándose por detrás de sus afanosas espaldas para adoptar las formas malignas que en las tiras cómicas adquiere el humo o la sombra: un asesino con un sombrero negro empuñando una daga, un yunque a punto de desplomarse. El suicidio contagioso lo materializó. En la mucosa de las gargantas de las chicas se alojaban erizadas bacterias. Por la mañana, una pequeña afta había brotado en sus amígdalas. Las hermanas Lisbon se sentían perezosas. En la ventana parecía que la luz del mundo se hubiera ensombrecido. Inútilmente se restregaron los ojos. Se sentían torpes y pesadas. Los objetos de la casa habían perdido significado. Un reloj de cabecera se convirtió en un trozo de plástico moldeado que indicaba algo llamado tiempo y que estaba en un mundo cuyo paso marcaba por alguna razón. Cuando pensábamos en las chicas en estas condiciones nos las imaginábamos como criaturas febriles que exhalaban un aliento pesado y que día tras día iban marchitándose en su aislado recinto. Salíamos a la calle con el pelo mojado en la esperanza de coger la gripe para de ese modo participar de su delirio.

De noche, los gritos de los gatos apareándose o peleando, sus maullidos en la oscuridad, nos revelaban que el mundo era emoción pura y que bullía en todas direcciones entre sus criaturas; los sufrimientos del siamés de un solo ojo no se diferenciaban mucho de los que padecían las hermanas Lisbon y hasta los árboles sucumbían al sentimiento. La primera teja de pizarra que se desprendió del tejado estuvo a punto de estrellarse contra el porche. Se hundió en el blando césped, dejando ver desde lejos el alquitrán que había debajo, permitiendo que el agua se colara. En la sala de estar, el señor Lisbon puso una vieja lata de pintura debajo de una gotera y después observó cómo se iba llenando con el color azul marino del techo del dormitorio de Cecilia (había escogido un color parecido al cielo nocturno y la lata hacía años que estaba en el armario). Con el paso de los años hubo otras latas debajo de otras goteras: sobre el radiador, en la repisa, en la mesa del comedor, pero nunca se llamó a ningún techador, entre otras cosas porque se creía que los Lisbon no toleraban que nadie entrase en su casa. Soportaban, solos, sus goteras, permaneciendo en aquella selva tropical que era su sala de estar. Mary guardaba las apariencias y se encargaba de recoger el correo (solo facturas o folletos publicitarios; ya no llegaba ninguna clase de correspondencia personal) y aparecía con jerséis verdes o rosas estridentes adornados con corazones rojos. Bonnie vestía una especie de bata corta a la que nosotros llamábamos «su peinador», sobre todo por las plumas que llevaba prendidas en él.

–Seguro que tiene rota la almohada –dijo Vince Fusilli.

Las plumas, que no eran blancas como es corriente, sino de un color pardusco, procedían de patos de inferior calidad, animales de granja cuyo olor a jaula propagaba el viento siempre que aparecía Bonnie con sus cañones de pluma hincados en la ropa. Pero no había nadie que se acercase demasiado, que se aventurara ya a entrar en aquella casa, ni nuestros padres ni nuestras madres, ni siquiera el cura; y hasta el mismo cartero, en lugar de tocar el buzón con la mano, levantaba la tapa con el lomo del ejemplar de *Círculo Familiar* de la señora Eugene. El lento deterioro de la casa comenzó a evidenciarse más claramente. Nos figurábamos que las cortinas estaban hechas un pingajo hasta que advertimos que lo que veíamos no eran las cortinas sino una película de suciedad restregada en algunos puntos para poder atisbar por ellos. Lo mejor era ver cómo los hacían: la rosada palma de una mano frotaba el cristal y después se retiraba para descubrir el rutilante mosaico de un ojo que nos observaba. Los canalones del tejado se hundían.

Solo el señor Lisbon salía de la casa, por lo que el único contacto que teníamos con sus hijas era a través de las señales que ellas dejaban en él. Parecía mejor peinado que de costumbre, como si las chicas, incapaces de atildarse ya para nadie, ahora lo atildasen a él. Ya no llevaba adheridos a las mejillas trocitos de papel higiénico con su manchita de sangre, como minúsculas banderas japonesas, lo que para muchas personas fue un signo evidente de que sus hijas se encargaban ahora de afeitarlo, y que ponían mucha más atención en ello que la que dedicaban a Joe el Retrasado sus hermanos al rasurarlo. (Pese a todo, la señora Loomis insistía en afirmar que después de lo ocurrido con Cecilia el señor Lisbon se había comprado una afeitadora eléctrica.) Prescindiendo de los detalles, el señor Lisbon pasó a convertirse en el medio a través del cual teníamos un atisbo del estado de ánimo de las chicas. Las veíamos a través del tributo que ellas le hacían pagar: ojos enrojecidos y abotargados que apenas se abrían ya para contemplar a unas hijas que se iban marchitando; zapatos gastados de tanto subir unas escaleras sobre las que planeaba la amenaza de algún otro cuerpo inerte; tez cetrina que iba deteriorándose para estar a tono con la de ellas; y aquella mirada perdida del hombre que se daba cuenta de que la única vida que tendría sería aquella, poblada de muerte. Cuando salía para ir a trabajar, la señora Lisbon ya no lo reconfortaba con una taza de café, pese a lo cual apenas se ponía al volante cogía automáticamente del salpicadero la taza de café frío de la semana anterior y se la llevaba a los labios. En la escuela, recorría los pasillos con fingida sonrisa y ojos vidriosos o, en un arrebato juvenil, gritaba:

—¡En guardia!

Y acorralaba a los estudiantes contra la pared. Pero aguantaba demasiado rato, y no deponía su actitud hasta que ellos le gritaban:

—Usted pega.

O bien, para sacárselo de encima:

—Usted ahora está en la zona de penalti, señor Lisbon.

Una vez el señor Lisbon hizo una llave a Kenny Jenkins y este habló de la serenidad que se apoderó de los dos.

—Es curioso. Hasta podía olerle el aliento, pero no traté de escapar. Fue como cuando estás debajo de un montón de jugadores y a pesar de que te aplastan sientes una gran tranquilidad y te encuentras la mar de bien.

Muchos lo admiraban por continuar trabajando, en tanto que otros lo condenaban por la dureza de su corazón. Debajo del traje verde su cuerpo se parecía cada vez más a un esqueleto, como si Cecilia, al morir, se hubiera llevado una parte con ella al otro mundo. Nos recordaba a Abraham Lincoln por lo desgarbado y silencioso, y porque parecía cargar sobre sus hombros con todo el peso del dolor del mundo. Nunca pasaba por delante de un suministrador de agua sin saciar en él su modesta sed.

Pero un día, menos de seis semanas después de que las chicas dejaran de ir a la escuela, el señor Lisbon dimitió. A través de Dini Fleisher, secretaria del director, supimos que el señor Woodhouse lo había llamado para hablar con él de las vacaciones de Navidad. Dick Jensen, presidente de la Junta de Síndicos, también había asistido a la reunión. El señor Woodhouse pidió a Dini que sirviera un ponche de leche y huevo del que tenía en la nevera del despacho. Antes de aceptar, el señor Lisbon preguntó:

–No será fuerte, ¿verdad?

–¡Es Navidad! –respondió el señor Woodhouse.

El señor Jensen habló sobre el torneo del Rose Bowl y dijo al señor Lisbon:

–Usted es de la Universidad de Michigan, ¿no?

Al decir esto, el señor Woodhouse indicó a Dini que saliera pero esta, antes de cerrar la puerta, oyó decir al señor Lisbon:

–Sí, pero no creo habérselo dicho nunca, Dick. Da la impresión de que ha mirado mi expediente.

Los hombres se echaron a reír, aunque sin alegría. Dini cerró la puerta.

El 7 de enero, cuando se reanudaron las clases, el señor Lisbon ya no formaba parte del personal. Oficialmente estaba de baja con permiso, pero era evidente que la nueva profesora de matemáticas, la señorita Kolinski, debía de sentirse bastante segura en su puesto, porque había retirado los planetas que seguían trazando su órbita en el techo. Todos aquellos globos arrinconados en un ángulo parecían representar ahora el desastre final del universo: Marte incrustado en la Tierra, Júpiter partido por la mitad, el pobre Neptuno segado por los anillos de Saturno. Nunca supimos de qué se habló en aquella reunión, pero la esencia de la conversación estaba clara: Dini Fleisher nos comunicó que poco después de que Cecilia se quitase la vida los padres de los alumnos habían empezado a presentar quejas. Opinaban que si una persona era incapaz de gobernar su propia familia seguramente también era incapaz de enseñar a sus hijos. El coro de desaprobaciones alcanzó su nivel máximo cuando advirtieron el deterioro de la casa de los Lisbon. La conducta del señor Lisbon tampoco ayudó mucho, siempre con su traje verde, su renuencia a ir al comedor de los profesores, su estridente voz de tenor interrumpiendo el coro de voces viriles como una endecha de mujer acongojada. Lo habían despedido y había vuelto a una casa en la que algunas noches no se encendían las luces por oscuro que estuviera y donde nunca se abría la puerta de entrada.

A partir de aquel día la casa murió de verdad, ya que mientras el señor Lisbon iba a la escuela todavía circulaba un poco de aire fresco y entraban en ella algunas de las golosinas que consumían habitualmente las chicas: barritas Mounds, caramelos de naranja, Kool-Pops con todos los colores del arco iris. Podíamos imaginar cómo estaban las chicas porque sabíamos lo que comían. Participábamos de sus dolores de cabeza atracándonos de helados, nos poníamos morados de chocolate, pero cuando el señor Lisbon dejó de salir de casa, ya no compró más aquel tipo de golosinas. Ni siquiera habríamos podido asegurar que las chicas comieran. Ofendido por la nota de la señora Lisbon, el lechero había dejado de servirle leche, buena o mala. Kroger dejó también de servirles víveres. La madre de la señora Lisbon, Lema Crawford, nos informó, en el transcurso de aquella accidentada llamada telefónica a Nuevo México que sostuvimos con ella, de que había regalado a la señora Lisbon la mayor parte de sus encurtidos y conservas de verano (titubeó al pronunciar esta última palabra porque era el verano en que Cecilia había muerto mientras los pepinos, las fresas y hasta ella misma, con sus setenta y un años, habían continuado proliferando y viviendo). Nos dijo también que la señora Lisbon guardaba en el sótano de su casa una abundante cantidad de conservas, agua potable y otros alimentos en previsión de un ataque nuclear. Al parecer tenían una especie de refugio a prueba de bombas en el sótano, junto a la sala de juegos desde la cual habíamos visto cómo Cecilia subía las escaleras que la conducirían a la muerte. El señor Lisbon incluso había instalado un retrete de camping que funcionaba con propano, si bien todo esto databa de los tiempos en que esperaban peligros de fuera, mientras que ahora no había nada que tuviera menos sentido que disponer de una habitación de supervivencia debajo de una casa que se había convertido en un gran ataúd.

Nuestra inquietud fue en aumento cuando vimos que Bonnie iba marchitándose visiblemente. Poco después del amanecer, cuando el tío Tucker se metía en cama, solía verla aparecer en el porche delantero de la casa, como si diera por supuesto erróneamente que todos los vecinos de la calle estaban durmiendo. Llevaba siempre aquella camisa fruncida y cubierta de plumas y, en ocasiones, aquella almohada a la que el tío Tucker daba el nombre de «esposa holandesa» por el modo en que la abrazaba. Tenía una esquina rota y por ella salían plumas que revoloteaban alrededor de su cabeza. Estornudaba. Su cuello era blanco y delgado y caminaba de aquella manera tambaleante y penosa de los biafreños, como si le faltara lubricante en las articulaciones de las caderas. Como el tío Tucker también era un hombre extremadamente delgado a causa de su dieta líquida a base de cerveza, creímos lo que afirmaba acerca del peso de Bonnie. No habría sido lo mismo si la señora Amberson nos hubiera dicho que Bonnie estaba consumiéndose; comparado con ella, a todo el mundo le ocurría lo mismo. Pero aquella hebilla de turquesa y plata del cinturón del tío Tucker parecía tan enorme como el enjoyado cinturón de un campeón de peso pesado. Atisbando desde el garaje, con una mano apoyada en la nevera, él observaba como Bonnie Lisbon bajaba con movimientos descoordinados los dos escalones del porche, avanzaba por el jardín hasta el pequeño montón de tierra que había quedado de las excavaciones que se habían hecho hacía unos meses y, deteniéndose en el lugar donde su hermana había encontrado la muerte, empezaba a rezar el rosario. Sosteniendo la almohada con una mano, iba pasando las cuentas con la otra, esforzándose por terminar antes de que la luz de la primera casa de la calle se encendiera y los vecinos comenzaran a despertar.

No sabíamos si aquello era ascetismo o inanición. Parecía tranquila, según dijo el tío Tucker, sin el febril apetito de Lux ni los labios apretados o aquella expresión concentrada de Mary. Le preguntamos si llevaba una estampa plastificada de la Virgen y nos dijo que creía que no. Aparecía todas las mañanas, aunque a veces, cuando daban una película de Charlie Chan, al tío Tucker se le olvidaba comprobarlo.

El tío Tucker fue también el primero en detectar aquel olor que nunca llegamos a identificar. Una mañana, cuando Bonnie se acercó al montón de tierra, dejó la puerta de la casa abierta, y el tío Tucker notó un olor que no se parecía a ninguno de los que había olido en su vida. Al principio se figuró que no era más que una intensificación de aquel aroma a pluma mojada que emanaba Bonnie, pero el olor persistió incluso después de que ella se metiera dentro. Cuando despertamos, nosotros también lo percibimos. Porque aunque la casa comenzaba a caerse a pedazos y vomitaba las vaharadas que desprendía la madera podrida y las alfombras húmedas, aquel otro olor ya comenzaba a salir de la vivienda de los Lisbon para poblar nuestros sueños e incitarnos a lavarnos las manos una vez tras otra. Era un olor tan denso que parecía líquido y, si te introducías en él, era como si te salpicase. Tratamos de localizar de dónde salía, miramos si en el jardín había alguna ardilla muerta o algún saco de abono, pero aquel olor tenía demasiado néctar metido para que fuera olor de muerte. Olía a algo vivo, evidentemente. A David Black le recordaba una fantasiosa ensalada de setas que había comido en ocasión de un viaje a Nueva York con sus padres.

—Huele a castor cogido en la trampa –dijo Baldino, muy competente, y como no estábamos bastante enterados de la cuestión, no le llevamos la contraria, aunque nos costaba imaginar que aquel aroma pudiera salir de los ventrículos del amor.

Era en parte olor a mal aliento, a queso, a leche, a esa capa blanquecina que a veces cubre la lengua, pero era también similar al olor a chamusquina que se desprende de los dientes cuando los taladran. Era como ese hedor que produce el mal aliento, pero al que vas acostumbrándote a medida que te acercas a él hasta que acabas por no olerlo porque también es el de tu propio aliento. Por supuesto que, con los años, ha habido mujeres que al abrir la boca nos han lanzado a la cara ingredientes de ese olor original y alguna vez, suspendidos sobre cobertores ajenos, en la oscuridad de una traición nocturna o de una cita con una desconocida, hemos acogido con avidez cualquier nuevo mal olor debido a su conexión parcial con aquellos vahos que comenzó a despedir la casa de los Lisbon poco después de que se cerrara su puerta, y no cesaron nunca más. Incluso ahora, si nos concentramos, todavía podemos olerlos. Nos sorprendía en nuestras camas y en el campo de juegos cuando jugábamos a Matar al Hombre con la Pelota, bajaba por las escaleras de la casa de los Karafilis cuando la anciana señora Karafilis soñaba que volvía a estar en Bursa cocinando hojas de viña. Llegaba hasta nosotros incluso por encima del hedor que desprendía el puro del abuelo de Joe Barton cuando nos mostraba el álbum de fotos de los tiempos en que estaba en la Marina y nos decía que aquellas mujeres gordas en enaguas que aparecían con él eran sus primas. Por extraño que parezca, pese a que el olor era dominante, ni una sola vez tratamos de retener la respiración o, como último recurso, de exhalar el aire a través de la boca, sino que a los pocos días ya sorbíamos aquel aroma como la leche de los pechos de nuestras madres.

Siguieron meses de modorra: enero dominado por el hielo, el implacable febrero, marzo sucio y fangoso. En aquel entonces aún había inviernos, terribles tormentas de nieve, días en que cerraban la escuela a causa del mal tiempo. Pasábamos las mañanas nevadas en casa, escuchando en la radio que también habían cerrado otras escuelas (todo un desfile de condados con nombres indios, Washtenaw, Shiawassee... hasta llegar a nuestro anglosajón Wayne), sabíamos de la sensación vivificante de estar calientes bajo techo, igual que los pioneros. Ahora, debido a los vientos cambiantes que vienen de las fábricas y a la temperatura de la tierra, que va calentándose progresivamente, la nieve ya no llega nunca de manera repentina sino a través de una lenta acumulación nocturna, en súbitos espumarajos. El mundo, actor cansado, nos ofrece una temporada que sería más propia de un novato. En los tiempos de las hermanas Lisbon nevaba todas las semanas y teníamos que sacar a paletadas la nieve de la entrada de nuestras casas y formar con ella montones más altos que nuestros coches. Pasaban camiones que esparcían sal. Cuando comenzaron a encenderse las lucecitas de Navidad, el viejo Wilson hizo la extravagante exhibición de todos los años: un muñeco de nieve de seis metros de altura con tres renos mecánicos que tiraban de un enorme Papá Noel montado en su trineo. Semejante exhibición siempre atraía una hilera de coches a nuestra calle. Aquel año, sin embargo, el tráfico aminoraba la marcha en dos lugares. Veíamos familias que señalaban con el dedo y sonreían a Papá Noel, pero después se paraban en seco y observaban ávidamente la vivienda de los Lisbon como mirones que contemplasen una casa derrumbada. El hecho de que los Lisbon no encendieran luces hasta pasada la Navidad contribuyó aun más a que su casa pareciera terriblemente desolada. En el jardín de los Pitzenberger, que vivían en la casa de al lado, tres ángeles inmovilizados por la nieve soplaban sus rojas trompetas. En casa de los Bates, en la acera de enfrente, brillaban caramelos multicolores entre helados arbustos cubiertos de escarcha. Hasta enero, cuando hacía ya una semana que no trabajaba, el señor Lisbon no salió de su casa para colgar guirnaldas de lucecitas.

Cubrió con ellas los arbustos de la parte delantera, pero al conectar las luces no se sintió complacido con el resultado.

–Hay una intermitente –explicó al señor Bates cuando este se metía en el coche–. La caja dice que lleva una marca de color rojo, pero las he revisado todas y no la encuentro. Detesto las luces que parpadean.

El señor Lisbon podía detestarlas, pero seguían destellando siempre que se acordaba de conectarlas por la noche.

Durante todo el invierno las hermanas Lisbon se mantuvieron esquivas. A veces salía alguna a la calle, abrazándose el cuerpo con los brazos cruzados y formando una nube de vapor con la respiración, pero un minuto después volvía a meterse dentro. Por la noche Therese continuaba utilizando su emisora de radioaficionada y enviaba mensajes que la llevaban lejos de su casa, a calentarse en los estados sureños e incluso hasta la punta de América del Sur. Tim Winer intentaba encontrar la frecuencia de onda de Therese y llegó a afirmar que había dado con ella. En una ocasión la oyó hablar con un hombre de Georgia sobre el perro de este (artritis en la cadera, ¿lo operaba o no?) y otra vez, a través de aquel medio que está al margen de sexos y naciones, Therese habló con un ser humano cuyas escasas respuestas Winer consiguió grabar. No eran más que puntos y rayas, pero nos las ingeniamos para traducirlas al inglés. La conversación se desarrolló más o menos en estos términos:

–¿Tú también?

–Mi hermano.

–¿Cuántos años?

–Veintiuno. Guapo. Tocaba bien violín.

–¿Cómo?

–Puente próximo. Corriente rápida.

–¿Cómo lo cruzó?

–No lo cruzó.

–¿Cómo es Colombia?

–Caluroso. Tranquilo. Ven.

–Me gustaría.

–Respecto de bandidos estás equivocada.

–Te dejo. Mamá me llama.

–Pinté tejado de azul, como dijiste.

–Adiós.

–Adiós.

Eso fue todo. Nos parece que la interpretación es bastante obvia y sirve para demostrar que, en marzo, Therese estaba conectando con un mundo más libre. En esta época pidió solicitudes de ingreso en una serie de universidades (los periodistas hablarían de ello más tarde). Las hermanas Lisbon también solicitaban catálogos de artículos que no estaban en condiciones de comprar y el buzón de los Lisbon volvió a llenarse de catálogos de muebles de Scott-Shruptine, de indumentaria lujosa, de vacaciones exóticas. Como no podían ir a ninguna parte, las chicas viajaban con la imaginación a templos siameses coronados de oro o pasaban junto a un viejo que con el cubo y el rastrillo iba recogiendo las hojas de un trocito de Japón alfombrado de musgo. Tan pronto como supimos los nombres de esos folletos los solicitamos para enterarnos de los sitios a los que querían ir las hermanas Lisbon: *Aventuras en el Lejano Oriente, Circuitos sin trabas, Túnel hacia la China, Orient Express.* Los conseguimos todos y, al hojearlos, recorrimos polvorientos caminos en compañía de aquellas muchachas, nos paramos de vez en cuando para ayudarlas a descargar las mochilas, les rozamos con las manos los hombros cálidos y húmedos, contemplamos puestas de sol entre papayos. Tomamos el té con ellas en un pabellón acuático, sobre refulgentes pececillos dorados. Hicimos todo cuanto deseábamos hacer, y Cecilia no se había suicidado, sino que era una novia de Calcuta que iba cubierta con un velo rojo y se había teñido con alheña las plantas de los pies. La única manera de acercarnos a las hermanas Lisbon fue a través de esas imposibles excursiones que dejaron en nosotros cicatrices perennes y que nos hicieron más felices con aquellos sueños que a las mujeres. Algunos maltrataron los catálogos, se los llevaron a sus habitaciones o se los escondieron debajo de la camisa. Pero teníamos poca cosa más que hacer, caía la nieve y el cielo era de un color gris implacable y constante.

Nos gustaría contar de manera fidedigna qué ocurría en casa de las hermanas Lisbon o qué sentían encarceladas en ella. A veces, consumidos por las averiguaciones, anhelábamos dar con alguna evidencia, alguna piedra de Rosetta que nos descubriese cómo eran realmente las chicas. Pero aunque no se puede decir que aquel invierno fuese feliz, poco más habría podido afirmarse. El intento de averiguar qué dolor atormentaba a las hermanas Lisbon venía a ser como el autoexamen que los médicos nos instaban a hacer (ya habíamos llegado a esa edad). De manera regular, nos vemos obligados a explorar con distanciamiento clínico nuestra bolsa más íntima y, al presionarla, a imbuirnos de su realidad anatómica: dos huevos de tortuga alojados en un nido de minúsculos huevecillos de jibia, con tubos que entran y salen a través de un sinuoso recorrido y de protuberancias de nódulos cartilaginosos. En este paraje oscuramente trazado, entre grumos y espirales naturales, nos piden que descubramos inesperados intrusos. No sabíamos que tuviéramos todos aquellos bultos hasta que los exploramos. Así pues, nos tumbábamos boca arriba, nos explorábamos, nos asustábamos, volvíamos a explorarnos y las simientes de la muerte se perdían en aquel embrollo en el que Dios nos había metido.

No ocurría de manera diferente con las chicas. Apenas habíamos empezado a palpar su pesadumbre, ya nos preguntábamos si aquella herida particular era mortal o no, o si (en nuestra ciega manipulación) era realmente una herida. Igual podía ser una boca, así de húmeda y cálida. La cicatriz podía estar en el corazón o en la rótula. Imposible decirlo. Todo lo que podíamos hacer era ir palpando brazos y piernas, recorriendo el suave torso bivalvular hasta el rostro imaginado. Él nos habla. Pero nosotros no lo oímos.

Todas las noches escudriñábamos las ventanas de las habitaciones de las hermanas Lisbon. En la mesa, a la hora de cenar, nuestras conversaciones giraban inevitablemente en torno de la situación problemática que vivía la familia. ¿Conseguiría el señor Lisbon otro trabajo? ¿Cómo mantendría a su familia? ¿Cuánto tiempo seguirían soportando las niñas aquel encierro? Hasta la misma anciana señora Karafilis hizo uno de sus raros viajes a la planta superior (ese día no le tocaba bañarse) solo para echar una mirada a la casa de los Lisbon, al otro lado de la calle. No recordábamos ningún otro incentivo que hubiera empujado a la anciana señora Karafilis a interesarse por el mundo, puesto que desde que la conocíamos no había hecho otra cosa que permanecer en el sótano esperando la muerte. A veces Demo Karafilis nos llevaba abajo para jugar al *foosball*, y entre los conductos de la calefacción, los catres de repuesto y las maletas medio desfondadas nos abríamos paso hasta el cuartito que la anciana señora Karafilis había decorado para que se pareciera al Asia Menor. De un techo enrejado colgaban racimos artificiales y decorativas cajas que contenían gusanos de seda; las paredes construidas con ladrillos de ceniza estaban pintadas de aquel color azul celeste que es definitivamente propio del país. Las postales pegadas en esas paredes eran ventanas abiertas a otro tiempo y a otro lugar en los que la anciana señora Karafilis seguía viviendo. Había un fondo de verdes montañas que se abrían a desportilladas tumbas otomanas, techados de tejas rojas y una vaharada que se elevaba de un rincón en tecnicolor donde un hombre vendía pan caliente. Demo Karafilis nunca nos dijo qué mal aquejaba a su abuela, aunque a él tampoco le parecía extraño que la tuviesen recluida en el sótano junto a la enorme caldera y a los desagües que rebosaban (las tierras bajas de nuestro barrio eran propensas a las inundaciones). Sin embargo, aquella manera suya de pararse delante de las postales, chupándose el pulgar y presionando con él siempre un mismo punto ya descolorido, aquella manera de sonreír mostrando los dientes de oro y de mover afirmativamente la cabeza ante el paisaje como si saludase a los viandantes, nos decían que la anciana señora Karafilis había sido moldeada y entristecida por una historia de la que nada sabíamos. Cuando fuimos a verla, nos dijo:

–Apagad la luz, cariño *mou*.

Y así lo hicimos, dejándola en la oscuridad, mientras iba dándose aire con aquel abanico que le regalaba todas las Navidades la empresa de pompas fúnebres que había enterrado a su marido. (En el abanico, cartón barato sujeto a una varilla, se veía la escena de Jesús rezando en el huerto de Getsemaní y, detrás de él, todo un cúmulo de portentosas nubes, mientras que a un lado se anunciaban los servicios funerarios.) Aparte de cuando tenía que tomar un baño, la anciana señora Karafilis solo subía arriba –atada con una cuerda a la cintura de la que tiraba suavemente el padre de Demo mientras este y sus hermanos colaboraban empujándola por detrás– una vez cada dos años, cuando ponían en la televisión *El tren a Estambul*. Entonces permanecía sentada, excitada como una muchachita, inclinada hacia adelante en el sofá y esperando aquella escena de diez segundos en la que el tren pasaba por delante de unas colinas verdes que le dejaban el corazón en vilo. Levantaba entonces los dos brazos y soltaba un grito como el de un buitre mientras el tren –siempre igual– desaparecía en el interior del túnel.

A la anciana señora Karafilis jamás le preocuparon excesivamente las habladurías del vecindario, especialmente porque no entendía casi nada, y lo que entendía le parecía trivial. De joven había tenido que esconderse en una cueva para evitar que los turcos la mataran. Se había pasado un mes entero alimentándose únicamente de aceitunas e incluso tragándose los huesos para llenar el estómago. Había presenciado cómo exterminaban a miembros de su familia, había visto a hombres colgados al sol comiéndose sus propios genitales y ahora, al oír que Tommy Riggs había dejado hecho chatarra el Lincoln de sus padres o que el árbol de Navidad de los Perkin se había incendiado y había matado al gato, era incapaz de valorar el drama. La única vez que se animó fue cuando le mencionaron a las hermanas Lisbon y entonces no fue para hacer preguntas ni obtener detalles, sino para ponerse en contacto telepático con ellas. Si hablábamos de las muchachas y la anciana señora Karafilis oía lo que decíamos levantaba la cabeza e inmediatamente después se incorporaba trabajosamente de la silla y cruzaba con su bastón el frío pavimento de cemento. A un extremo del sótano un patio interior dejaba penetrar una luz débil y, acercándose a sus fríos cristales, podía contemplar un pedazo de cielo visible a través de una blonda de telarañas. Este era todo el mundo de las hermanas Lisbon que ella podía ver, el mismo que ellas veían desde su casa, aunque para la anciana señora Karafilis constituía información suficiente. Se nos ocurrió pensar que tanto ella como las chicas leían secretos signos de desgracia en la forma de las nubes, que a pesar de la diferencia de edad había algo intemporal que las comunicaba, como si aquella mujer aconsejara a las muchachas en su griego farfullado:

–No perdáis el tiempo en la vida.

El pozo de ventana estaba cubierto de hojas que el viento había arrastrado, también había una silla rota de cuando habíamos construido un fuerte. A través de la bata de la anciana señora Karafilis se filtraba la luz, y era tan fina y su dibujo tan monótono que parecía de papel. Llevaba una sandalias útiles para ir a un *hammam,* a algún lugar lleno de vapor, pero no para pisar un suelo sujeto a todo tipo de corrientes de aire. El día que supo que las niñas volvían a estar encarceladas, levantó la cabeza y asintió sin sonreír. Al parecer, ya estaba enterada.

Mientras tomaba el baño semanal de sales de Epsom, hablaba de las hermanas Lisbon o les hablaba, no se habría podido decir cuál de las dos cosas ocurría realmente. Nosotros no nos acercábamos demasiado a ella ni escuchábamos lo que decía a través del ojo de la cerradura, porque los pocos atisbos contradictorios que habíamos tenido de la anciana señora Karafilis, con sus pechos colgantes que databan de otro siglo, sus piernas azules, su cabello enmarañado asquerosamente largo y brillante como el de una jovencita, nos llenaban de confusión. Hasta el mismo ruido del agua del baño al correr nos hacía enrojecer, mientras ella se quejaba con voz apagada de sus dolores y la mujer negra, tampoco joven por cierto, la instaba a meterse en la bañera y las dos, con toda su decrepitud a cuestas, se quedaban solas detrás de la puerta del cuarto de baño, gritando, cantando, primero la mujer negra y después la anciana señora Karafilis, que entonaba una antigua canción griega y, como fondo de todo, el ruido del agua, cuyo color no podíamos imaginar siquiera, desapareciendo en un remolino. Después de todo aquello aparecía tan pálida como antes y con la cabeza envuelta en una toalla. Oíamos sus pulmones mientras se inflaban y la mujer negra pasaba una cuerda alrededor de la cintura de la anciana señora Karafilis y se la llevaba escaleras abajo. A pesar de sus deseos de morir lo antes posible, la anciana señora Karafilis siempre afrontaba con miedo el descenso de aquellas escaleras y se agarraba a la barandilla con los ojos agrandados por las gafas sin montura.

A veces, cuando pasaba, le soplábamos la última noticia acerca de las hermanas Lisbon, y ella exclamaba:

«¡*Mana!*», lo que, según Demo, quería decir algo así como: «¡Vaya mierda!»

Pero nunca parecía realmente sorprendida. Fuera pasaban las ventanas que atisbaba todas las semanas, fuera pasaba la calle, vivía aquel mundo que la anciana señora Karafilis sabía que estaba muriéndose desde hacía años.

En última instancia no era la muerte lo que la sorprendía, sino la terquedad de la vida. No le cabía en la cabeza que los Lisbon se mantuvieran tan tranquilos, no se lamentaran ni gritaran enloquecidos. Al ver al señor Lisbon colgando las guirnaldas de Navidad, sacudió la cabeza y murmuró algo por lo bajo. Soltó el andador geriátrico que le habían instalado en el primer piso, dio unos pasos a nivel del mar sin ningún tipo de apoyo, y por primera vez en siete años no sintió dolor alguno. Demo nos lo explicó en estos términos:

–Nosotros los griegos somos gente taciturna. Para nosotros el suicidio tiene sentido. Pero poner luces de Navidad después de que tu hija se ha suicidado, eso sí que no tiene sentido. Lo que mi *yia yia* no llegó a entender jamás de este país es por qué la gente se empeña en ser constantemente feliz.

El invierno es la estación del alcoholismo y la desesperación. No hay más que ver los borrachos de Rusia o los suicidios de Cornell. Hubo tantos examinandos que se lanzaron allí colina abajo que la universidad decretó un día de fiesta en pleno invierno para tratar de aliviar la tensión existente (conocida popularmente como «día del suicidio», la fiesta apareció de improviso, en una indagación informática que realizamos, junto con «excursión al suicidio» y «suicidio-móvil»). No entendemos en absoluto a aquellos chicos de Cornell, a Bianca con su primer diafragma y toda la vida por delante saltando desde el puente llevando un chaleco como único amortiguador; al moreno y existencial Bill, con sus cigarrillos de clavo y su abrigo del Ejército de Salvación, que no saltó como Bianca, sino que se encaramó a la barandilla y se quedó colgado ante la muerte antes de dejarse caer (los músculos de los hombros muestran desgarrones en un treinta y tres por ciento de los que escogen los puentes; el sesenta y siete por ciento restante se limita a saltar). Lo decimos solo para demostrar que hasta los estudiantes universitarios, libres de emborracharse y de fornicar a placer, optan por quitarse de en medio en gran número. Imagínense, pues, qué había de ocurrirles a las hermanas Lisbon, encerradas en su casa sin un estéreo atronador ni posibilidad de escuchar sonido alguno.

Los periódicos, al ocuparse más adelante de lo que calificaron de «pacto de suicidio», trataron a las muchachas de autómatas, seres con tan poca vida que sus muertes apenas supusieron un cambio. En los sucesivos artículos de la señorita Perl, que se prolongaron por espacio de dos o tres meses y que condensaban el sufrimiento de cuatro seres humanos en el titular «Cuando la juventud no ve ningún futuro», las niñas aparecían como personas indiferenciadas que van marcando el calendario con negras letras x o que celebraban supuestas Misas Negras cogidas de la mano. La señorita Perl no duda en advertir indicios de satanismo o alguna forma leve de magia negra. Sacó un gran partido del incidente de la quema de discos y citó a menudo letras de música de rock que aludían a muerte o a suicidio. La señorita Perl hizo amistad con un pinchadiscos local y se pasó una noche entera escuchando los discos que los compañeros de Lux le señalaron como los favoritos de la chica. De aquellas pesquisas resultó un descubrimiento del que se sentía extraordinariamente orgullosa: una canción de la banda Cruel Crux titulada «Virgen suicida». A continuación se reproduce el estribillo, aunque de todos modos ni la señorita Perl ni nosotros hemos podido determinar si el álbum figuraba entre los discos que la señora Lisbon obligó a Lux a quemar:

> Virgen suicida
> ¿Qué gritaba ella?
> Es inútil seguir
> en ese viaje al holocausto.
> Me dio su cereza.
> Es mi virgen suicida.

Resulta evidente que la canción entronca perfectamente con el concepto de que unas fuerzas oscuras acechaban a las hermanas Lisbon, algún mal monolítico del que nosotros no éramos responsables. Pero el comportamiento de las muchachas distaba mucho de ser monolítico. Mientras Lux se citaba con sus amantes en el tejado, Therese criaba caballitos de mar fluorescentes en un vaso de agua y, en el salón de abajo, Mary se pasaba horas contemplándose en su espejo portátil. El espejo, con su marco oval de plástico rosa, estaba circundado de bombillas, como los de los camerinos de las actrices. Mediante un interruptor, Mary simulaba diferentes horas y temperaturas. Disponía de fondos para «mañana», «tarde» y «noche», así como uno para «sol brillante» y otro para «nublado». Mary pasaba horas sentada delante del espejo, observando su cara mientras navegaba a través de las alteraciones de mundos falsos. Llevaba gafas oscuras cuando brillaba el sol y se arropaba cuando estaba nublado. En ocasiones el señor Lisbon advertía que Mary accionaba continuamente el interruptor y que en un momento recorría un periodo de diez o veinte días y a menudo hacía sentar a su lado, delante del espejo, a una de sus hermanas a fin de aconsejarle:

—Date cuenta de que, cuando está nublado, se notan más las ojeras. Esto es porque nosotras tenemos la piel pálida. Con el sol...

espera un minuto... fíjate, así, desaparecen. Eso quiere decir que en los días nublados tenemos que ponernos más maquillaje o crema base. Cuando hace sol, en cambio, tenemos el cutis más descolorido, o sea que necesitamos ponerle color. Carmín de labios e incluso sombra de ojos.

Ese auténtico proyector que es la prosa de la señorita Perl tiende a desdibujar los rasgos de las hermanas Lisbon. Emplea frases hechas para describirlas y las califica de «misteriosas» o de «solitarias» e incluso llega a decir que se sentían «atraídas por el aspecto pagano de la Iglesia católica». Nunca supimos qué significaba exactamente aquella frase, pero muchos pensaban que tenía que ver con el intento de las muchachas de salvar el olmo familiar.

Por fin llegó la primavera y los árboles se llenaron de brotes. La escarcha que cubría las calles crujía al derretirse. El señor Bates registró nuevos baches, como todos los años, y envió una lista mecanografiada de los mismos al Departamento de Transportes. A primeros de abril, el Departamento de Parques volvió a colocar cintas en los árboles condenados, pero esta vez no fueron rojas sino amarillas y con las siguientes palabras impresas: «Se ha diagnosticado a este árbol la enfermedad holandesa de los olmos, razón por la cual será arrancado a fin de evitar su diseminación. Por orden del Departamento de Parques.» Había que dar tres vueltas alrededor del árbol para leer la frase entera. El olmo del jardín delantero de los Lisbon (véase documento número uno) figuraba entre los árboles condenados, y aunque aún hacía frío llegó un camión cargado de hombres para cortarlo.

Conocíamos la técnica. Primero subió un hombre a la copa en una jaula de fibra de vidrio y después de hacer un agujero en la corteza acercó la oreja al mismo como si quisiera escuchar el pulso vacilante del árbol. Acto seguido, sin más ceremonias, comenzó a podar las ramas más pequeñas, que iban cayendo en las manos cubiertas con guantes anaranjados de unos hombres colocados debajo. Estos las iban amontonando cuidadosamente, como si fueran tablones de dos por cuatro, y después las metían en la sierra circular de la parte trasera del camión. La calle quedaba inundada de chorros de serrín y, años más tarde, siempre que nos encontrábamos en bares anticuados, el serrín de los suelos nos retrotraía a la tala de nuestros árboles. Una vez desguarnecido el tronco, los hombres lo dejaban para desguarnecer otros y durante un tiempo el árbol se quedaba marchito, intentando elevar los muñones que tenía por brazos, criatura muda y armada con porras de la que solo la ausencia de voz había hecho que nos diéramos cuenta de que hasta entonces había estado hablando. En aquella hilera de muertos, los árboles eran como la barbacoa de los Baldino, y comprendimos que Sammy el Tiburón hubiera tenido la previsión de construir el túnel, pensando en los árboles no como eran ahora, sino en cómo serían, para que si en el futuro se veía obligado a escapar pudiera hacerlo a través de una entre cien cepas idénticas.

Normalmente, la gente salía a despedirse de sus árboles. No era extraño ver a una familia reunida en el jardín, a prudente distancia de las sierras de cadena, una madre y un padre cansados, con dos o tres adolescentes de largos cabellos y un perro lanudo con un lazo prendido en el pelo. La gente se sentía propietaria de los árboles. Sus perros habían dejado a diario sus marcas en ellos. Sus hijos los habían utilizado como base meta. El día que se mudaron a sus casas los árboles ya estaban allí, y prometían seguir estando en el mismo sitio cuando se marcharan. Pero cuando se presentaron los del Departamento de Parques para cortarlos, comprendimos que nuestros árboles no eran nuestros, sino de la ciudad, y que la ciudad era libre de hacer con ellos lo que le viniera en gana.

Sin embargo, los Lisbon no salieron de casa cuando se produjo la tala. Las chicas lo observaron todo desde una de las ventanas de arriba, con la cara blanca, embadurnada de crema. Con muchas arremetidas y retrocesos, el hombre podó el verde que coronaba la gran copa del olmo. Tronchó la rama enferma que se había combado y que el verano anterior había echado hojas amarillas. También procedió a talar las ramas sanas y dejó el tronco del árbol como un pilar grisáceo en el jardín de los Lisbon. Cuando los hombres se marcharon, no sabíamos si el árbol estaba muerto o vivo.

Durante las siguientes dos semanas esperamos a que los del Departamento de Parques terminaran su trabajo, pero tardaron tres semanas en volver. Esta vez bajaron del camión dos hombres provistos de sierras de cadena. Rodearon el tronco para tomarle la medida, se afianzaron las sierras en los muslos y tiraron de los cordones de arranque. En aquel momento estábamos en el sótano de Chase Buell jugando al billar, pero el gemido nos llegó desde arriba, a través de las ventanas del techo. Las aberturas de aluminio de la calefacción se estremecieron y las rutilantes bolas temblaron sobre el tapete verde. El ruido de la sierra de cadena nos llenó la cabeza como en otro tiempo la broca del dentista, y salimos corriendo de la casa para ver a los hombres encaramarse al olmo. Llevaban anteojos para protegerse de las astillas, pero por lo demás hacían su trabajo con el aburrimiento propio de los hombres acostumbrados a la matanza. Levantaron las complicadas barras de guía y uno escupió jugo de tabaco. Después, acelerando los motores, ya iban a derribar el árbol cuando el capataz saltó del camión agitando furiosamente los brazos. Por el jardín, en formación de falange, las hermanas Lisbon se acercaban corriendo a los hombres. La señora Bates, que estaba mirando, dijo que le pareció que las niñas iban a echarse sobre la sierra de cadena.

—¡Si es que iban directas a la sierra! Y con la locura reflejada en los ojos.

Los hombres del Departamento de Parques no sabían por qué el capataz pegaba aquellos saltos.

—Yo no veía nada —dijo uno de ellos—. Las chicas se echaron directamente debajo de la sierra. Gracias a Dios que las vi a tiempo.

Los dos hombres levantaron las sierras y se hicieron atrás. Las hermanas Lisbon pasaron corriendo junto a ellos. Debían de estar jugando a algo porque miraban hacia atrás como si temieran que alguien las cogiese. Pero ya habían llegado a la zona en que estaban a salvo. Los hombres desconectaron las sierras de cadena y el aire vibrante se sumió en el silencio. Las chicas, juntando las manos, formaron un corro alrededor del árbol.

—Marchaos —dijo Mary—. Este árbol es nuestro.

No se enfrentaron con los hombres, sino con el árbol, y apretaron las mejillas contra el tronco. Therese y Mary llevaban zapatos, pero Bonnie y Lux iban descalzas, lo que indujo a muchos a creer que aquella acción de rescate había surgido espontáneamente. Allí estaban, abrazadas al tronco, que se elevaba sobre ellas hacia la nada.

—¡Chicas, chicas! —les gritó el capataz—. Llegáis tarde. El árbol ya está muerto.

—Eso lo dirás tú —le espetó Mary.

—Tiene escarabajos. Tenemos que cortarlo para que no se propaguen a otros árboles.

—No existen pruebas científicas de que la eliminación limite la propagación —dijo Therese—. Estos árboles son viejos y tienen estrategias evolutivas para hacer frente a los escarabajos. ¿Por qué no dejáis que la naturaleza resuelva el problema?

—Si lo dejásemos en manos de la naturaleza, ya no quedarían árboles.

—De todos modos, es lo que va a ocurrir —dijo Lux.

—Si los barcos no hubieran traído el hongo de Europa, no habría ocurrido —dijo Bonnie.

—No podéis volver a meter el genio en la botella, niñas. Ahora tenemos que recurrir a la tecnología y ver qué se puede salvar.

En realidad, es probable que ninguna de estas frases haya sido pronunciada, porque las hemos hilado a través de versiones parciales y solo podemos dar fe de su sentido básico. Las hermanas Lisbon creían que los árboles sobrevivirían mejor por su cuenta y echaban la culpa de la enfermedad a la arrogancia humana. Con todo, muchos estaban convencidos de que se trataba de una cortina de humo. Aquel olmo en particular, como todos sabían, había sido el árbol favorito de Cecilia y en el agujero embreado que cubría un nudo de la madera aún podía verse la marca de su pequeña palma. La señora Scheer recordaba haber visto a menudo a Cecilia bajo el árbol en primavera, tratando de atrapar al vuelo las vertiginosas hélices de sus semillas. (Por nuestra parte, recordábamos aquellas semillas verdes alojadas en una sola vaina fibrosa que bajaba como un helicóptero hasta el suelo, si bien no habríamos podido asegurar si pertenecían a los olmos o, por decir algo, a los castaños, ya que ninguno de nosotros tenía un manual de botánica a mano, tan populares entre los amantes de los bosques y de la realidad.) De todos modos, a muchos de los vecinos les resultaba fácil imaginar por qué las chicas relacionaban el olmo con Cecilia.

—Lo que querían salvar no era el olmo —decía la señora Scheer—, sino el recuerdo de Cecilia.

Alrededor del árbol se formaron tres corros: el corro rubio de las hermanas Lisbon, el corro verde bosque de los hombres del Departamento de Parques y, alrededor de estos, el corro de los mirones. Los hombres trataron primero de hacer entrar en razón a las chicas, se fueron poniendo cada vez un poco más serios, intentaron sobornarlas prometiéndoles un paseo en el camión y, finalmente, pasaron a las amenazas. El capataz ordenó a sus hombres que se tomaran la pausa del almuerzo pensando que en ese intervalo las muchachas claudicarían, pero transcurrieron cuarenta y cinco minutos y ellas seguían formando una cadena alrededor del árbol. Finalmente el hombre decidió entrar en la casa y hablar con el señor y la señora Lisbon pero, para su sorpresa, estos no le resultaron de ninguna ayuda. Acudieron a abrir la puerta los dos juntos, el señor Lisbon rodeando con el brazo los hombros de su esposa en una insólita muestra de intimidad física.

—Tenemos orden de cortar el olmo de su jardín –dijo el capataz– y sus hijas nos lo impiden.

—¿Cómo saben ustedes que ese árbol está enfermo? –preguntó la señora Lisbon.

—Lo sabemos, puede usted creerme. Tiene hojas amarillas, es decir, tenía hojas amarillas. Ya le hemos cortado la rama. ¡Es un árbol muerto, por el amor de Dios!

—Nosotros estamos a favor del aritex –dijo el señor Lisbon–. ¿Sabe qué le quiero decir? Nuestra hija nos mostró un artículo. Se trata de una terapia menos agresiva.

—Pero que no funciona. Mire usted, como dejemos este árbol, el año que viene habrán desaparecido todos los demás.

—Tal como van las cosas, es lo que ocurrirá de todos modos –dijo el señor Lisbon.

—No me gustaría tener que llamar a la policía.

—¿La policía? –preguntó la señora Lisbon–. Las niñas están en el jardín de su casa. ¿Desde cuándo es un delito?

Llegado a este punto, el capataz se dio por vencido sin llegar a hacer realidad su amenaza. Cuando se disponía a subir a su camión, el Pontiac azul de la señorita Perl asomó detrás de este. Un fotógrafo profesional ya estaba sacando las fotos que el periódico no tardaría en publicar. Había pasado menos de una hora entre el momento en que las niñas hicieron corro alrededor del árbol y la llegada de la señorita Perl, que al parecer pretendía emular a Weegee, aunque ella no revelaría jamás quién la había puesto sobre aviso. Muchos creían que habían sido las propias hermanas Lisbon para conseguir publicidad, pero no existía forma de asegurarlo. Mientras el fotógrafo seguía disparando la máquina, el capataz dijo a sus hombres que subieran al camión. Al día siguiente apareció un breve artículo, acompañado de una foto granulosa de las niñas abrazadas al árbol (documento número ocho). Da la impresión de que le rinden culto, como si fueran un grupo de druidas. A juzgar por la foto, nadie diría que el árbol termina seis metros más arriba de las cabezas inclinadas de las muchachas.

«Cuatro hermanas de Cecilia Lisbon, la adolescente del East Side cuyo suicidio el pasado verano despertó la atención sobre un problema nacional, pusieron en riesgo sus vidas el miércoles pasado en un intento de salvar el olmo que Cecilia tanto amaba. El año pasado le fue diagnosticada al árbol la enfermedad holandesa del olmo y estaba previsto que sería cortado esta primavera.» De esas palabras se desprende que la señorita Perl aceptaba la teoría de que las chicas habían salvado el árbol en recuerdo de Cecilia, y lo que leímos en el diario de esta última hace que no tengamos motivos para disentir de su opinión. Con todo, años más tarde, cuando hablamos con el señor Lisbon, él lo negó de plano.

—La aficionada a los árboles era Therese. Lo sabía todo acerca de ellos. Conocía todas las variedades, la profundidad a que llegaban las raíces. Si quieren que les sea franco, no recuerdo que Cecilia se interesase demasiado por la vida de las plantas.

Solo cuando los del Departamento de Parques se hubieron marchado, las muchachas rompieron la cadena que habían formado alrededor del árbol. Restregándose los brazos entumecidos, volvieron a meterse en casa sin ni siquiera echar un vistazo a los que mirábamos, desperdigados, desde los jardines vecinos. Chase Buell oyó que Mary decía: «Volverán.» Y se metieron dentro.

El señor Patz, que formaba parte de un grupo de unas diez personas, manifestó:

—Yo estoy de parte de las chicas. Cuando los de Parques se marcharon, me entraron ganas de aplaudir.

Temporalmente, el árbol sobrevivió. El Departamento de Parques siguió con la lista que llevaba y eliminó otros árboles del vecindario, pero nadie más tuvo agallas suficientes o fue tan loco como para oponer resistencia. El olmo de los Buell, con su columpio hecho con un neumático, fue retirado, el de los Fusilli desapareció un día mientras estábamos en la escuela y el de los Shalaan también se desvaneció. Muy pronto el Departamento de Parques se trasladó a otras calles, aunque el lamento incesante de sus sierras de cadena hacía que ni nosotros ni las hermanas Lisbon pudiéramos apartarlo de nuestros pensamientos.

Comenzó la temporada de béisbol y nos perdimos por verdes campos. En otros tiempos, el señor Lisbon llevaba a veces a sus hijas a algún partido de los que jugábamos como locales, y ellas se sentaban en las gradas y vitoreaban a los jugadores como todo el mundo. Mary hablaba con las animadoras.

—A ella le habría gustado serlo, pero su madre no la dejaba —nos dijo Kristi McCulchan—. Yo le enseñé algunos estribillos y la verdad es que lo hacía muy bien.

No lo dudábamos. Nosotros siempre mirábamos a las hermanas Lisbon y no a nuestras chifladas animadoras. En los partidos muy reñidos se mordían los puños y se figuraban que todas las pelotas que iban fuera del diamante equivalían a una carrera completa. Saltaban y se ponían de pie cuando la pelota caía, demasiado pronto, en el guante del «jardinero». El año de los suicidios las hermanas Lisbon no asistieron a un solo partido, aunque nosotros no esperábamos que lo hicieran. Poco a poco fuimos dejando de buscar en las gradas sus rostros enfebrecidos, como dejamos tam-

bién de pasearnos por debajo para ver otras cosas de ellas, cortadas en franjas desde atrás.

Si bien seguíamos atraídos por las niñas Lisbon y continuábamos pensando en ellas, ya se estaban alejando de nosotros. Las imágenes que habíamos atesorado de ellas –en traje de baño, saltando
sobre un aspersor de riego o huyendo de una manguera de jardín
convertida en serpiente gigante por el arte de la presión del agua–
ya comenzaban a desdibujarse por muy religiosamente que siguié-
semos meditando en ellas en nuestros momentos más íntimos, tumbados en la cama junto a dos almohadas atadas con un cinturón
para simular un cuerpo humano. Ya no podíamos evocar el timbre
ni la cadencia exacta de sus voces. Incluso el jabón de jazmín comprado en Jacobsen's, que guardábamos en una vieja caja de pan, ya
se había reblandecido y había perdido el aroma y ahora olía igual
que las cajas de cerillas cuando se ponen húmedas. Al mismo tiempo, aún no nos habíamos percatado del todo de que las hermanas
Lisbon estaban yéndose lentamente a pique y había mañanas en
que despertábamos a un mundo que todavía no estaba fracturado:
nos desperezábamos, saltábamos de la cama y solo después de res-
tregarnos los ojos delante de la ventana nos acordábamos de la casa
que se estaba desmoronando al otro lado de la calle y de las ventanas oscurecidas por el musgo que nos vedaba la visión de las muchachas. La verdad era esta: comenzábamos a olvidar a las hermanas
Lisbon, y no recordábamos nada más.

Ya se desvanecía el color de sus ojos, la situación de sus lunares, hoyuelos y minúsculas cicatrices. Hacía tanto tiempo que no
veíamos sonreír a las hermanas Lisbon que ya nos costaba recordar sus apretados dientes.

–Ahora no son más que recuerdos –dijo tristemente Chase
Buell–. Ha llegado el momento de suprimirlas.

Pero pese a decirlo, se rebelaba contra sus palabras, al igual que todos nosotros. Y en lugar de relegar a las niñas al olvido, contemplábamos una vez más las cosas que habían sido suyas, las cosas de las que habíamos conseguido apoderarnos durante aquella extraña curaduría nuestra: los sujetadores de Cecilia, el microscopio de Therese, un joyero con una hebra de los cabellos rubios de Mary puesta sobre algodones, la fotocopia de la estampa de la Virgen que había pertenecido a Cecilia, una blusa de Lux. Lo juntábamos todo en el centro del garaje de Joe Larson y dejábamos entornada la puerta automática para ver el exterior. El sol ya se había puesto y el cielo estaba oscuro. Ahora que ya se habían marchado los del Departamento de Parques, la calle volvía a ser nuestra. Por primera vez desde hacía meses vimos encenderse una luz en casa de los Lisbon, y enseguida se apagó con un parpadeo. En una habitación contigua se encendió otra luz, que parpadeó también en respuesta. En torno a las aureolas de las farolas advertimos un velado remolino que en el primer momento no reconocimos porque lo conocíamos demasiado, un absurdo ejemplo de éxtasis y de locura: la llegada de las primeras moscas del pescado de la temporada.

Había pasado un año y seguíamos sin saber nada. Las chicas se habían reducido de cinco a cuatro, pero todas –las vivas y la muerta– se estaban convirtiendo en sombras. Ni siquiera el surtido de sus pertenencias allí ordenadas a nuestros pies servía para reafirmar su existencia, y nada nos parecía más anónimo que cierto absurdo bolsito de vinilo, cubierto de cadena dorada, que tanto podía haber pertenecido a cualquiera de las chicas como a cualquier chica del mundo. El hecho de que en alguna ocasión hubiéramos estado lo bastante cerca de las hermanas Lisbon para ir pasando a través de los diferentes aromas de sus respectivos champús (del jardín de hierbas al calvero del limonar y al soto de las manzanas verdes) ya empezaba a parecernos cada vez más irreal.

191

¿Cuánto tiempo seguiríamos siendo fieles a las hermanas Lisbon? ¿Cuánto tiempo conservaríamos puro su recuerdo? En realidad, ahora ya no las conocíamos y sus nuevas costumbres —abrir una ventana, por ejemplo, para echar por ella un pañuelo de papel hecho una bola— hacían que nos preguntásemos si alguna vez las habíamos conocido o si nuestros desvelos solo habían sido huellas dactilares de fantasmas. Nuestros talismanes dejaron de ser efectivos. Tocar la falda escocesa que Lux llevaba en la escuela solo evocaba un nebuloso recuerdo de los tiempos en que se la vimos puesta en clase: una mano cansada que jugaba con el imperdible plateado, que se lo quitaba, que dejaba los pliegues sueltos sobre las rodillas desnudas, siempre a punto de abrirse en el minuto más impensado, pero nunca, nunca... Había que frotar varios minutos seguidos la falda para verlo con claridad. Las restantes diapositivas iban desvaneciéndose de la misma manera o, cuando accionábamos el proyector, no caía ninguna en la rendija del proyector y nos dejaba con la carne de gallina y los ojos clavados en una pared blanca.

Las habríamos perdido totalmente si las chicas no se hubieran puesto en contacto con nosotros. Justo cuando ya empezábamos a desesperar de poder acercarnos nuevamente a ellas comenzaron a aparecer nuevas estampas plastificadas de la Virgen. El señor Hutch encontró una sujeta en el limpiaparabrisas del coche y, como no entendió su significado, hizo con ella una bola y la echó en el cenicero. Ralph Hutch la encontró más adelante debajo de un montón de ceniza y de colillas. Cuando nos la trajo, la estampa estaba quemada por tres puntos. Aún así, pudimos comprobar que era idéntica a la estampa de la Virgen que Cecilia tenía agarrada en la bañera y, cuando le sacudimos la ceniza de encima, en el reverso de la misma apareció el número de teléfono: 555-MARY.

Pero Hutch no fue el único en encontrar una estampa. La señora Hessen encontró otra prendida en sus rosales. Joey Thompson, por su parte, percibió un día un extraño ruido en los neumáticos de la bicicleta y, al mirar, vio una estampa de la Virgen sujeta en los radios. Finalmente, Tim Winer encontró una estampa pegada en las ventanas de su estudio, con la imagen hacia él, como si lo mirase. Nos dijo que debía de hacer bastante tiempo que la estampa estaba allí, porque la humedad había penetrado en la superficie plastificada y le daba al rostro de la Virgen un aspecto gangrenoso. Por lo demás era igual que las demás: la Virgen iba cubierta con un manto azul provisto de un cuello mariposa de lamé dorado, llevaba en la cabeza una corona imperial de margaritas y un rosario ceñido en la cintura. Como es habitual, la Santa Madre tenía esa expresión beatífica de los que se medican con litio. Nadie vio jamás a las hermanas Lisbon distribuyendo las estampas, de la misma manera que nadie supo tampoco por qué las distribuían, pero aún ahora, después de tantos años, recordamos aquel estremecimiento que sentíamos cada vez que alguien nos informaba del hallazgo de otra estampa. Aquellas estampas tenían un sentido que no podíamos discernir y su lamentable estado –desgarrones, moho– hacía que pareciesen antiguas. Tim Winer escribió en su diario: «La sensación era como la que se podía experimentar al desenterrar una ajorca que hubiera pertenecido a una muchacha muerta bajo las cenizas de Pompeya. Acababa de ponérsela y estaba agitándola delante de la ventana, admirando cómo brillaba la joya cuando, súbitamente, la erupción del volcán la había teñido de rojo.» (A Winer le encantaban las novelas de Mary Renault.)

Dejando aparte las estampas de la Virgen, estábamos convencidos de que las muchachas nos enviaban otro tipo de señales. Cierta vez, en mayo, el farolillo chino de Lux comenzó a parpadear en un indescifrable código Morse. Cada noche, cuando en la calle empezaba a oscurecer, su farolillo comenzaba a parpadear y el calor de la bombilla hacía girar un farol mágico interior que proyectaba sombras en las paredes. Nos pareció que las sombras transmitían un mensaje y los prismáticos así lo confirmaron, pero resultó que los mensajes estaban escritos en chino. El farol solía encenderse y apagarse según secuencias variadas –tres breves, dos largos, dos largos, tres breves–, después de lo cual se iluminaba la luz del techo y revelaba una habitación que era como una exposición de museo. En nuestro breve recorrido respetábamos los cordones de terciopelo y pasábamos de largo por delante del mobiliario fin de siglo: una cabecera de cama comprada en Sears con mesilla de noche a juego; la lámpara Apolo II de Therese, que proyectaba su luz sobre un póster propiedad de Lux en el que aparecía Billy Jack de tamaño natural con un sombrero negro de ala plana y un cinturón navajo. Era una visión que solo duraba treinta segundos al cabo de los cuales la habitación de Lux y Therese volvía a quedar a oscuras. Entonces, en respuesta, se iluminaba por dos veces la de Bonnie y Mary. Nadie pasaba por delante de las ventanas y la duración de las iluminaciones tampoco correspondía a ninguna actividad habitual. Las luces de las habitaciones de las hermanas Lisbon se apagaban y se encendían sin que entendiéramos la razón.

Todas las noches tratábamos de descifrar el código. Tim Winer quiso registrar los destellos con su lápiz estilográfico, pero sabíamos que, por algún motivo, no correspondían a ninguna forma de comunicación establecida. Algunas noches las luces nos hipnotizaban hasta tal punto que, cuando recuperábamos la conciencia, habíamos olvidado dónde estábamos y lo que hacíamos y la única luz que iluminaba la trastienda de nuestro cerebro era aquel fulgor de burdel que emitía el farolillo chino de Lux.

Nos costó un poco descubrir las luces que brillaban en la que había sido la habitación de Cecilia. Distraídos por los destellos que observábamos a uno y otro lado de la casa, no advertimos aquellas lucecitas blancas y rojas que resplandecían en la ventana por la que hacía diez meses había saltado la muchacha. Una vez que las descubrimos, tampoco nos pusimos de acuerdo acerca de qué podían ser. Unos creían que eran varillas de incienso que quemaban en una ceremonia secreta, en tanto que otros opinaban que no eran más que cigarrillos. La teoría de los cigarrillos se vino abajo tan pronto como detectamos más luces rojas que posibles fumadores, y cuando contamos dieciséis comprendidos en parte el misterio: las muchachas habían preparado un altar dedicado a su hermana muerta. Los que iban a la iglesia dijeron que la ventana se parecía a la gruta de la iglesia católica de San Pablo del Lago, si bien en lugar de colocar hileras ascendentes de cirios votivos, todos iguales en tamaño e importancia, como las almas que representaban, las hermanas Lisbon idearon una fantasmagoría de faroles. Fundieron los restos de las velas que encendían durante la cena y formaron una bola de parafina envuelta en su propia mecha, luego fabricaron diez antorchas con una «vela artística» psicodélica que Cecilia había comprado en una feria callejera y encendieron las seis velas achaparradas que el señor Lisbon guardaba en una caja en el armarito de la escalera para casos de averías eléctricas. También encendieron tres tubos de carmín de Mary, que ardían sorprendentemente bien. En el alféizar de la ventana, puestas en tazas colgadas de un tendedero, en macetas viejas, en cajas de leche cortadas, ardían las velas. Por las noches veíamos a Bonnie ocupándose de que no se apagaran. En ocasiones, al encontrar velas ahogadas en su propia cera, abría con unas tijeras una trinchera para canalizarla, pero la mayor parte de las veces vigilaba las velas como si le fuera la vida en ello; las llamas casi se extinguían pero, por avidez de oxígeno, aguantaban.

Las velas no solo imploraban a Dios, sino también a nosotros. El farolillo chino emitía su intraducible SOS. La luz del techo nos mostraba el lamentable estado de la casa de los Lisbon y nos mostraba también a Billy Jack, que había vengado la violación de su chica sirviéndose del repudiado karate. Las señales de las hermanas Lisbon llegaban hasta nosotros pero a nadie más, como una emisión de radio captada por nuestras antenas. Por la noche, detrás de nuestros párpados destellaban sombras de imágenes vistas o permanecían flotando sobre la cama como un enjambre de luciérnagas. Nuestra imposibilidad de responder hacía que aquellas señales fuesen aún más importantes. Cada noche asistíamos al espectáculo, a punto siempre de encontrar la clave, y Joe Larson incluso intentó responder apagando y encendiendo la luz de su cuarto, lo que hizo que la casa de los Lisbon quedara sumida en la oscuridad y nos sintiéramos castigados.

El 7 de mayo llegó la primera carta. Se deslizó en el buzón de Chase Buell junto con el resto de la correspondencia. No llevaba sello ni remitente, pero al abrirla reconocimos enseguida el Flair púrpura con el que a Lux le gustaba escribir.

> Querido quien seas:
> Di a Trip que he acabado con él.
> Es asqueroso.
> Adivina quién soy

No decía más. Durante las semanas siguientes llegaron otras cartas que revelaban diferentes estados de ánimo. Los sobres venían hasta nuestras casas traídos por las propias chicas en plena noche. Solo pensar que salían a hurtadillas de su casa y pasaban por nuestra calle nos llenaba de excitación y hubo noches en que permanecimos despiertos hasta tarde tratando de sorprenderlas. Pero despertábamos por la mañana para descubrir que nos habíamos quedado dormidos junto al buzón, donde, igual que la moneda que el hada pone debajo de la almohada a cambio del diente, esperaba una carta. Hubo ocho en total. No todas las escribió

Lux, aunque ninguna llevaba firma. Todas eran cortas. Una decía: «¿Nos recordáis?» Otra: «Abajo los chicos sosos.» Otra más: «Vigilad las luces.» Y la más larga: «En esta oscuridad habrá luz. ¿Nos ayudaréis?»

Durante el día la casa de los Lisbon parecía vacía. La basura que la familia sacaba una vez por semana (también en plena noche, puesto que nadie los vio nunca, ni siquiera el tío Tucker) se parecía cada vez más a los desechos de gente sometida a un largo asedio. Comían habichuelas de lata, sazonaban el arroz con salsas inmundas. Por la noche, cuando aparecían las señales luminosas, nos devanábamos los sesos para dar con la manera de ponernos en contacto con las chicas. A Tom Faheem se le ocurrió que podíamos hacer volar una cometa con algo escrito en ella y pasearla por delante de la casa, pero la idea fue rechazada por razones logísticas. El pequeño Johnny Buell dijo que se podía optar por escribir lo que fuera en una piedra y arrojarla a las ventanas de las chicas, pero teníamos miedo de que al romper el cristal pusiéramos en guardia a la señora Lisbon. La solución era tan sencilla que tardamos una semana en dar con ella.

Las llamaríamos por teléfono.

En el listín telefónico de los Larson, descolorido por el sol, justo entre Licker y Little, encontramos la inclusión «Lisbon, Ronald A.». Estaba hacia la mitad de la página de la derecha, no indicada por ningún código ni símbolo, ni siquiera un asterisco como referencia a un apéndice de dolor. La miramos fijamente durante un rato. Después, con tres índices diferentes preparados, marcamos el número.

El teléfono sonó once veces antes de que contestara el señor Lisbon.

—¿Qué va a ser hoy? —dijo enseguida con voz cansada. Su manera de hablar era confusa. Tapamos el aparato con la mano y no dijimos nada—. Adelante, estoy esperando. Hoy pienso escuchar todas sus mierdas. –Se oyó otro chasquido a través del teléfono, como el de una puerta que se abriera en un pasillo vacío. Por fin, el señor Lisbon farfulló–: Mire, concédanos un descanso, ¿quiere? Hubo una pausa. Una respiración regular, reformulada mecánicamente, se introdujo en el espacio electrónico. Entonces el señor Lisbon habló con voz distinta de la suya, un agudo chillido... la señora Lisbon se había apoderado del aparato.

–¿Por qué no nos dejan en paz? –gritó, antes de golpear ruidosamente el teléfono.

Nosotros seguimos a la escucha. Durante cinco segundos más nos llegó su respiración furiosa a través de hilo pero, tal como esperábamos, la comunicación no se interrumpió. En el otro extremo del hilo una presencia oscura esperaba.

Pronunciamos un intento de saludo. Pasado un momento, una voz débil y desgarrada contestó:

–Hola.

Hacía mucho tiempo que no oíamos hablar a ninguna de las hermanas Lisbon, pero la voz no removió ningún recuerdo. Sonó –quizá porque la persona apenas susurraba– de forma irreparablemente alterada, disminuida, como la voz de un niño caído en un pozo. No sabíamos cuál de ellas era, no sabíamos qué decirle. Pese a todo, continuamos juntos –ella, ellas, nosotros– y en algún lugar adyacente del sistema telefónico de Bell hubo una conexión de otra línea. Un hombre comenzó a hablar bajo el agua a una mujer. Oíamos a medias lo que decían («He pensado que tal vez una ensalada...» «¿Una ensalada? Me matas con tus ensaladas»), pero entonces debió de liberarse otro circuito porque la pareja fue repentinamente eliminada y nos dejó en un rumoroso silencio mientras la voz, destemplada pero ahora más potente, dijo:

–Mierda. Hasta luego. –Y colgó.

El día siguiente volvimos a llamar a la misma hora y contestaron a la primera llamada. Esperamos un momento por razones de seguridad y procedimos de acuerdo con el plan que habíamos ideado la noche anterior. Sostuvimos el teléfono delante de uno de los altavoces del señor Larson y pusimos la canción que de manera más directa transmitía los sentimientos que nos inspiraban las hermanas Lisbon. No recordamos ahora el título de la canción y la búsqueda exhaustiva en los discos de la época ha resultado infructuosa. Sin embargo, recordamos los sentimientos esenciales que evocaba, sabemos que hablaba de días difíciles, de largas noches, de un hombre aguardando fuera de una cabina de teléfonos rota esperando que suene el teléfono, de lluvia y del arco iris. Predominaban las guitarras, aparte de un intervalo con el suave zumbido de un violoncelo. La transmitimos por teléfono, después Chase Buell dio nuestro número y colgamos.

El día siguiente, a la misma hora, sonó nuestro teléfono y, después de una cierta confusión (se nos cayó el teléfono), oímos el golpe de una aguja al caer sobre un disco y la voz de Gilbert O'Sullivan que cantaba desde un disco rayado. Es posible que recuerden la canción; se trata de una balada que describe las desventuras de la vida de un joven (mueren sus padres, su novia lo deja plantado ante el altar), que tras cada línea va quedándose cada vez más solo. Era la canción favorita de la señora Eugene y nosotros lo sabíamos muy bien, porque se la habíamos oído cantar junto a sus ollas humeantes. La canción nunca tuvo mucho sentido para nosotros, debido a que hablaba de una época que no habíamos conocido, pero oída de aquella manera tan queda a través del teléfono y saliendo como salía de casa de las hermanas Lisbon, nos impactó. La voz mágica de Gilbert O'Sullivan era tan aguda que casi parecía la de una chica. La letra también podría haber estado compuesta por fragmentos de un diario que las hermanas Lisbon musitasen en nuestros oídos. Aunque no eran sus voces las que oíamos, la canción conjuraba sus imágenes con más fuerza que nunca. Las sentíamos, al otro extremo del hilo, soplando el polvo de la aguja, sosteniendo el teléfono sobre el negro disco que iba girando, poniendo el volumen muy bajo para que no lo oyeran en la casa. Al terminar la canción, la aguja patinó por el círculo interior y produjo un chasquido que fue repitiéndose (como un momento vivido una y otra vez). Joe Larson ya tenía preparada nuestra respuesta y, apenas la transmitimos, las chicas Lisbon volvieron a transmitir la suya, y de esta manera fue transcurriendo la noche. Hemos olvidado el nombre de muchas de las canciones, pero una parte de aquel intercambio musical ha sobrevivido en el dorso del *Tea for the Tillerman* de Demo Karafilis, anotada a lápiz por él mismo. La damos a continuación:

las hermanas Lisbon	«Otra vez solo, naturalmente», Gilbert O'Sullivan
nosotros	«Tienes un amigo», James Taylor
las hermanas Lisbon	«¿Dónde juegan los niños?», Cat Stevens
nosotros	«Querida Prudence», The Beatles
las hermanas Lisbon	«Una candela al viento», Elton John
nosotros	«Caballos salvajes», The Rolling Stones
las hermanas Lisbon	«A los diecisiete», Janice Ian
nosotros	«El tiempo en una botella», Jim Croce
nosotros	«Tan lejos», Carole King

En realidad, no estamos muy seguros del orden. Demo Karafilis garrapateó los títulos un poco al azar. De todos modos, el orden presentado ofrece la progresión básica de nuestra conversación musical. Como Lux había quemado sus discos de rock duro, las canciones de las chicas eran en su mayor parte de música folk. Se trataba de voces plañideras que pedían justicia e igualdad. Algún ocasional violín country evocaba tiempos pasados. Los cantantes eran hombres de piel curtida o llevaban botas. Todas las canciones, una tras otra, palpitaban con secreto dolor. Hacíamos circular el pegajoso teléfono de oreja a oreja, los redobles de tambor eran tan regulares que parecía como si tuviésemos la oreja pegada al pecho de las hermanas Lisbon. A veces teníamos la impresión de que las oíamos cantar y era casi como estar con ellas en un concierto. Nuestras canciones eran en su mayor parte canciones de amor. Cada selección intentaba dirigir la conversación hacia terrenos más íntimos. Pero las hermanas Lisbon se atenían a cuestiones más impersonales. (Agachamos la cabeza e hicimos un comentario sobre su perfume. Dijeron que probablemente era de magnolia.) Poco después nuestras canciones se volvieron más tristes y sensibleras y entonces fue cuando ellas pusieron «Tan lejos». Advertimos el cambio de inmediato (habían dejado la mano en nuestra muñeca y se demoraban en ella) y continuamos con «Puente sobre aguas turbulentas». Con esta subimos el volumen porque la canción expresaba mejor que ninguna lo que nos inspiraban las chicas, lo mucho que queríamos ayudarlas. Al terminar, esperamos su respuesta. Después de una larga pausa, volvió a rechinar su tocadiscos y entonces oímos aquella canción que incluso ahora, cuando la escuchamos a través del hilo musical de unas galerías comerciales, hace que detengamos nuestros pasos y que volvamos la vista atrás, hacia un tiempo perdido:

¡Eh! ¿habéis intentado probar alguna vez
llegar al otro lado?
Tal vez suba al arco iris,
Pero, amigo, ahí está:

Los sueños son para los que duermen,
a nosotros nos toca vivir.
Y si te preguntas adónde va a parar esta canción,
quiero descubrirlo contigo.

Se interrumpió la comunicación. (De pronto, las muchachas nos habían echado los brazos al cuello, nos habían hecho aquella confesión ardiente al oído y habían salido corriendo de la habitación.) Durante unos minutos permanecimos inmóviles, escuchando el zumbido de la línea telefónica, que inmediatamente después comenzó a emitir un furioso *bip bip* hasta que una voz grabada nos dijo que colgáramos sin más pérdida de tiempo.

Nunca se nos habría ocurrido soñar que las hermanas Lisbon pudieran corresponder nuestro amor. Solo de imaginarlo la cabeza nos daba vueltas. Nos tumbamos en la alfombra de los Larson, que olía superficialmente a desodorante de animales y, más profundamente, a animales. Pasó un buen rato sin que nadie hablara, pero, poco a poco, mientras íbamos barajando recuerdos en nuestra mente, comenzamos a ver las cosas bajo una nueva luz. ¿Acaso las hermanas Lisbon no nos habían invitado a la fiesta que habían dado en su casa el año pasado? ¿No sabían nuestros nombres y direcciones? ¿No nos espiaban a través de los pequeños huecos que limpiaban con la mano en los cristales sucios de las ventanas? Olvidados de nosotros y, cogidos de la mano, sonreíamos con los ojos cerrados. En el estéreo, Garfunkel comenzó a desgranar sus agudos y ya no pensamos en Cecilia. Solo pensábamos en Mary, Bonnie, Lux y Therese, varadas en la vida, imposibilitadas hasta ahora de hablar con nosotros a no ser de aquella manera tímida e incierta. Repasamos sus últimos meses en la escuela y surgieron nuevos recuerdos. Lux se había dejado olvidado un día el libro de matemáticas y había tenido que compartir el de Tom Faheem. En el margen había escrito: «Quiero irme de aquí.» ¿Qué amplitud tenía aquel deseo? Volviendo la vista atrás, nos dimos cuenta de que las hermanas Lisbon habían intentado comunicarse con nosotros, habían tratado de que las ayudásemos, pero nosotros habíamos estado demasiado embobados para escucharlas. Estábamos tan absortos vigilándolas que éramos incapaces de notar nada excepto que cuando las mirábamos nos miraban. ¿A quién más podrían recurrir? A sus padres desde luego que no, tampoco a los vecinos. Estaban prisioneras en su propia casa: fuera de ella, eran unas leprosas. Por eso se escondían del mundo y esperaban que alguien –nosotros– las salvase.

Durante los días siguientes tratamos de volver a llamar a las chicas, aunque sin éxito. El teléfono sonaba desesperanzado, abandonado. Nos imaginábamos el aparato ululando debajo de almohadones mientras las hermanas Lisbon trataban en vano de cogerlo. Incapaces de establecer contacto, compramos *Lo mejor de Bread* y estuvimos escuchando una y otra vez «Hacerlo contigo». Hablábamos de túneles incesantemente, decíamos que se podría iniciar uno en el sótano de los Larson y continuarlo por debajo de la calle. Podríamos trasladar la tierra en las perneras de los pantalones y vaciarlas mientras paseábamos, como en *La gran evasión.* Nos seducía tanto el dramatismo de la situación que llegamos a olvidar por un momento que aquel túnel ya estaba construido: las cloacas. Sin embargo, al explorarlas descubrimos que estaban llenas de agua, ya que aquel año el nivel del lago había vuelto a subir. No importaba. El señor Buell tenía una escalera extensible que podíamos apoyar fácilmente en las ventanas de las muchachas.

–Es como fugarse –dijo Eugie Kent.

Las palabras hicieron navegar nuestros pensamientos hasta un juez de paz de rostro rubicundo en alguna pequeña ciudad y hasta el coche cama de un tren que atravesaba durante la noche azules campos de trigo. Nos imaginábamos todo tipo de cosas, solo esperábamos a que las hermanas dieran la señal.

Ninguna de estas cosas –lo de los discos, los destellos de luces, las estampas de la Virgen– salió nunca en los periódicos. Pensábamos en nuestra comunicación con las hermanas Lisbon como en una muestra de sagrada confianza, incluso cuando esa fidelidad dejó después de tener sentido. La señorita Perl (que más adelante publicó un libro con un capítulo dedicado a las hermanas Lisbon) habló de que su ánimo iba hundiéndose cada vez más en inevitable progresión. Presenta en él los últimos y patéticos intentos de las chicas por incorporarse a la vida –Bonnie ocupándose del altar, Mary poniéndose jerséis de colores chillones–, aunque la señorita Perl añade que, debajo de cada piedra que utilizaban las muchachas para construirse un refugio, había barro y gusanos. Las velas eran un espejo entre dos mundos que tenía una doble función: evocaba a Cecilia pero llamaba también a sus hermanas a reunirse con ella. Los vistosos jerséis de Mary solo demostraban la urgente y desesperada necesidad de la adolescente de sentirse hermosa, en tanto que los holgados chándales de Therese revelaban su falta de autoestima.

Nosotros sabíamos más cosas. Tres noches después de la sesión de los discos, vimos que Bonnie metía una maleta negra en su cuarto. La dejó sobre la cama y comenzó a llenarla de ropa y libros. Se acercó Mary y metió dentro su espejo climático. Discutieron sobre el contenido de la maleta y, cediendo a un arranque, Bonnie sacó algunas prendas que había metido y dejó más espacio para las cosas de Mary: una grabadora, un secador de cabello y un tope de puerta de hierro forjado, objeto cuya utilidad no entendimos hasta más tarde. No teníamos idea de lo que hacían, pero de inmediato nos dimos cuenta del cambio que se apreciaba en su conducta. Ahora se movían con un nuevo propósito. Su carencia de objetivo había desaparecido. Paul Baldino interpretó sus actos de esta manera:

–Parece como si quisieran tomarse un descanso –dijo dejando a un lado los prismáticos. Enunció aquella conclusión con la seguridad de quien ha visto desaparecer parientes camino de Sicilia o de América del Sur y nosotros le dimos crédito inmediato–. Os apuesto diez dólares contra cinco a que este fin de semana se largan.

Tenía razón, aunque no ocurrió exactamente tal como había anunciado. La última nota, escrita en el dorso de una estampa plastificada de la Virgen, llegó al buzón de Chase Buell el 14 de junio. Decía simplemente: «Mañana. A medianoche. Esperad la señal.»

En esa época del año las moscas del pescado formaban una capa que cubría las ventanas y dificultaba mirar a través de ellas. La noche siguiente nos reunimos en el solar que había al lado de la casa de Joe Larson. El sol se había puesto detrás del horizonte, pero aún iluminaba el cielo con una franja química de color naranja más bella que si hubiera sido natural. La casa de los Lisbon, al otro lado de la calle, estaba a oscuras salvo por el neblinoso fulgor rojizo que envolvía el altar de Cecilia, prácticamente escondido. Desde abajo apenas si distinguíamos el piso de arriba, de modo que intentamos subirnos al tejado de los Larson, si bien el señor Larson nos paró los pies.

—Acabo de alquitranarlo —nos dijo.

Volvimos a vagar por el solar, nos fuimos después calle abajo y pusimos las palmas de las manos sobre el asfalto, todavía caliente por el sol. El olor a humedad de la casa de los Lisbon llegó hasta nosotros, pero se desvaneció enseguida, por lo que creímos haberlo imaginado. Joe Hill Conley comenzó a subirse a los árboles, como siempre hacía; los demás pensamos que ya no teníamos edad para eso. Nos quedamos mirándolo mientras trepaba a un arce. No podía subir muy alto porque las ramas eran delgadas y no lo habrían sostenido. Chase Buell le gritó:

—¿Ves algo?

Joe Hill Conley estrecerró los ojos y después tiró de la comisura de los párpados por considerarlo más efectivo, y finalmente negó con la cabeza. Pese a todo, aquello nos dio una idea y nos dirigimos a la vieja casa del árbol. Inspeccionándola a través del follaje, examinamos su estado. Hacía años que una tormenta se había llevado parte del tejado y le faltaba aquel detalle con que la habíamos rematado, el pomo de la puerta, pero la estructura aún parecía habitable.

Subimos a la casa del árbol igual que habíamos hecho siempre, haciendo pasar la cuerda deshilachada a través del agujero de un nudo, después a través del tablero claveteado, a continuación por los dos clavos torcidos, antes de tirar de ella e introducirnos por la trampilla. Ahora éramos mucho más voluminosos y nos costó entrar. Una vez dentro, el suelo de contrachapado se venció con el peso de nuestros cuerpos. La ventana apaisada que muchos años atrás habíamos cortado con una sierra de mano seguía dominando la fachada de la casa de los Lisbon. Junto a la ventana había cinco fotografías de las hermanas Lisbon manchadas y clavadas con chinchetas oxidadas. No recordábamos haberlas colocado allí, pero allí estaban, veladas por el paso del tiempo y la intemperie, por lo que apenas si nos revelaron los perfiles fosforescentes de los cuerpos de las muchachas, convertido cada uno de ellos en una letra brillante y diferente de un alfabeto desconocido. Abajo, algunos vecinos habían salido a regar el césped o los parterres de flores y lanzaban chorros de plata. De toda una serie de aparatos de radio salió la voz cascada de nuestro locutor local de béisbol describiendo un drama lento que no veíamos y sobre los árboles convergieron los clamores de la vuelta completa, que se dispersaron después. Oscureció aún más. La gente se metió en sus casas. Probamos de encender la mecha de la vieja lámpara de queroseno y prendió a causa de algún invisible residuo, pero al cabo de un minuto una multitud de moscas del pescado comenzaron a entrar por la ventana y tuvimos que apagar la lámpara. Oíamos sus cuerpos estrellándose contra las farolas de la calle, una granizada de bolas de pelo, reventando debajo de los neumáticos de los coches que pasaban. Unos cuantos bichos reventaron con un chasquido cuando nos recostamos en las paredes de la casa del árbol. Inertes a menos que se los arrancase de su sitio, se debatían furiosamente, entre nuestros dedos, después de lo cual huían volando para adherirse, nuevamente inertes, sobre cualquier cosa. Los desechos de sus cuerpos muertos o moribundos oscurecían las farolas de la calle y los faros de los coches y transformaban las ventanas de las casas en telones por los que apenas se filtraba la luz. Nos acomodamos e izamos con una cuerda una caja de seis botellas de cerveza calientes, bebimos y esperamos.

Todos habíamos dicho a nuestras familias que nos quedábamos a dormir en casa de algún amigo, o sea que disponíamos de toda la noche para pasarla allí sentados y bebiendo sin que los adultos nos molestaran. Pero ni a la hora del crepúsculo ni después vimos ninguna luz en casa de los Lisbon aparte de la que proyectaban las velas. Parecían arder más débilmente, y sospechamos que, pese a administrarla, a las chicas comenzaba a escasearles la cera. La ventana de Cecilia tenía ese fulgor húmedo de los acuarios sucios. Moviendo en ángulo el telescopio de Carl Tagel a través de la ventana del árbol, pudimos observar la luna picada de viruelas emanando silenciosamente vapor a través del espacio, y también el azulado Venus, pero cuando dirigimos el telescopio a la ventana de Lux quedamos tan cerca de ella que nos fue imposible ver nada. Lo que al principio semejaba el xilofón de su columna vertebral acurrucado en la cama resultó ser una moldura decorativa. Un correoso hueso de melocotón colocado sobre la mesilla de noche, que databa de los tiempos en que tomaban alimentos frescos, dio pie a una serie de extravagantes conjeturas. Cada vez que descubríamos o veíamos alguna cosa que se movía, se trataba de una pieza demasiado pequeña para montar el rompecabezas, por lo que al fin renunciamos, plegamos el telescopio y nos fiamos de nuestros ojos.

La medianoche pasó en silencio. La luna se ocultó. Apareció una botella de vino de fresas Boone's Farm, que hicimos circular y dejamos después en una rama del árbol. Tom Bogus se dirigió, vacilante, a la puerta y desapareció de la vista. Un minuto más tarde oímos sus arcadas entre los arbustos. Permanecimos despiertos lo bastante como para ver salir al tío Tucker con un trozo de linóleo. Era la decimotercera capa que instalaba a fin de llenar las horas de su vida. Después de sacar una cerveza de la nevera del garaje, se paseó por el jardín delantero de su casa y echó una ojeada a su territorio nocturno. Se apostó detrás de un árbol y esperó a que apareciese Bonnie, rosario en mano. Desde el lugar en que se encontraba no podía ver el destello de luz que aparecía en la ventana del dormitorio, y cuando oímos que esta se abría él ya se había metido en casa. Teníamos los ojos fijos en aquella luz; osciló en la oscuridad y después se encendió y se apagó tres veces seguidas.

Se levantó brisa. En la negrura las hojas del árbol en que estábamos se agitaron un poco y el aire se llenó con el aroma crepuscular que emanaba la vivienda de los Lisbon. Ninguno de nosotros recuerda haber pensado ni decidido nada, puesto que en aquel momento preciso la mente dejó de funcionarnos y se nos llenó con la única paz que conocimos nunca. Estábamos allá arriba, sobre el nivel de la calle, a la misma altura que las ruinosas habitaciones de las hermanas Lisbon, y ellas nos llamaban. Oímos el crujido de la madera. Entonces, por un instante, las vimos –Lux, Bonnie, Mary y Therese– enmarcadas en la misma ventana. Nos miraban, penetraban el vacío hasta nosotros. Mary nos envió un beso o quizá se secó la boca. La luz se apagó. La ventana se cerró y ellas se marcharon.

Ni nos paramos a hablarlo siquiera. En fila, como los paracaidistas, saltamos del árbol. Era un salto fácil, y el golpe nos reveló cuán cerca estaba el suelo: a no más de tres metros. Si saltábamos, casi podíamos tocar el suelo de la casa del árbol. Nos asombró nuestra nueva altura y más tarde muchos dijeron que aquello contribuyó a potenciar nuestra audacia porque por primera vez nos sentimos hombres.

Avanzábamos hacia la casa desde diferentes direcciones, ocultándonos en las sombras de los árboles que aún sobrevivían. A medida que nos acercábamos, algunos arrastrándose por el suelo a la manera de los soldados, otros caminando, el olor era cada vez más fuerte. El aire se espesaba. Pronto llegamos a una barrera invisible: hacía meses que nadie se acercaba tanto a la casa de las hermanas Lisbon. Vacilamos y entonces Paul Baldino levantó la mano, dio la señal y nos aproximamos aún más. Rozamos las paredes de ladrillo, nos agachamos debajo de las ventanas, se nos prendieron telarañas en los cabellos. Nos metimos en la húmeda suciedad del jardín trasero. Kevin Head tropezó con el comedero de los pájaros, que todavía seguía allí. Se partió por la mitad y las semillas que contenía se desparramaron por el suelo. Nos quedamos helados, pero no se encendió ninguna luz. Un minuto después nos acercamos un poco más. Los mosquitos se lanzaban en picado sobre nuestras orejas, pero no les hacíamos caso porque estábamos demasiado absortos tratando de descubrir en la oscuridad una escala hecha con sábanas anudadas y un camisón que descendía por ella. No vimos nada. La casa se erguía ante nosotros, sus ventanas reflejaban oscuras masas de hojas. Chase Buell nos recordó en un murmullo que acababa de obtener el carné de conducir y nos mostró las llaves del Cougar de su madre.

—Podemos coger mi coche —dijo.

Tom Faheem escudriñó los descuidados parterres en busca de piedrecillas para arrojar a las ventanas de las chicas. En cualquier momento una de las ventanas de arriba podía abrirse después de romper la soldadura de las moscas del pescado y entonces se asomaría una cara que nos miraría durante el resto de nuestras vidas.

Cuando llegamos a la ventana de atrás fuimos lo bastante valientes para atisbar dentro. A través de una maraña de plantas muertas colocadas en el alféizar, descubrimos el interior de la casa: un paisaje marino de objetos confusos que tan pronto avanzaban como retrocedían a medida que los ojos se iban acomodando a la luz. La butaca del señor Lisbon rodó hacia adelante, el apoyo de los pies se levantó como una pala de recoger nieve, el sofá de vinilo marrón retrocedió hacia la pared. Mientras se movían de un lado a otro, el suelo pareció elevarse como un escenario hidráulico y entonces, iluminada por la única luz de la habitación, procedente de una pequeña lámpara con pantalla, vimos a Lux. Estaba tumbada en un almohadón y tenía las rodillas levantadas y separadas, la parte superior del cuerpo hundida en el cojín, como si la sujetase igual que una camisa de fuerza. Llevaba vaqueros y zuecos de ante y la larga cabellera se le desparramaba sobre los hombros. Tenía un cigarrillo en la boca, y la larga ceniza estaba a punto de caer.

No sabíamos qué hacer a continuación. Nadie nos había dado instrucciones. Apretábamos la cara contra las ventanas y nos servíamos de las manos como de unos anteojos. Los vidrios transmitían las vibraciones de los sonidos y, al inclinarnos hacia adelante, sentíamos a las demás muchachas moviéndose en la planta superior. Algo se deslizó, se detuvo, volvió a deslizarse. Algo rebotó. Apartamos las caras y todo volvió a quedar quieto. Después volvimos a acercarnos al vidrio que zumbaba.

Lux buscó a tientas un cenicero. Al no encontrar ninguno al alcance de la mano, sacudió la ceniza, que cayó sobre sus vaqueros. Se los restregó con la mano. Al moverse se incorporó y vimos que llevaba una camiseta de tirantes. Los llevaba atados detrás del cuello con un lazo y los extremos descendían por sus pálidos hombros y sus clavículas salientes, para ensancharse después en dos tiras amarillas. Llevaba la camiseta ligeramente torcida hacia la derecha, y cuando se estiró reveló una suave y blanda carnosidad.

–En julio hará dos años –dijo Joe Hill Conley refiriéndose a la última vez que la habíamos visto con aquella camiseta.

Era un día muy caluroso. Lux había salido pero a los cinco minutos su madre le ordenaba que entrara en la casa y se cambiara. Ahora, esa camiseta nos hablaba de todo el tiempo transcurrido, de todas las cosas que habían sucedido desde entonces, pero sobre todo nos informaba de que las chicas se marchaban y de que a partir de entonces llevarían lo que se les antojase.

–Quizá tendríamos que llamar –murmuró Kevin Head.

Pero nadie llamó. Lux volvió a acomodarse en el almohadón. Aplastó el cigarrillo en el suelo. Detrás de ella, en la pared, se proyectó una sombra. Lux se volvió de pronto, pero sonrió enseguida al ver a un gato que nunca habíamos visto hasta ese momento y que subió a su regazo. Ella abrazó el cuerpo indiferente del animal hasta que este, tras debatirse un instante, consiguió liberarse (esta es otra de las cosas que deseamos hacer constar: al final Lux quería a aquel gato extraviado. El animal se escapó y desapareció de este informe). Lux encendió otro cigarrillo. Al quedar iluminada por el reflejo de la cerilla, miró hacia la ventana. Levantó la barbilla y tuvimos la impresión de que nos había visto, pero entonces se pasó la mano por el cabello. Solo estaba observando el reflejo de su imagen. La luz del interior de la casa nos hacía invisibles y, aunque nos encontrábamos a pocos centímetros de la ventana, no podía vernos, como si estuviésemos mirándola desde otro plano de la existencia. El débil resplandor que salía de la ventana aleteaba ante nuestra cara mientras teníamos el tronco y las piernas sumidos en la oscuridad. En el lago un carguero hacía sonar la sirena, no era noche de niebla. Otro carguero le respondió con un sonido más agudo. De un tirón brusco se le habría podido arrancar a Lux aquella camiseta de tirantes.

211

Tom Faheem fue el primero, desmintiendo con ello la fama que tenía de tímido. Subió los escalones del porche trasero, abrió sigilosamente la puerta y, finalmente, nos franqueó la entrada de la casa de los Lisbon.

—Aquí estamos –fue todo lo que dijo.

Lux levantó los ojos, pero no se levantó del almohadón. Sus ojos soñolientos no reflejaron sorpresa alguna al vernos, pero en la base de su blanco cuello comenzó a extenderse una mancha de rubor en forma de langosta.

—Ya era hora. Hace tiempo que os estamos esperando –dijo, y dio otra calada al cigarrillo.

—Tenemos un coche –continuó Tom Faheem–. El depósito está lleno. Os llevaremos donde queráis.

—No es más que un Cougar –explicó Chase Buell–, pero el maletero es bastante grande.

—¿Podré ir sentada delante? –preguntó Lux torciendo la boca para sacar el humo de lado, alejándolo cortésmente de nosotros.

—Por supuesto.

—¿Quién de vosotros, tíos, se sentará a mi lado?

Echó la cabeza hacia atrás y soltó una sucesión de anillos de humo. Los contemplamos mientras iban subiendo, pero esta vez Joe Hill Conley no se adelantó corriendo para introducir el dedo en ellos. Por vez primera echamos una ojeada a la casa. Ahora que estábamos dentro el olor nos parecía más intenso que nunca. Era un olor a yeso mojado, a desagües atascados con la interminable maraña de los cabellos de las hermanas Lisbon. Los armarios estaban cubiertos de moho, las tuberías goteaban. Debajo de las goteras seguía habiendo botes de pintura, cada uno con un resto de la solución que había contenido en otro tiempo. La sala de estar parecía haber sufrido un saqueo. El televisor, que estaba en un rincón, no tenía pantalla. Delante de él estaba abierta la caja de herramientas del señor Lisbon. A los sillones les faltaban los brazos o las patas, como si los Lisbon los hubieran utilizado como leña.

—¿Dónde están tus padres?

—Duermen.

—¿Y tus hermanas?

—Ahora vienen.

Algo cayó escaleras abajo con ruido sordo. Nos retiramos hacia la puerta de atrás.

—Vamos —dijo Chase Buell—. Será mejor que salgamos de aquí. Se está haciendo tarde.

Pero Lux se limitó a mover la cabeza y a suspirar. Se apartó un tirante de la piel, le había dejado una marca roja. Todo volvía a estar en silencio.

—Esperad cinco minutos —dijo Lux—. No hemos terminado de hacer el equipaje. Teníamos que esperar a que mis padres estuviesen dormidos. Les cuesta muchísimo dormirse. Especialmente a mi madre. Padece insomnio. Es probable que ahora mismo esté despierta. —Se puso de pie. Vimos que se incorporaba en el almohadón inclinándose hacia delante como para darse impulso. Aquella prenda, con sus inconsistentes tirantes, le colgaba totalmente separada del cuerpo, lo que nos permitía ver aire oscuro entre la tela y la piel y también el dulce fogonazo de sus pechos enharinados—. Tengo los pies hinchados —dijo—. Es de lo más desagradable. Por eso llevo zuecos. ¿Os gustan?

Hizo balancear uno en la punta de los dedos.

—Sí.

Ahora Lux estaba de pie en toda su estatura, que no era mucha. Era preciso que no parásemos de repetirnos que todo aquello estaba ocurriendo de verdad, que aquella era realmente Lux Lisbon, que estábamos en la misma habitación que ella. Lux se miró, se arregló los tirantes de la camiseta, con el pulgar se encajó la tela en la carnosidad del lado derecho, ahora al descubierto. Después volvió a levantar la vista como si nos mirase a los ojos a todos al mismo tiempo, y echó a andar. Caminaba arrastrando los zuecos en dirección a la zona de sombras y, al acercarse, mientras iba dejando con sus pasos una marca en el suelo cubierto de polvo, oímos que decía:

—En un Cougar no cabremos todos. —Dio un paso más y su cara reapareció. Durante el espacio de un segundo no pareció viva: era demasiado blanca, tenía las mejillas esculpidas de manera demasiado perfecta, las arqueadas cejas parecían pintadas, sus labios gruesos eran de cera. Pero se acercó más y entonces vimos en sus ojos aquella luz que desde siempre habíamos buscado—. ¿No creéis que es mejor coger el coche de mi madre? Es más grande. ¿Quién de vosotros conduce?

Chase Buell levantó la mano.

—¿Crees que sabrás conducir una furgoneta?

—Seguro que sí —respondió Chase, y al instante preguntó—: No tiene palanca de marchas, ¿verdad?

—No.

—Pues sí, no hay problema.

—¿Me dejarás conducir un poco a mí?

—Claro. Pero tenemos que irnos. Acabo de oír algo. A lo mejor es tu madre.

Lux se acercó a Chase Buell. Se acercó tanto que su aliento agitó levemente el cabello del chico. Y entonces, delante de todos, le desabrochó el cinturón. Ni siquiera tuvo que bajar la vista. Los dedos veían el camino y solo una vez se equivocaron, lo que la obligó a hacer un movimiento con la cabeza, como el músico que falla una nota fácil. Todo el tiempo Lux tuvo los ojos clavados en los de Chase, encaramada siempre en las esferas de sus pies, y era tal el silencio de la casa que hasta oímos cómo le desabrochaba los pantalones. El ruido de la cremallera descendió por nuestra columna vertebral. Nadie se movió. Chase Buell no se movió. Los ojos de Lux, fuego y terciopelo, brillaban en la semipenumbra. En el cuello le palpitaba suavemente una vena, aquella en la que se supone que hay que poner el perfume precisamente por esa razón. Aunque se lo hacía a Chase Buell, todos teníamos la impresión de que nos lo hacía a nosotros, que se acercaba y nos poseía como sabía que podía poseernos. Justo en el último segundo se oyó un golpe sordo proveniente de abajo. Arriba, el señor Lisbon tosió en sueños. Lux se detuvo. Apartó los ojos, como consultando consigo misma, y entonces dijo:

–No, ahora no podemos. –Soltó el cinturón de Chase Buell y se dirigió hacia la puerta de atrás–. Tengo que tomar un poco de aire fresco. Chicos, me habéis puesto nerviosa.

Y sonrió, una sonrisita indefinida, torpe, una sonrisa genuina, pero desagradable.

–Yo esperaré en el coche. Vosotros aguardad aquí a mis hermanas. Tenemos cantidad de cosas. –Hurgó dentro de un cuenco junto a la puerta de atrás buscando las llaves del coche. Hizo como que se iba, pero volvió a pararse–. ¿Adónde iremos?

–A Florida –respondió Chase Buell.

–Fabuloso –dijo Lux–. Florida.

Un minuto después oímos la puerta del coche que se cerraba con un golpe en el garaje. Algunos recuerdan haber oído los débiles acordes de una melodía popular atravesando la noche, lo que nos indicó que había puesto la radio. Esperamos. No estábamos seguros de dónde podían estar las chicas. Oíamos ruidos que venían de arriba, la puerta de un armario que se abría, el peso de una maleta que arrancaba sonidos discordantes de los muelles de la cama. Tanto arriba como abajo se oía ruido de pisadas. Arrastraban algo en el sótano. Aunque no sabíamos qué eran todos aquellos ruidos, había un hecho preciso que los rodeaba: todos los movimientos parecían exactos, como si formasen parte de un elaborado plan de fuga. Nos dimos cuenta de

215

que no éramos más que peones de aquella estrategia, útiles solo una vez, aunque el hecho no disminuía en nada la excitación que sentíamos. Cada vez estábamos más convencidos de que pronto nos encontraríamos en el coche con las muchachas, que las conduciríamos fuera de nuestro verde vecindario para ir en busca de la desolación pura y libre de carreteras comarcales que no conocíamos siquiera. Echamos suertes para saber quién iría delante, quién se pondría detrás. Entretanto, la sensación de que pronto las hermanas Lisbon se reunirían con nosotros nos llenaba de serena felicidad. ¿Quién habría podido decir hasta qué punto nos acostumbraríamos a aquellos ruidos; al que producen, al cerrarse de golpe, los bolsillos elásticos de satén que hay en el interior de las maletas; al del cascabeleo de la bisutería; al de los pies de las chicas, encorvadas por el esfuerzo, arrastrando las maletas a través de un pasillo anónimo? En nuestros pensamientos iban adquiriendo forma caminos desconocidos. Nos veíamos abriéndonos paso a través de espadañas, de ensenadas, de viejos embarcaderos. En una gasolinera pediríamos la llave del lavabo de señoras porque las hermanas Lisbon, demasiado tímidas, no se atreverían a hacerlo. Pondríamos la radio y dejaríamos las ventanas abiertas.

En un momento de aquel ensueño la casa quedó en silencio. Pensamos que ya debían de haber terminado de empaquetarlo todo. Peter Sissen, con su pluma-linterna, abrió un camino escueto de luz hacia el comedor y volvió para decirnos:

–Todavía queda una abajo. Hay luz en la escalera.

Permanecimos en el mismo lugar, agitamos la pluma-linterna, esperamos a las chicas, pero no vino nadie. Tom Faheem quiso subir la escalera, pero crujió tan ruidosamente que volvió a bajar enseguida. El silencio de la casa resonaba en nuestros oídos. Pasó un coche y una sombra recorrió el comedor. Por un momento quedó iluminada la pintura de los Peregrinos. Sobre la mesa del comedor había montones de ropa de invierno envuelta en plástico. Asomaban otros bultos voluminosos. La casa parecía un desván lleno de trastos entre los que se establecían revolucionarias relaciones: la tostadora estaba dentro de la jaula del pájaro, las zapatillas de ballet sobresalían de una cesta de mimbre. Nos abrimos camino entre aquella confusión, pasamos por espacios despejados para los juegos –un tablero de backgammon, un juego de damas–, después volvimos a meternos entre matorrales de batidoras de huevos y botas de goma. Entramos en la cocina. Estaba demasiado oscura para ver nada, pero oíamos un leve siseo, como si alguien suspirase. Desde el sótano se proyectaba un trapezoide luminoso. Nos acercamos a la escalera y aguzamos el oído. Después bajamos a la sala de juegos.

Chase Buell iba delante y, a medida que descendíamos, agarrado cada uno a la trabilla del cinturón del compañero, retrocedimos hasta aquel día del año anterior en que bajamos esas mismas escaleras para asistir a la única fiesta que las hermanas Lisbon estuvieron autorizadas a dar en su vida. Cuando llegamos abajo nos dimos cuenta de que literalmente habíamos retrocedido en el tiempo porque, aparte de los dos centímetros de agua que inundaba el suelo, la sala estaba exactamente igual a como la habíamos dejado. Nadie se había encargado de recoger las cosas después de la fiesta de Cecilia. La mesa para jugar a las cartas seguía cubierta con el mantel de papel, ahora manchado de cagadas de rata. En el cuenco de cristal tallado se había solidificado la masa pardusca del ponche, que aparecía salpicada de moscas. Hacía mucho tiempo que se había derretido el sorbete, aunque en el pegajoso sedimento asomaba todavía un cucharón, y delante de este seguían amontonados unos tazones, grises de polvo y telarañas. Colgados del techo con anchas cintas había toda una profusión de globos marchitos. El juego del dominó seguía invitando a que alguien lo continuara con un tres o con un siete.

No sabíamos dónde podían estar las hermanas Lisbon. La superficie del agua estaba rizada, como si algo acabara de nadar o de zambullirse en ella. El gorgoteante desagüe absorbía de manera intermitente. Por las paredes resbalaba el agua, que reflejaba nuestras caras rosadas y los banderines rojos y azules que colgaban del techo. Los cambios de la sala —sabandijas acuáticas adheridas a las paredes, una rata muerta flotando— no hacían más que resaltar lo que no había cambiado. Si entrecerrábamos los ojos y nos tapábamos la nariz, podíamos engañarnos hasta el punto de creer que la fiesta todavía continuaba. Buzz Romano vadeó hasta la mesa para jugar a las cartas y, ante nuestros propios ojos, se marcó unos pasos de baile que su madre le había enseñado en el esplendor papal de sus salones. Buzz solo abrazaba aire, pero nosotros la veíamos a ella, a ellas, a las cinco hermanas Lisbon, entre sus brazos.

—Esas chicas me vuelven loco. Si por lo menos pudiese meterle mano a una... —dijo mientras los zapatos se le llenaban y vaciaban de légamo.

Aquel baile todavía difundió más el olor a cloaca y, más intenso que nunca, aquel otro olor que ya no olvidaríamos jamás. Porque entonces vimos, sobre la cabeza de Buzz Romano, la única cosa que había cambiado en la habitación desde que la dejamos un año atrás. Entre los globos medios desinflados colgaban los zapatos bicolores, marrones y blancos, de Bonnie. Había atado la cuerda a la misma viga que los adornos.

Nadie se movió. Buzz Romano, totalmente abstraído, continuaba bailando. Sobre él, con su vestido rosa, Bonnie tenía un aire pulcro y festivo. Parecía una piñata. Tardamos un minuto en percatarnos de la situación. Levantamos los ojos hacia Bonnie, hacia sus piernas larguiruchas cubiertas con las medias blancas de la confirmación, y se apoderó de nosotros una vergüenza que, de hecho, nunca nos había abandonado. Los médicos con los que consultamos después atribuyeron nuestra reacción a la conmoción sufrida. Pero nuestro estado de ánimo se parecía más bien a una sensación de culpa, como un despertar a último momento, cuando ya es demasiado tarde, como si Bonnie revelase en un murmullo no solo el secreto de su muerte sino de su vida, de las vidas de todas las hermanas Lisbon. Estaba tan quieta. Tenía un peso tan enorme. Las suelas de sus zapatos húmedos estaban cubiertas de fragmentos de mica, que brillaban y se iban desprendiendo.

Nunca la habíamos conocido. Nos habían conducido hasta allí para que lo supiéramos.

Cuánto rato permanecimos de aquel modo, en comunión con su espíritu desaparecido, es algo que no podemos recordar, pero fue el suficiente para que nuestra respiración colectiva desencadenara una brisa en la habitación que hizo girar el cuerpo inerte de Bonnie. Giraba lentamente y llegó un punto en que su rostro se apartó de las algas marinas de los globos para mostrarnos la realidad de la muerte que había elegido: un mundo de cuencas ennegrecidas, de sangre acumulada en las extremidades inferiores envarando las articulaciones.

Ya conocíamos el resto, aunque nunca llegamos a estar seguros de la secuencia de los hechos. Todavía discutimos acerca de ello. Lo más probable es que Bonnie muriese mientras estábamos en la sala soñando con autopistas. Mary metió la cabeza en el horno poco después, al oír que Bonnie pegaba un puntapié a la maleta a la que se había subido. Estaban dispuestas a ayudarse mutuamente en caso de necesidad. Es probable que Mary todavía respirase cuando pasamos por su lado camino del sótano y que, como comprobamos más tarde, estuviésemos a menos de medio metro de ella en plena oscuridad. Therese, atiborrada de píldoras para dormir que se tragó con ayuda de ginebra, seguramente ya estaba muerta cuando nos metimos en la casa. Lux fue la última en marcharse, veinte o treinta minutos después de que nos fuéramos nosotros. Cuando huimos corriendo, gritando sin proferir sonido alguno, olvidamos detenernos en el garaje, de donde aún salía música. La encontraron en el asiento de delante, el rostro gris y sereno, sosteniendo un mechero que le había quemado unos círculos en la palma de la mano. Había huido en el coche tal como habíamos planeado. Si nos había desabrochado el cinturón, solo había sido para entretenernos, para que ella y sus hermanas pudieran morir en paz.

5

Ahora ya los conocíamos. Sabíamos cómo conducía el delgaducho, con sus acelerones, sus giros cautos, su costumbre de calcular mal la anchura del camino de entrada de la casa de los Lisbon y por ello aplastarles el césped con las ruedas. Conocíamos la inflexión del sonido que emite una sirena al pasar, fenómeno que Therese había identificado correctamente como efecto Doppler la tercera vez que se presentó la ambulancia, aunque no la cuarta porque entonces también ella había encontrado su punto de inflexión, girando hacia abajo, lejos, en lentas espirales, sensación análoga a sentirse engullido por los propios intestinos. Sabíamos que el gordo tenía la piel sensible y que la navaja de afeitar le llenaba la cara de mataduras, que llevaba una cuña metálica en el tacón del zapato porque tenía la pierna izquierda más corta que la derecha y que cuando pasaba por el camino de entrada arrancaba de la gravilla una especie de ruidito irregular. Sabíamos que el delgaducho tenía el cabello graso porque el día que vinieron a recoger a Cecilia llevaba los cabellos largos como Bob Seger, mientras que ahora, un año después, ya no tenía todo aquel plumón y parecía una rata ahogada. Ignorábamos sus verdaderos nombres, pero estábamos empezando a intuir la condición de sus vidas de sanitarios, el olor de los vendajes y de las máscaras de oxígeno, el sabor de cenas previas a calamidades sobre bocas resucitadas, el perfume de la vida desvaneciéndose más allá de sus caras hinchadas, la sangre, las salpicaduras del cerebro estallado, las mejillas azules, los ojos desencajados y —en nuestro mismo vecindario— la sucesión de cuerpos fláccidos con brazaletes mágicos y relicarios de oro en forma de corazón.

Cuando llegaron por cuarta vez, ya estaban perdiendo la fe. La ambulancia hizo la misma parada brusca, los neumáticos chirriaron, las puertas se abrieron, pero cuando los sanitarios bajaron ya habían perdido su aspecto gallardo y quedó claro que ahora solo eran dos hombres que temían ser humillados.

—Son los dos de siempre —dijo Zachary Larson, cinco.

El gordo miró al delgaducho y ambos se encaminaron hacia la casa, aunque esta vez sin equipo alguno. La señora Lisbon, con la cara lívida, abrió la puerta. Señaló con el dedo hacia el interior, pero no dijo nada. Cuando entraron los sanitarios, se quedó junto a la puerta y se ciñó el cinturón de la bata. Por dos veces rectificó con el dedo del pie la posición de la estera de bienvenida junto a la puerta. Los sanitarios salieron enseguida, ahora diferentes y electrificados, y descargaron la camilla. Un minuto después trasladaban en ella a Therese, colocada boca abajo. Llevaba el vestido levantado y arrollado a la cintura revelando la impropia ropa interior, del mismo color de los vendajes atléticos. Le habían saltado los botones de atrás y la abertura revelaba un trozo de espalda del color de las setas. Le colgaba la mano fuera de la camilla, pese a que la señora Lisbon insistía en colocarla en su sitio.

—¡Quieta! —ordenó, como si hablara con la mano.

La mano volvió a caer. La señora Lisbon no insistió más, se le vencieron los hombros, pareció renunciar. Un segundo después echó a correr, se agarró al brazo de Therese y dijo en un murmullo lo que a algunas personas les pareció: «Ella no, Señor.» Pero la señora O'Connor, que había hecho teatro en la escuela, aseguró que había dicho: «Qué crueldad, Señor.»

En aquel momento ya estábamos en la cama fingiendo que dormíamos. Fuera, el sheriff se había puesto una máscara de oxígeno para entrar en el garaje y levantar la puerta automática. Al abrirla (por lo menos eso dijo la gente) no salió nada, ni humo como se esperaba ni un rastro de gas que pudiera hacer temblar la imagen, como en los espejismos. La ambulancia continuaba estremeciéndose y, como el sheriff había golpeado accidentalmente otro conmutador, el limpiaparabrisas se movía locamente. El gordo entró en la casa para descolgar a Bonnie del techo, colocando para ello en equilibrio una silla sobre otra, igual que hacen los equilibristas en el circo. A Mary la encontraron en la cocina, no muerta pero casi, la cabeza y el torso dentro del horno como si estuviera limpiándolo. Llegó una segunda ambulancia (fue la única vez), en la que iban otros dos sanitarios más eficientes que el sheriff y el gordo. Entraron corriendo en la casa y le salvaron la vida a Mary. Al menos durante un tiempo. No pudieron hacer otra cosa.

Técnicamente Mary sobrevivió más de un mes, pese a que todo el mundo opinaba lo contrario. Después de aquella noche la gente hablaba de las hermanas Lisbon en pasado y, si mencionaban a Mary, lo hacían con el velado deseo de que la muchacha se diese prisa y acabase todo de una vez. De hecho, los suicidios finales sorprendieron a muy pocos. Incluso nosotros, que habíamos intentado salvar a las chicas, acabamos por considerar que habíamos sufrido un episodio de locura temporal. Considerándolo en retrospectiva, la baqueteada maleta de Bonnie perdió sus asociaciones con los viajes y las fugas y pasó a convertirse simplemente en lo que era: un peso muerto para un ahorcado, como los sacos de arena en las viejas películas del Oeste. Sin embargo, aunque todo el mundo estaba de acuerdo en que los suicidios se produjeron de forma tan predecible como las estaciones o la vejez, nunca conseguimos ponernos de acuerdo sobre su explicación. Los suicidios finales parecían confirmar la teoría del doctor Hornicker acerca de que las muchachas habían sufrido una tensión postraumática, si bien el doctor Hornicker se apartaría más adelante de aquella conclusión. Aunque el suicidio de Cecilia desencadenó conductas imitativas, esto no explica por qué Cecilia se quitó la vida. En una reunión convocada precipitadamente en el Lions Club, el doctor Hornicker, orador invitado, mencionó la posibilidad de que existiera un enlace químico y adujo un nuevo estudio de «índices de un receptor plaquetario de serotonina en niños suicidas». El doctor Kotbaum, del Instituto Psiquiátrico Occidental, había podido comprobar que muchos suicidas tenían una deficiencia de serotonina, neurotransmisor esencial para la regulación del estado anímico. Como el estudio de la serotonina fue publicado después del suicidio de Cecilia, el doctor Hornicker no llegó a medir su nivel de serotonina. Examinó, sin embargo, una muestra de sangre de Mary en la que sí se apreciaba una ligera deficiencia de serotonina. La sometieron a medicación y, después de dos semanas de análisis psicológicos y de terapia intensiva, volvieron a hacerle otro análisis de sangre. Aquella vez el nivel de serotonina resultó normal.

En cuanto a las demás hermanas, se les practicó la autopsia en obediencia a una ley estatal que exigía un estudio de todas las muertes por suicidio. La ley daba libertad a la policía en tales casos y, debido al fallo que habían tenido anteriormente al no ordenar que se practicara la autopsia a Cecilia, muchos creyeron que se sospechaba que el señor y la señora Lisbon habían hecho un juego sucio o deseaban sentirse presionados para mudarse de vecindario. Un forense, que llegó de la ciudad con dos fatigados ayudantes, abrió el cerebro y las cavidades corporales de las muchachas y escrutó el misterio de su desesperación. Se sirvieron de un sistema parecido al de una línea de montaje: los ayudantes se iban pasando las chicas y las trasladaban al médico, quien utilizaba la sierra de mesa, la manguera, la aspiradora. Se sacaron fotografías, pero no llegaron a revelarse, aunque hay que decir que tampoco habríamos tenido estómago para examinarlas. Pese a ello, leímos el informe del forense, escrito en un estilo florido que convertía la muerte de las hermanas Lisbon en algo tan irreal como la propia noticia. Hablaba de la increíble limpieza de los cuerpos de las muchachas, los más jóvenes en los que había trabajado en su vida, y que en ellos no se apreciaban signos de desgaste ni de alcoholismo. Sus corazones azules y lisos parecían globos de agua y el resto de sus órganos poseía una diafanidad similar a la de los libros de texto. En la gente mayor o en la que está crónicamente enferma, los órganos tienden a deformarse, a distenderse, a cambiar de color, a establecer conexiones con órganos con los que no tienen ninguna relación, por lo que la mayor parte de las vísceras, como dijo el forense, parecen «un trozo deforme de goma. Como un objeto expuesto». Sin embargo, entristecía al forense perforar y despedazar aquellos cuerpos inmaculados, y más de una vez sintió que la emoción lo vencía. En un margen garrapateó una nota para su uso particular: «Diecisiete años en este trabajo y me he convertido en un inútil.» No obstante, perseveró y encontró el amasijo de píldoras medio digeridas en el íleon de Therese, la sección estrangulada del esófago de Bonnie y la irrupción de monóxido de carbono en la tibia sangre de Lux.

La señorita Perl, cuyo artículo apareció en el periódico de la noche, fue la primera persona en señalar la importancia de la fecha. Resultaba que las hermanas Lisbon se habían suicidado el 16 de junio, aniversario del día en que Cecilia se había cortado las venas. La señorita Perl sacó partido del suceso y habló de «ominoso presagio» y de «pavorosa coincidencia», e inició por su cuenta aquel frenesí que alimentaría las especulaciones que han continuado hasta hoy. En sus posteriores artículos –uno cada dos o tres días durante dos semanas– varió el tono, que pasó del registro comprensivo de la persona que guarda luto a la acerada precisión de lo que nunca consiguió ser: una periodista dedicada a hacer reportajes. Recorriendo el vecindario en su Pontiac azul, compuso con los recuerdos una conclusión herméticamente cerrada, mucho menos verídica que la nuestra, llena de agujeros. Tras el emético que suponían las insistentes preguntas de la señorita Perl, Amy Schraff, la antigua amiga de Cecilia, vomitó un recuerdo correspondiente a los días que precedieron al suicidio: una tarde aburrida, Cecilia le había pedido que se tumbase en su cama debajo del móvil del zodiaco.

–Cierra los ojos y mantenlos cerrados –le había dicho.

De pronto se abrió la puerta, las demás hermanas entraron en la habitación y pusieron sus manos sobre la cara y cuerpo de Amy.

–¿Con quién quieres establecer contacto? –preguntó Cecilia.

–Con mi abuela –respondió Amy.

Sentía las manos frescas en la cara. Alguien hizo quemar incienso, ladró un perro. No sucedió nada.

Basándose en aquel episodio, que no indica un fenómeno más espiritista que la tabla de Ouija girando entre los Milton Bradley de turno, la señorita Perl alegó que los suicidios eran un ritual esotérico de autosacrificio. Su tercer artículo, que apareció bajo el titular «Es posible que los suicidios obedecieran a un pacto», subraya la teoría general de una conspiración, que sostiene que las chicas planificaron los suicidios en concierto con un hecho astrológico indeterminado. Cecilia se había adelantado mientras sus hermanas esperaban entre bastidores. El escenario estaba iluminado por las velas. Cruel Cux comenzó a lloriquear en el foso de la orquesta. El programa que el público tenía en las manos mostraba una imagen de la Virgen. La señorita Perl se había encargado de la magnífica coreografía. Lo que nunca llegó a explicar, sin embargo, fue la razón de que las hermanas Lisbon escogieran la fecha del intento de suicidio de Cecilia y no su suicidio real, tres semanas más tarde, el 9 de julio.

Pero aquella discrepancia no detuvo a nadie. Una vez que se produjo la imitación de los suicidios, los medios de comunicación se lanzaron a la calle sin interrupción. Nuestros tres canales de televisión local enviaron nuevos equipos e incluso apareció un corresponsal nacional, que viajaba con su caravana. Se había enterado de los suicidios en una parada de camiones del extremo sudoccidental de nuestro estado y decidió acercarse para hacer las comprobaciones oportunas.

–Dudo que cace nada –dijo–. Se supone que soy el de la casaca de color.

Aun así, aparcó la caravana cerca de la casa y a partir de ese momento lo vimos instalado en sus asientos a cuadros o cociendo hamburguesas en la minicocina. Sin dejarse arredrar por la delicada situación en que se encontraban los padres, los equipos de noticias locales empezaron a infundir de inmediato una serie de rumores. Fue entonces cuando vimos la filmación de la casa de los Lisbon, tomada unos meses antes, un hueco del tejado empapado de agua y una puerta frontal desnuda, todo lo cual conducía a una recapitulación por la que todas las noches desfilaban las cinco caras: Cecilia en su fotografía del anuario, seguida de sus hermanas en las suyas. En aquellos tiempos las retransmisiones en directo todavía eran algo nuevo y a menudo los micrófonos se quedaban mudos o las luces se fundían dejando a los periodistas hablando a oscuras. Los espectadores, a los que la televisión todavía no aburría, se peleaban para salir en el cuadro. Los periodistas intentaban entrevistar cada día al señor y a la señora Lisbon, pero nunca lo consiguieron. No obstante, a la hora del espectáculo pareció que habían logrado acceder a las habitaciones de las chicas dados los íntimos tesoros que exhibieron. Un periodista mostró un vestido de novia confeccionado el mismo año que el de Cecilia y, aparte de que no tenía el dobladillo cortado, por lo demás habría sido imposible distinguirlo del original. Otro periodista terminó su emisión con la lectura de una carta que Therese había escrito a la oficina de solicitudes Brown, «irónicamente –según dijo–, solo tres días antes de que pusiera fin al sueño de ir a la universidad... o de cualquier otra cosa». Poco a poco, los periodistas comenzaron a referirse a las hermanas Lisbon por sus nombres de pila, dejaron de entrevistar a expertos en cuestiones médicas y optaron por acumular recuerdos. Se convirtieron, como nosotros, en guardianes de las vidas de las muchachas y, de haber realizado su labor a nuestra plena satisfacción, es posible que no nos hubiésemos visto obligados a vagabundear interminablemente por los vericuetos de las hipótesis y de la memoria. En lugar de eso, los periodistas se preguntaban cada vez menos por qué se habían matado las hermanas Lisbon y, en cambio, hablaban más de sus aficiones y méritos académicos. Wanda Brown, del Canal 7, desenterró una foto tomada en la piscina del centro comunitario, en la que una Lux en biquini conseguía que un salvavidas abandonase su silla para aplicar óxido de zinc en su nariz de conejillo. Cada noche los periodistas revelaban alguna anécdota o alguna nueva fotografía, si bien sus descubrimientos no guardaban relación alguna con lo que nosotros sabíamos que era verdad, hasta el punto que pronto nos pareció que hablaban de personas diferentes. Pete Patillo, del Canal 4, se refirió al «amor de Therese por los caballos», pese a que jamás la habíamos visto junto a ningún caballo, en tanto que Tom Thomson, del Canal 2, a menudo se hacía un lío con los nombres de las muchachas. Los periodistas citaban como hechos probados versiones de cosas apócrifas y confundían detalles de anécdotas que eran básicamente ciertas (de ese modo, la ropa interior negra de Cecilia apareció mezclada con la cera que el imbécil de Pete Patillo atribuyó a Mary). El hecho de que el resto de la ciudad aceptara las noticias como el evangelio no hacía sino desmoralizarnos todavía más. Para nosotros, las personas ajenas no tenían derecho alguno a referirse a Cecilia como «la loca» por el simple hecho de que no habían obtenido sus notas a través de una larga destilación de informes de primera mano. Por primera vez en nuestras vidas comprendimos al presidente, pues advertimos lo mal representada que estaba nuestra esfera de influencia por aquellos que no estaban en posición de saber qué había ocurrido realmente. Hasta nuestros propios padres parecían aceptar cada vez más la versión que de las cosas daba la televisión y prestaban oído atento a las sandeces que soltaban los periodistas, como si estos pudiesen ponernos al corriente de la verdad de nuestras vidas.

Después del suicidio general, el señor y la señora Lisbon renunciaron al intento de llevar una vida normal. La señora Lisbon dejó de asistir a la iglesia y, cuando el padre Moody se presentó en su casa para ofrecerle sus consuelos, nadie le abrió la puerta.

–Estuve llamando al timbre con insistencia, pero fue como si nada –nos explicó.

Durante todo el tiempo que Mary estuvo en el hospital, la señora Lisbon solo apareció una vez. Herb Pitzenberger la vio asomarse por el porche trasero de la casa con un montón de hojas manuscritas, apilarlas y prenderles fuego. Nunca supimos qué eran aquellas hojas.

Más o menos en esa época la señora Carmina D'Angelo recibió una llamada del señor Lisbon pidiéndole que volviera a poner la casa en venta (había renunciado a hacerlo poco después del suicidio de Cecilia). La señora D'Angelo le indicó, con todo el tacto de que fue capaz, que el estado en que se encontraba la casa en aquellos momentos no facilitaría la venta, pero el señor Lisbon respondió:

–Lo sé muy bien, pero es que he avisado a un chico.

El chico en cuestión resultó ser el señor Hedlie, profesor de inglés de la escuela. Como era verano y no trabajaba, llegó en su Volkswagen, cuyo guardabarros lucía una pegatina en la que seguía pidiendo apoyo para el último derrotado candidato demócrata a la presidencia. Al bajar del coche no llevaba el formal conjunto de chaqueta y pantalón habitual en un profesor de escuela, sino una túnica verde y amarilla y unas sandalias de piel de lagarto. El cabello le cubría las orejas y el hombre se movía con el aire bohemio y desgarbado propio de los profesores en vacaciones, época en que recuperan la indisciplina. A pesar de su pinta de líder de comuna, se puso a trabajar con ahínco y, en el espacio de tres días, sacó de la casa de los Lisbon una montaña de desechos. Mientras el señor y la señora Lisbon se alojaban en un motel, el señor Hedlie se enfrentó con la casa y se dedicó a eliminar esquíes, cajas de acuarelas, bolsas de ropa y un hula-hoop. Sacó a rastras el baqueteado sofá marrón y lo cortó por la mitad al ver que no pasaba por la puerta. Llenó bolsas y más bolsas de basura con agarradores, talonarios viejos, montones de cachivaches acumulados, llaves inútiles. Lo vimos atacar las excrecencias que se habían ido formando en todas las habitaciones y recogerlas con la pala, y observamos que el tercer día se ponía una máscara de cirujano para protegerse del polvo. Ya no nos hablaba con oscuras frases griegas, ya no se interesaba por los partidos de béisbol que jugábamos en los solares, todas las mañanas comparecía con la desesperanzada expresión de quien aspira a secar un pantano con una esponja de cocina. Al levantar esteras y tirar toallas, liberaba en oleadas el olor de la casa, y muchos pensaban que no se ponía la máscara de cirujano para protegerse del polvo sino de aquellas exhalaciones de las hermanas Lisbon, que seguían vivas en la ropa de cama y en las tapicerías, en el papel de las paredes que ya se estaba desprendiendo, en espacios de alfombra nueva flamante que habían estado debajo de tocadores y mesillas de noche. El primer día el señor

Hedlie se limitó a la planta baja, pero el segundo ya se aventuró hasta el saqueado serrallo que eran los dormitorios de las chicas, vadeándolos con los tobillos hundidos en prendas de vestir que emitían la música de tiempos pasados. Al retirar una bufanda nepalí de detrás del cabecero de la cama de Cecilia, le sorprendió el tañido de unos cascabeles verdes oxidados que colgaban de los flecos. Al distenderse, los muelles de la cama proferían lamentos de dos notas. De las almohadas nevaba piel muerta.

Vació seis estantes del armario de arriba y tiró montones de toallas de baño y de paños de aseo, fundas deshilachadas de colchón con manchas de color rosa o limón, mantas empapadas de las comidas campestres que derramaban los sueños de las muchachas. En el estante superior encontró y tiró suministros médicos: una botella de agua caliente con la textura de la piel inflamada, un frasco de vidrio azul marino de Vicks VapoRub con marcas de dedos en la pomada, una caja de zapatos llena de ungüentos para la tiña y la conjuntivitis, pomadas para las partes íntimas, tubos de aluminio abollados, aplastados o arrollados igual que serpentinas de fiesta. También aspirinas infantiles con sabor a naranja que las hermanas Lisbon tomaban como si fueran caramelos, un viejo termómetro (¡oral!) metido en su estuche de plástico negro, así como una variedad de artilugios, introducidos o aplicados a los cuerpos de las chicas; en resumen, todos los mejunjes terrenales que había empleado la señora Lisbon a lo largo de los años para mantener a sus hijas vivas y en buen estado.

Fue entonces cuando encontramos los albúmes de los Grand Rapids Gospelers, de Tyrone Little and the Believers y de todos los demás. Cada noche, cuando el señor Hedlie se marchaba cubierto por una película blanca que hacía que pareciese treinta años mayor, íbamos a revisar toda aquella mezcolanza de tesoros y basura que depositaba junto al bordillo. Nos sorprendía la extraordinaria libertad que le había concedido el señor Lisbon, puesto que el señor Hedlie no solo se desembarazaba de envases reembolsables, como latas de betún para los zapatos (por los centros de plata) sino también de fotografías de familia, de un Water Pik que todavía funcionaba y de una tira de papel de carnicero en la que había quedado consignado el crecimiento de cada una de las hermanas Lisbon a intervalos de un año. Lo último que tiró el señor Hedlie fue el aparato de televisión vacío, que Jim Crotter se llevó a su dormitorio, y dentro del cual encontró la iguana disecada con la que Therese había aprendido biología. Tenía la cola arrancada y le faltaba la puerta trampilla del abdomen, por lo que quedaban a la vista los diferentes órganos de plástico numerados. Como es lógico, recogimos las fotografías de familia y, después de organizar una colección permanente en la casa del árbol, nos repartimos las restantes echándolas a suertes. La mayor parte de esas fotografías habían sido tomadas hacía muchos años, en una época que parecía más feliz, con interminables comidas campestres en familia. Una fotografía muestra a las hermanas Lisbon sentadas al estilo indio, equilibradas en la inclinación del prado (el fotógrafo había inclinado la cámara) por el contrapeso de un brasero japonés humeante situado hacia la mitad de la colina. (Lamentamos decir que esta fotografía, documento número cuarenta y siete, no fue encontrada últimamente en el sobre correspondiente.) Otra de las favoritas es la serie de instantáneas del tótem, tomadas en un parque de atracciones, y en la que el rostro de cada una de las chicas sustituía a un animal sagrado.

Sin embargo, a pesar de todas estas nuevas pruebas referentes a las vidas de las hermanas Lisbon y la repentina disolución de la unidad familiar (prácticamente se dejaron de hacer fotos más o menos cuando Therese cumplió doce años), nos enteramos de muy pocas cosas que no supiéramos ya. Daba la impresión de que la casa podía estar vomitando desechos eternamente, una marea incesante de zapatillas desparejadas y de vestidos colgados de perchas que parecían espantapájaros. Pero después de pasarlo todo por un filtro, seguíamos sin saber nada. Sin embargo, la marea tocó a su fin. Tres días más tarde el señor Hedlie se abrió paso hacia la casa, salió, abrió la puerta principal por vez primera y bajó los escalones del porche para colocar junto al letrero que decía EN VENTA otro más pequeño que decía VENTA DE OBJETOS USADOS. Aquel día, y los dos siguientes, el señor Hedlie presentó un inventario que no solo incluía la vajilla desportillada propia de una venta de objetos usados, sino también los artículos que suelen ponerse a la venta en la liquidación de una propiedad. Acudió todo el mundo, no precisamente para comprar, sino simplemente para poder entrar en la casa de los Lisbon, transformada en una zona limpia y espaciosa que olía a pino. El señor Hedlie había tirado toda la ropa blanca, todo cuanto había pertenecido a las muchachas, todas las cosas rotas, y solo había dejado los muebles, las mesas limpiadas con aceite de linaza, las sillas de la cocina, los espejos y las camas, y cada mueble llevaba una etiqueta blanca en la que figuraba el precio escrito con una caligrafía afeminada. Los precios eran inamovibles, no se admitían regateos. Estuvimos deambulando por la casa, subimos y bajamos, tocamos las camas donde las hermanas Lisbon ya no dormirían nunca más o los espejos en los que jamás volverían a verse reflejadas. Nuestros padres no eran dados a comprar muebles de segunda mano y, como es lógico, tampoco a comprar muebles contaminados por la muerte, pero entraron en la casa para curiosear, como todo el mundo, en respuesta al anuncio del periódico. Se presentó también un cura ortodoxo griego acompañado de un grupito de rotundas viudas. Después de pasar un buen rato graznando como cornejas y metiendo la nariz allí donde no debían, las viudas amueblaron el nuevo dormitorio de la parroquia con la cama provista de dosel que había pertenecido a Mary, el tocador de castaño que había sido de Therese, el farolillo chino de Lux y el crucifijo de Cecilia.

Vinieron otras personas, que poco a poco fueron llevándose todo lo que contenía la casa. La señora Krieger encontró sobre una mesa colocada junto la puerta del garaje una paga y señal dejada por su hijo Kyle y, después de convencer al señor Hedlie de que aquel dinero era de su hijo, pudo volver a rescatarlo por tres dólares. Lo último que vimos fue un hombre con bigote de cepillo que cargaba la maqueta del velero en el maletero de su Eldorado.

Aunque el exterior de la casa continuaba en mal estado, el interior volvía a estar presentable y, en el curso de las semanas siguientes, la señora D'Angelo consiguió vender la casa a la joven pareja que actualmente vive en ella, si bien ahora ya no puede decirse que sea «joven». Llevados por un primer impulso, consecuencia de disponer de mucho dinero, hicieron una oferta al señor Lisbon que este aceptó, pese a que la suma era muy inferior a la que él había pagado. La casa estaba casi completamente vacía y lo único que quedaba en ella era aquel altar levantado a Cecilia, un amasijo ensortijado de restos de cera que se había amalgamado con el alféizar de la ventana y que, por superstición, el señor Hedlie se negó a tocar. Nos figurábamos que no veríamos nunca más al señor y a la señora Lisbon e iniciamos, ya entonces, el imposible proceso de intentar olvidarlos. A nuestros padres pareció resultarles más fácil y volvieron a sus partidos de tenis por parejas y a sus intercambios de cócteles como si tal cosa. Ante los suicidios finales reaccionaron con un leve sobresalto, como si no les sorprendiera del todo o incluso hubieran esperado algo peor, como si ya los hubiesen previsto con anterioridad. El señor Conley se ajustó la corbata de tweed que se ponía incluso para cortar el césped y sentenció:

—El capitalismo ha tenido como resultado un bienestar material, pero también una bancarrota espiritual.

Y prosiguió con una conferencia de salón sobre las necesidades humanas y los estragos causados por la competitividad y, pese a ser el único comunista que conocíamos, advertimos que sus ideas solo diferían de las de los demás en grado. El corazón de las hermanas Lisbon había quedado contaminado por la podredumbre que existía en el corazón del país. Nuestros padres opinaban que esto tenía que ver con la música que escuchábamos, con nuestra falta de bondad o con la relajación moral en lo que al sexo se refería, cosa que nosotros desconocíamos. El señor Hedlie hizo alusión, de paso, a la Viena *fin de siècle,* igualmente testigo de un estallido similar de suicidios entre los jóvenes, achacando la situación a la desgracia de vivir en un imperio agonizante. Era algo que estaba relacionado con el retraso con que el correo entregaba la correspondencia, con los baches que no se reparaban, con el modo en que nos robaba el ayuntamiento, con los motines raciales, o con los ochocientos un incendios que se habían producido en los alrededores de la ciudad durante la Noche del Diablo. Las hermanas Lisbon pasaron a convertirse en el símbolo de todo lo que funcionaba mal en el país, de los males que este infligía incluso a sus ciudadanos más inocentes y, con intención de que las cosas fueran mejor, un grupo de padres donó a la escuela un banco en memoria de las muchachas. Originariamente concebida para conmemorar simplemente el recuerdo de Cecilia (el proyecto se había puesto en marcha ocho meses atrás, después del Día de la Aflicción), la donación del banco pudo ser reformulada con el tiempo justo para incluir en ella el recuerdo de las demás hermanas Lisbon. Era un banco pequeño, hecho con la madera de un árbol procedente de la parte alta de la península. El señor Krieger, que había adaptado algunas máquinas de su fábrica de filtros de aire para poder hacer el banco, dijo que era de «madera virgen». Una placa llevaba una simple inscripción: «En memoria de las hermanas Lisbon, hijas de esta comunidad.»

Por supuesto que en aquellos momentos Mary aún vivía, pero la placa no dejaba constancia del hecho. Unos días más tarde volvió del hospital, después de permanecer dos semanas en él. Como sabía que se negarían, el doctor Hornicker ni siquiera pidió al señor y a la señora Lisbon que asistieran a las sesiones terapéuticas. Sometió a Mary a la misma batería de tests que había aplicado a Cecilia, lo que permitió dictaminar que no había en ella pruebas de trastorno psíquico como esquizofrenia o síndrome maniaco-depresivo.

—Las valoraciones demostraron que era una adolescente relativamente bien adaptada. Por supuesto que no tenía un futuro brillante, de modo que le recomendé una terapia continuada que le permitiera superar el trauma. Pero tenía buen aspecto, y un nivel elevado de serotonina.

Mary volvió a una casa sin muebles. El señor y la señora Lisbon, que habían regresado del motel, acamparon en el dormitorio principal. Facilitaron a su hija un saco de dormir. Como es lógico, el señor Lisbon se mostró reticente con respecto a los días que siguieron al triple suicidio, apenas si nos habló del estado en que Mary volvió a casa. Once años antes, cuando las hermanas Lisbon todavía eran pequeñas, la familia llegó a casa una semana antes que el camión de las mudanzas, por lo que también habían tenido que acampar, dormir en el suelo y leer cuentos a la luz de una lámpara de queroseno. Era extraño, pero durante sus últimos días en la casa el señor Lisbon volvió a recordar todo aquello.

—A veces, en plena noche, me olvidaba de todo lo que había ocurrido. Bajaba a la planta baja y por un momento tenía la impresión de que acabábamos de mudarnos y de que las niñas dormían en la tienda de campaña que habíamos instalado en la sala de estar.

Mary, metida en su saco de dormir, estaba sola en el extremo opuesto de aquellos días, sobre el duro suelo de un dormitorio que ya no compartía con nadie. El saco de dormir era antiguo, forrado de franela cubierta de bolitas y con un estampado de patos muertos sobre cazadores tocados con gorros rojos y una trucha saltando con un anzuelo prendido en la boca. A pesar de que era verano, Mary subió la cremallera y solo dejó al descubierto la cabeza. Dormía hasta tarde, hablaba poco y se duchaba seis veces al día.

Desde nuestro punto de vista, la clase de tristeza de los Lisbon era absolutamente incomprensible, y por eso nos sorprendía todo lo que hacían durante aquellos últimos días en que los vimos. ¿Cómo era posible que se sentaran para comer, que al atardecer salieran al porche trasero para disfrutar del frescor de la brisa, que la señora Lisbon abandonase la casa con paso vacilante, como le vimos hacer una tarde, cruzara el jardín con el césped sin cortar y recogiera una flor del jardín de la señora Bates? ¿Cómo era posible que se la acercara a la nariz, que pareciera desagradarle su fragancia, que se la metiese en el bolsillo como un Kleneex usado, que saliera caminando a la calle y entrecerrando los ojos, pues no llevaba las gafas puestas, mirase a su alrededor? Además, el señor Lisbon dejaba todas las tardes la furgoneta aparcada en la sombra y abría el capó para inspeccionar el motor.

–Hay que mantenerse ocupado –comentó el señor Eugene como justificando su proceder–. ¿Qué otra cosa puede hacerse?

Vimos a Mary recorrer la calle rumbo a la casa del señor Jessup para tomar la primera lección de canto del año. Aunque no se había puesto previamente de acuerdo con él, el señor Jessup no podía darle con la puerta en las narices. Se sentó al piano y acompañó a Mary en las escalas y después metió la cabeza en un cubo de basura metálico para hacerle una demostración de cómo resonaba con su adiestrado *vibrato*. Mary cantó la canción nazi de *Cabaret,* la que ella y Lux habían practicado el día que empezó la tragedia, y el señor Jessup comentó que todas las penalidades que había pasado habían prestado a su voz una melancolía y una madurez inusuales para su edad.

—Se fue sin pagar la lección —puntualizó—, pero es lo menos que podía hacer por ella.

Aquel volvió a ser un verano hecho y derecho. Había pasado más de un año desde que Cecilia se cortara las venas y difundiera el veneno en el aire. Un vertido en el río Rouge Plant aumentó el índice de los fosfatos en el lago y dio lugar a una capa de algas tan espesa que atascó los motores fuera borda. Con su capa de ondulante espuma, nuestro hermoso lago empezaba a tener todo el aspecto de un estanque cubierto de nenúfares. Los pescadores lanzaban piedras desde la orilla a fin de abrir rendijas por las que pudiesen pasar los hilos de las cañas. El olor que despedía la ciénaga era una ofensa para las magníficas mansiones de las familias acomodadas, para las pistas de *paddle* y para las fiestas de graduación celebradas bajo toldos iluminados. Las jóvenes que eran presentadas en sociedad se lamentaban de la desgracia que suponía tener que celebrar la fiesta justamente un año que todos recordarían por el mal olor. A pesar de ello, los O'Connor encontraron una ingeniosa solución al elegir la «asfixia» como tema de la fiesta de su hija Alicia, razón por la cual los invitados acudieron con esmoquin y máscara de gas o traje de noche y casco de astronauta, mientras que el señor O'Connor llevaba un traje de buzo, lo que le obligaba a abrir el cristal de la escafandra para engullir el *bourbon* con agua. En el momento culminante de la fiesta, cuando Alice se metió en un pulmón artificial alquilado para la ocasión en el hospital Henry Ford (el señor O'Connor formaba parte del consejo de administración), el olor putrefacto que invadía el aire no parecía sino el toque de gracia de un ambiente de fiesta.

Como todo el mundo, asistimos a la fiesta de Alice O'Connor para olvidarnos un poco de las hermanas Lisbon. Los camareros negros, vestidos con chaquetas rojas, nos sirvieron alcohol sin pedirnos el carné de identidad y a cambio, a eso de las tres de la madrugada, tampoco nosotros dijimos nada cuando les vimos cargar las cajas de whisky sobrantes en el maletero de un desvencijado Cadillac. Dentro, conocimos a chicas a las que nunca se les había ocurrido quitarse la vida. Les servimos bebidas, bailamos con ellas hasta que ya no se tuvieron en pie y después las sacamos a la terraza cubierta. Perdieron los zapatos de tacón alto por el camino, nos besaron en la húmeda oscuridad y después se escabulleron y huyeron corriendo a vomitar recatadamente entre los arbustos. Mientras lo hacían, algunos de nosotros les sosteníamos la cabeza, luego dejábamos que se enjuagasen la boca con cerveza y seguidamente las volvíamos a besar. Las chicas estaban monstruosas con sus vestidos de ceremonia, confeccionados sobre jaulas de alambre. En lo alto de la cabeza tenían sujetas libras de cabello. Borrachas, besándonos o medio derribadas en las sillas, su destino era la universidad, el marido, el cuidado de los hijos, la infelicidad atisbada confusamente. En otras palabras: su destino era la vida.

En el calor de la fiesta, a los adultos se les enrojecía la cara. La señora O'Connor se cayó del sillón de orejas y la falda de miriñaque se le levantó hasta la cabeza. El señor O'Connor empujó al cuarto de baño a una de las amigas de su hija. Aquella noche todo el vecindario pasó por casa de los O'Connor, cantó viejas canciones interpretadas por la atrevida banda o recorrió los pasillos de la parte de atrás, estuvo en la polvorienta sala de juegos o se metió en el ascensor, que hacía tiempo que no funcionaba. La gente alzó las copas de champán y dijo que estábamos recuperando nuestra industria, nuestra nación, nuestro estilo de vida. Los invitados se pasearon por debajo de farolillos venecianos que conducían hasta el lago. Bajo la luz de la luna, la capa de algas era como una alfombra hirsuta y todo el lago parecía un salón hundido. Alguien cayó dentro, fue rescatado y conducido al muelle, donde permaneció tumbado,

–¡Es lo que quiero! –dijo entre carcajadas–. ¡Adiós, mundo cruel! –Intentó arrojarse otra vez al lago, pero los amigos se lo impidieron–: No lo entendéis –exclamó–. ¡Soy adolescente, tengo problemas!

–No grites, que te van a oír –lo reprendió una voz de mujer.

A través de los árboles se divisaba la casa de los Lisbon, pero no se distinguían luces, probablemente porque a esa hora ya no funcionaba la electricidad. Nos metimos dentro, donde la gente se lo estaba pasando en grande. Los camareros servían ahora unos pequeños cuencos de plata llenos de helado verde. En la pista de baile habían colocado una caja de gas lacrimógeno que difundía una niebla totalmente inofensiva. El señor O'Connor bailaba con su hija. Todos brindaron por el futuro de Alice.

Nos quedamos hasta que amaneció. Al salir al encuentro de la primera madrugada alcohólica de nuestras vidas (una desleída aparición de luz, utilizada excesivamente a lo largo de los años por los directores que insisten en la misma nota), teníamos los labios hinchados a fuerza de besos y en la boca sentíamos un regusto a muchacha. En cierto sentido ya habíamos estado casados y divorciados, y Tom Faheem encontró una carta de amor en el bolsillo del pantalón, olvidada por la última persona que había alquilado el esmoquin. Las moscas del pescado que habían criado durante la noche seguían temblando en los árboles y en las farolas y hacían resbaladiza la acera, como si caminásemos entre ñames. El día amenazaba con ser bochornoso. Nos quitamos las chaquetas y seguimos por la calle de los O'Connor arriba, arrastrando los pies, después dimos la vuelta a la esquina y enfilamos nuestra calle hacia abajo. A lo lejos, delante de la casa de los Lisbon, estaba la ambulancia con sus destellos de luces. Ni siquiera se habían molestado en encender la sirena.

Aquella mañana los sanitarios vinieron por última vez. En nuestra opinión se movían con excesiva lentitud, y el gordo hizo el mismo chiste de siempre: aquello no era como en la televisión. Habían ido tantas veces a la casa que ni llamaron a la puerta, sino

240

que entraron directamente, pasaron la cerca que ya no estaba, se dirigieron a la cocina para ver si el horno de gas estaba en marcha, bajaron al sótano donde encontraron la viga expedita y finalmente subieron a la planta superior, donde en el segundo dormitorio que inspeccionaron encontraron lo que andaban buscando: la última de las hermanas Lisbon metida en un saco de dormir y atiborrada de somníferos.

Llevaba tanto maquillaje encima que los sanitarios tuvieron la impresión de que algún empleado de pompas fúnebres la había preparado para que la vieran los deudos, impresión que persistió hasta que se dieron cuenta de que tenía corridos el carmín de los labios y la sombra de ojos. Al final se había manoseado un poco. Iba vestida de negro y llevaba velo, lo que a algunos les recordó las ropas de viuda de Jackie Kennedy. Y era verdad: el cortejo final, saliendo por la puerta principal, con los dos sanitarios que parecían portaféretros de uniforme y el ruido de los fuegos artificiales posteriores a la fiesta a poca distancia de la casa, hacía pensar en la solemnidad con que una figura nacional es conducida a su última morada. Ni el señor ni la señora Lisbon hicieron acto de presencia, por lo que nos correspondió a nosotros despedir a la muerta y, por consiguiente, estar presentes en la ceremonia en posición de firmes. Vince Fusilli sostenía en alto el mechero encendido, como en los conciertos de rock. Era lo más parecido a una llama eterna que teníamos a nuestro alcance.

Durante un tiempo tratamos de aceptar las explicaciones generales, que calificaban el dolor de las hermanas Lisbon como algo meramente histórico, surgido de la misma fuente que otros suicidios de adolescentes, cada muerte formando parte de una tendencia. Intentamos volver a nuestras vidas anteriores, dejar que las muchachas descansaran en paz, pero en la casa de los Lisbon seguía persistiendo un misterio que nos hacía ver, cada vez que la mirábamos, un arco flamígero en el tejado o una llama que oscilaba en alguna de las ventanas de arriba. Muchos de nosotros continuábamos soñando que las hermanas Lisbon se nos aparecían más reales que en vida, y despertábamos con la plena seguridad de que en la almohada persistía su perfume, llegado del otro mundo. Nos reuníamos casi a diario, como para comprobar lo que era evidente o para recitar fragmentos del diario de Cecilia (la descripción de Lux al probar la frialdad del mar, levantando una rodilla igual que un flamenco, había pasado a ser popular entre nosotros). Pese a todo, siempre terminábamos aquellas sesiones con la sensación de recorrer un camino que no conducía a ninguna parte, y cada vez nos sentíamos más hoscos y frustrados.

Quiso la suerte que el día en que se suicidó Mary se hubiera solucionado la huelga de empleados del cementerio después de cuatrocientos nueve días de negociaciones. La duración de la huelga había sido la causa de que los depósitos estuvieran llenos a rebosar desde hacía meses, por lo que ahora iban llegando de fuera del estado los muchos cadáveres que aguardaban ser enterrados. Los traían en camiones refrigerados o en avión, según los posibles del difunto. En la autopista Chrysler un camión tuvo un accidente y dio una vuelta de campana, por lo que en la primera página del periódico apareció una foto con todos los ataúdes metálicos desparramados como si fuesen lingotes. Nadie asistió a la misa de difuntos celebrada durante el entierro de las hermanas Lisbon aparte del señor y la señora Lisbon, el señor Calvin Honnicutt, empleado del cementerio recientemente reintegrado, y el padre Moody. Debido a lo limitado del espacio disponible, las tumbas de las chicas no estaban una al lado de la otra sino muy separadas, por lo que el cortejo fúnebre tuvo que trasladarse de sepultura en sepultura a la marcha terriblemente lenta del tráfico del cementerio. El padre Moody se lamentó de que el constante subir y bajar de la limusina había hecho que ya no recordase en qué tumba yacía cada muchacha.

–Tuve que hacer los panegíricos de una manera general –explicó–. Aquel día reinaba una gran confusión en el cementerio. Estamos hablando de los difuntos de todo un año. Toda la tierra estaba removida.

En cuanto al señor y a la señora Lisbon, la tragedia los había hundido en un estado de embotada sumisión. Seguían al sacerdote de sepultura en sepultura, hablando apenas. La señora Lisbon, bajo el efecto de los sedantes, continuaba con los ojos levantados al cielo, como si contemplase pájaros. El señor Honnicutt nos dijo:

–Me había pasado diecisiete horas seguidas trabajando, y eso gracias al No Doz. Solo en aquel turno había enterrado a más de cincuenta personas. Pese a todo, aquella mujer me partió el corazón. Vimos al señor y a la señora Lisbon cuando volvieron del cementerio. Salieron de la limusina con gran dignidad y se dirigieron a su casa; para acceder a las escaleras del porche de entrada se abrieron paso a través de arbustos y trozos rotos de pizarra. Por vez primera en la vida descubrimos el parecido existente entre la cara de la señora Lisbon y las caras de sus hijas, pero quizá esto se debía al velo negro que algunos recuerdan que llevaba. Nosotros no nos acordamos del velo y pensamos que es un detalle que obedece a una romántica elaboración de los recuerdos. Pese a todo, conservamos la imagen de una señora Lisbon vuelta hacia la calle y mostrando una cara que nunca habíamos visto a los que estábamos arrodillados ante las ventanas del comedor o atisbábamos a través de visillos de gasa, a los que sudábamos en el desván de Pitzenberger, a todos los que mirábamos por encima de capós de coche o desde hoyos utilizados como primera, segunda y tercera base, desde detrás de barbacoas o desde lo alto del arco descrito por un columpio. Se volvió, dirigió su mirada azul en todas direcciones –una mirada del mismo color que la de las niñas, fría, espectral e indiscernible–, y después dio media vuelta y siguió a su marido al interior de la casa.

Como en la casa no había muebles, no creíamos que los Lisbon se quedasen mucho tiempo en ella. Aún así, transcurrieron tres horas sin que volviesen a aparecer. Con un bate de béisbol, Chase Buell proyectó una pelota Wiffle al jardín de los Lisbon, pero volvió diciendo que dentro no había visto una sola alma viviente. Probó más tarde con otra pelota Wiffle, pero fue a parar entre los árboles. Durante el resto del día y de la tarde no vimos señales del señor ni de la señora Lisbon. Salieron cuando ya era noche cerrada. Nadie los vio, excepto el tío Tucker. Años después, hablando con él, lo encontramos absolutamente sobrio y totalmente recuperado después de decenios de abusar del alcohol. Comparado con los demás, con nosotros incluso, a quienes el paso de los años nos había puesto peor, el tío Tucker tenía mucho mejor aspecto que antes. Le preguntamos si recordaba haber visto salir a los Lisbon y nos dijo que sí.

–Yo estaba fuera fumándome un pitillo. Serían alrededor de las dos de la madrugada. Oí que se abría la puerta al otro lado de la calle y salieron los dos. La mujer parecía achispada. El marido la sostenía y la ayudó a meterse en el coche. Se fueron de inmediato, como alma que lleva el diablo.

Cuando despertamos a la mañana siguiente, la casa de los Lisbon estaba vacía. Tenía un aire más ruinoso que nunca, como si hubiera sufrido un colapso, igual que un pulmón. Durante el tiempo que la nueva y joven pareja que tomó posesión de la casa dedicó a rascar, pintar y rehacer el tejado, arrancar los arbustos e instalar césped artificial en el jardín, pudimos unir nuestras intuiciones y teorías y formar con ellas una historia con la que nos fuera posible seguir viviendo. La joven pareja eliminó las ventanas frontales (que todavía ostentaban las marcas de nuestros dedos y de nuestras narices) e instaló vidrios correderos de cierre hermético. Una cuadrilla de hombres vestidos con mono y gorro blanco limpió las paredes exteriores con arena y permaneció después dos semanas seguidas recubriéndolas de una espesa pasta blanca. El capataz, que llevaba prendida una tarjetita que decía «Mike», nos dijo que, gracias al «nuevo método Kenitex» no habría que volver a pintar la casa nunca más.

–Muy pronto todos optarán por el método Kenitex –dijo mientras los hombres se movían alrededor de la casa embadurnándola con sus pistolas rodadoras.

Al terminar, la casa de los Lisbon había quedado transformada en un gigantesco pastel de boda escarchado, pero antes de que pasase un año el Kenitex comenzó a desprenderse a pedazos igual que mierda de pájaro. Lo consideramos una venganza contra la joven pareja que con tanta rapidez y decisión se había lanzado a eliminar todas las señales de las hermanas Lisbon, a las que seguíamos queriendo: el tejado de pizarra, donde Lux había hecho el amor, cubierto ahora de cascajo; el lecho de flores del jardín de atrás, cuya tierra había analizado Therese para averiguar su contenido en plomo, ahora cubierto de ladrillos rojos para que la joven pareja pudiera coger flores sin mojarse los pies; las mismas habitaciones de las muchachas, convertidas ahora en espacios privados donde la joven pareja podía dedicarse a sus intereses personales: una mesa y un ordenador en lo que había sido la habitación de Lux y Therese, un telar en la de Mary y Bonnie. La bañera donde en otro tiempo flotaban nuestras náyades, donde Lux fumaba y luego dejaba las colillas flotando en el agua, como un cañaveral a través del cual respiraba, fue segada de raíz para instalar en su sitio un *jacuzzi* de fibra de vidrio. Abandonada junto al bordillo, examinamos la bañera y luchamos contra el ansia irreprimible de tumbarnos en ella. Los niños que saltaban dentro de la bañera desconocían su significado. La joven pareja transformó la casa en un espacio acicalado y vacío donde poder meditar y vivir serenamente, y cubrió con pantallas japonesas los toscos recuerdos de las chicas Lisbon.

No fue únicamente la casa de los Lisbon la que cambió, sino también la calle. El Departamento de Parques continuó abatiendo árboles, talando un olmo para salvar los veinte restantes, talando después otro más para salvar los diecinueve que quedaban y así sucesivamente hasta que ya no hubo más que aquel medio árbol delante de la casa de los Lisbon. Nadie se atrevió a mirar cuando vinieron por él (Tim Winer lo comparó con el último hablante de la lengua que existió un día en la isla de Mann), pero lo aserraron con un zumbido como habían hecho con todos los anteriores a fin de salvar otros árboles más lejanos, que crecían en otras calles. Todos permanecimos en casa durante la ejecución del árbol de los Lisbon, pero incluso metidos en nuestras madrigueras podíamos sentir lo deslumbrante que resultaba el exterior y que todo el barrio se había convertido en una fotografía sobreexpuesta. En aquel momento nos dimos cuenta de lo poco imaginativo que era nuestro barrio, de que todo él estaba trazado según una cuadrícula cuya anodina uniformidad había quedado oculta tras los árboles y de que los viejos artificios de estilos arquitectónicos diferenciados perdían aquel poder que hacía que nos sintiéramos únicos. El Tudor de los Krieger, el colonial francés de los Buell, la imitación de Frank Lloyd Wright de los Buck... todo se había convertido en un conjunto de tejados cociéndose al sol.

Poco tiempo después, el FBI detuvo a Sammy el Tiburón Baldino, que no tuvo tiempo de escapar por el túnel y, al cabo de un largo juicio, fue a parar a la cárcel. Según se decía, continuaba dirigiendo sus operaciones criminales desde la celda, mientras la familia Baldino seguía viviendo en la casa. De todos modos, aquellos hombres que los domingos por la tarde llegaban en sus limusinas blindadas a prueba de balas, ya no acudían a presentar sus respetos. Los laureles, que ya nadie recortaba, estallaban en formas inarmónicas, mientras que el terror que la familia había inspirado en otro tiempo fue decreciendo día tras día hasta que alguien tuvo agallas suficientes para mutilar los leones de piedra que flanqueaban la escalinata principal. Paul Baldino comenzó a tener el mismo aspecto de todos los chicos gordos con ojeras, y un día que resbaló –o lo empujaron– en las duchas de la escuela, lo vimos tumbado en el suelo de baldosas frotándose el pie. Las convicciones de otros miembros de la familia acabaron por prevalecer y por fin los Baldino también se mudaron, llevándose a otra parte sus piezas de arte del Renacimiento y sus tres mesas de billar, todo metido en tres camiones. Un oscuro millonario compró la casa y elevó un palmo más la cerca.

Todas las personas con las que hablamos coinciden en señalar que la ruina del barrio comenzó en la época de los suicidios de las hermanas Lisbon. Aunque al principio todo el mundo les echaba la culpa a ellas, poco a poco fue operándose un cambio que acabó siendo radical, y al final ya no se vio a las hermanas Lisbon como chivos expiatorios sino como videntes. La gente fue olvidándose paulatinamente de las razones que podían haber inducido a las chicas a quitarse la vida, de los trastornos provocados por las tensiones o la insuficiencia de neurotransmisores, y atribuyó las muertes a la clarividencia de las muchachas en la predicción de la decadencia. La gente vio esa clarividencia en los olmos arrancados, en la áspera luz del sol, en el persistente declive de la industria del automóvil. Pero aquella transformación en la manera de ver las cosas pasó en gran parte inadvertida, porque ya rara vez volvimos a encontrarnos. Sin árboles ya no había hojas que rastrillar ni montones de hojas secas para hacer hogueras. Las nevadas de invierno continuaban frustrándonos. Ya no podíamos espiar a las hermanas Lisbon. De cuando en cuando, naturalmente, mientras nos sumíamos lentamente en el poso melancólico de nuestras vidas (un espacio que las hermanas Lisbon, prudentemente, como empezábamos a ver ahora, jamás se preocuparon en examinar), nos deteníamos, la mayor parte de las veces solos, delante de aquel sepulcro blanqueado que fuera en un tiempo la casa de las hermanas Lisbon y lo observábamos con atención.

Las hermanas Lisbon convirtieron el suicidio en un acto familiar. Más adelante, cuando otros conocidos nuestros optaron por poner fin a sus vidas –a veces incluso después de haber pedido prestado un libro a la biblioteca el día anterior–, nos los imaginábamos siempre sacándose unas engorrosas botas y metiéndose en una mohosa cabaña cargada de recuerdos, en una duna frente al mar. Todos habían leído los signos de dolor que la anciana señora Karafilis había escrito, en griego, en las nubes. Desde diferentes caminos, con ojos de colores diferentes o con diferentes movimientos de la cabeza, todos habían descifrado el secreto que conduce a la cobardía o al valor, lo que quiera que sea. Y las hermanas Lisbon siempre estaban delante de ellos. Se habían matado por nuestros bosques moribundos, por los manatíes que mutilaban las hélices cuando se asomaban al agua para beber de las mangueras de los jardines, por montañas de neumáticos viejos más altas que las pirámides. Se habían matado por la imposibilidad de encontrar un amor que ninguno de nosotros ha encontrado jamás. Al final, la tortura que había destrozado a las hermanas Lisbon indicaba una renuncia razonada a aceptar el mundo tal como se les concedía, tan lleno de defectos.

Pero esto ocurrió más tarde. Inmediatamente después de los suicidios, en la época en que nuestro barrio disfrutó de su transitoria infamia, el tema de las hermanas Lisbon se convirtió casi en un tabú.

–Fue como quedarse picoteando un cadáver –dijo el señor Eugene–, aparte de que la liberal distorsión de los medios de comunicación tampoco ayudó demasiado. ¡Salvad a las hermanas Lisbon! ¡Salvad la perca de los caracoles! ¡Vaya mierda!

Las familias se mudaban o se dispersaban, todo el mundo buscaba un sitio diferente en el Cinturón del Sol y durante un tiempo nos pareció que nuestra única prerrogativa sería la deserción. Después de desertar de la ciudad para escapar a su podredumbre, desertábamos ahora de las verdes orillas de nuestra lengua de tierra bordeada de agua que, trescientos años antes, los exploradores franceses habían llamado «Punta Gorda», dando origen a un chiste sucio que nunca nadie llegó a entender. Pero el éxodo no duró mucho. Una tras otra, las personas fueron regresando después de residir en otras comunidades, restaurando con ello ese banco de recuerdos defectuoso de donde hemos sacado los datos para realizar estas pesquisas. Hace dos años que la última mansión aislada fue arrasada para construir en su sitio una urbanización. El mármol italiano que revestía el vestíbulo de entrada –de una rara tonalidad rosada presente en una única cantera del mundo– fue cortado en bloques y vendido a tanto la pieza, al igual que las tuberías revestidas de oro y los frescos del techo. Una vez desaparecidos los olmos, solo quedaron los minúsculos tocones que los sustituyeron. Y nosotros. Ya ni siquiera se nos permiten las barbacoas (ordenanza contra la contaminación atmosférica) pero, si nos autorizasen a hacerlas, es posible que algunos todavía nos reuniésemos para recordar la casa de los Lisbon y a las muchachas, cuyo cabello todavía conservamos fielmente en mechones y que cada vez se parece más al pelo artificial de los animales expuestos en los museos de historia natural. Todo está catalogado: desde el documento número uno al número noventa y siete, distribuidos en cinco maletas, cada uno con una fotografía de la difunta igual que una piedra angular copta, guardadas en la remozada casa del árbol, instalada en uno de los pocos árboles que quedan: (número uno) una polaroid de la señora D'Angelo en la que aparece la casa, recubierta de una pátina verdosa que tiene todo el aspecto del moho: (número dieciocho) los viejos cosméticos de Mary secándose y transformándose en un polvo de color tostado; (número treinta y dos) las camisetas que llevaba Cecilia, que ya están amarilleando sin remedio pese a los cepillos de dientes y al lavavajillas; (número cincuenta y siete) las velas votivas de Bonnie roídas por los ratones durante la noche; (número sesenta y dos) las diapositivas de Therese que presentan las nuevas bacterias invasoras; (número ochenta y uno) los sostenes de Lux (Peter Sissen los cogió del crucifijo, ahora ya no tenemos reparo en admitirlo) tan tiesos y protéticos como los de una abuela. No hemos mantenido el sepulcro herméticamente y nuestros objetos sagrados están en las últimas.

Finalmente, dispusimos de algunas piezas del rompecabezas pero, por muchas combinaciones que hiciéramos con ellas, seguía habiendo huecos, espacios vacíos de formas extrañas, delimitados por todo lo que los rodeaba, países que no sabíamos nombrar.

–Toda la sabiduría termina en paradoja –dijo el señor Buell, justo antes de dejarlo al final de nuestra última entrevista, y entonces nos dimos cuenta de que lo que intentaba decirnos era que nos olvidásemos de las chicas, que las dejásemos en manos de Dios.

Sabíamos que Cecilia se había quitado la vida porque era un ser inadaptado, porque sentía la llamada del más allá, y sabíamos que sus hermanas, una vez abandonadas, también habían sentido que ella las llamaba desde el lugar donde se encontrase. Pero, pese a haber llegado a estas conclusiones, actualmente sentimos un nudo en la garganta porque nos damos cuenta de que son a la vez verdad y mentira. Se han escrito tantas cosas sobre las hermanas Lisbon en los periódicos, se ha rumoreado tanto sobre ellas por encima de la cerca trasera de la casa o se han relatado tantas versiones de los hechos en los consultorios de los psiquiatras a lo largo de los años, que estamos seguros de que no hay explicación suficiente. El señor Eugene, que nos dijo que los científicos estaban a punto de descubrir los «genes malos» que causan el cáncer, la depresión y otras enfermedades, habló de la esperanza de que muy pronto «se pudiese encontrar el gen causante del suicidio». En esto discrepaba del señor Hedlie, que no veía los suicidios como una respuesta a nuestro momento histórico.

–¡Y una mierda! –exclamó–, ¿De qué tienen que preocuparse ahora los jóvenes? Si quieren problemas que vayan a Blangladesh.

–Se trataba de una combinación de muchos factores –dijo el doctor Hornicker en su último informe, escrito sin propósito médico, solo porque no podía sacarse a las hermanas Lisbon de la cabeza–. Para la mayoría de las personas el suicidio viene a ser como la ruleta rusa. Hay una sola bala en el tambor. En el caso de las hermanas Lisbon, el arma estaba totalmente cargada. Una bala por presión familiar. Una bala por predisposición genética. Una bala por malestar histórico. Una bala por un impulso inevitable. Las otras dos balas son imposibles de nombrar, pero esto no quiere decir que las cámaras estuvieran vacías.

Sin embargo, esto es como querer apresar el viento. La esencia de los suicidios no era la tristeza ni el misterio, sino simplemente el egoísmo. Las hermanas Lisbon quisieron hacerse cargo de decisiones que conviene dejar en manos de Dios. Se convirtieron en criaturas demasiado poderosas para vivir con nosotros, demasiado ególatras, demasiado visionarias, demasiado ciegas. Lo que persistía detrás de ellas no era la vida, que supera siempre a la muerte natural, sino la lista más trivial de hechos mundanos que pueda imaginarse: el tictac de un reloj de pared, las sombras de una habitación a mediodía y la atrocidad de un ser humano que solo piensa en sí mismo. Su cerebro se hizo opaco a todo y solo fulguró en puntos precisos de dolor, daños personales, sueños perdidos. Todos amábamos a alguna, pero iba empequeñeciéndose en un inmenso témpano de hielo, que se encogía hasta convertirse en un punto negro y agitaba unos brazos diminutos sin que oyéramos su voz. Después ya fue la cuerda alrededor de la viga, la píldora somnífera en la palma de la mano con una larga línea de la vida, la ventana abierta de par en par, el horno de gas, lo que fuera. Nos hacían partícipes de su locura, porque no podíamos hacer otra cosa que seguir sus pasos, repensar sus pensamientos, comprobar que ninguno confluía en nosotros. No nos cabía en la cabeza aquel vacío que podía sentir un ser capaz de segarse las venas de las muñecas, aquel vacío y aquella calma tan grandes. Teníamos que embadurnarnos la boca con sus últimas huellas, las marcas de barro en el suelo, las maletas apartadas de un puntapié, teníamos que respirar una y otra vez el aire de las habitaciones donde se habían matado. A fin de cuentas, daba igual la edad que tuviesen, el que fueran tan jóvenes, lo único que importaba era que las habíamos amado y que no nos habían oído cuando las llamábamos, que seguían sin oírnos ahora, aquí arriba, en la casa del árbol, con nuestro escaso cabello y nuestra barriga, llamándolas para que salgan de aquellas habitaciones donde se habían quedado solas para siempre, solas en su suicidio, más profundo que la muerte, y en las que ya nunca encontraremos las piezas que podrían servir para volver a unirlas.